능으로 가는 길

강석경 산문 · 강윤구 사진

창비

능으로 가는 길

초판 발행/2000년 12월 20일
초판 6쇄 발행/2013년 12월 24일

지은이/강석경
사진/강운구
펴낸이/강일우
편집/김성은 염종선 김명재
표지 및 본문 디자인/박영선
펴낸곳/(주)창비
등록/1986년 8월 5일 제85호
주소/413-120 경기도 파주시 회동길 184
전화/031-955-3333
팩시밀리/영업 031-955-3399 · 편집 031-955-3400
홈페이지/www.changbi.com
전자우편/human@changbi.com

ⓒ 강석경 · 강운구 2000
ISBN 978-89-364-7060-9 03810

능으로 가는 길

경주에 바친다.

경주로의 회귀

1990년에 『인도기행』을 펴냈으니 꼭 십년 만에 산문집을 내는 셈이다.

강산도 변한다는 세월인데, 뒤돌아보니 나는 불혹의 나이가 지나서도

자신을 방기하며 업을 더했고, 그 업만큼 번민하면서 강물처럼 흘러온 것 같다.

언제나 현명해질 수 있을지.

벌써부터 자기 문명에 이질감을 느끼고 구원이란 화두를 들고 헤매다니다가

거대한 알 같은 고분들이 널려 있는 경주로 불현듯 돌아온 것은 우연한 회귀일까?

그 모성적인 자연의 품이 지친 여행자에게 휴식을 주었는지도 모른다.

나의 전생 같은 유목민의 흔적이 묻힌 신라의 능들, 경주는 역사 속에서 되찾은

이상향이며 나는 귀향의 평화를 침범받지 않기 위해 덧없는 인연들을 끊고

달팽이처럼 칩거했다.

내가 사랑하는 신라는 물론 환상 속의 시공간이다. 선덕여왕의 꿈이 서린

황룡사 터에 서서도 재벌회사의 고층 아파트를 마주보아야 하는데,

경주는 고도라기보다 관광도시가 되었다. 앞을 못 보는 경제논리로 고속철을

성사시키려 애쓰는 민심이나 택시마다 붙어 있는 ‘경마장을 사수하자’ 란

스티커를 보면 경주에 신라는 없다. 나는 현실을 사랑한 적이 없으니

능을 다니며 고대인들과 대화하고 환상을 지킬 수밖에.

지기를 찾듯이 소일거리로 능을 찾아다니며 이런저런 생각에 잠겼던 나날들이

켜켜이 쌓였다. 사십대의 마지막 여름을 보내고 지난 추석부터

'능으로 가는 길'을 수행하듯 닦기 시작했다.

그 길에서 쑥부쟁이 같은 추억도 만나고 망초꽃 같은 슬픔도 보았다.

그 진솔한 감정들은 전적으로 경주라는 공간이 주는 정서여서 이 산문을 쓰는 동안

가능하면 경주 밖을 벗어나지 않으려 했다.

존경하는 사진작가 강운구 선생과 함께 작업하게 된 것도 더없는 행운이다.

사진은 분명 책을 빛냈거니와 글도 아름다운 사진과 나란히 독자들의 가슴에

빛을 주었으면 좋겠다.

역사 에세이라 주위 사람들의 많은 도움을 받았는데 그중에서도 능을 전공하는

이근직 교수의 도움은 큰 힘이 되었다. 감사의 마음으로, 그가 언젠가 쓰게 될

본격적인 신라 능묘제도 연구서를 기다리겠다.

2000년 12월

강 석 경

차례

앞면 사진/비오는 날의 능으로 가는 소나무 숲길

1. 문명에 대하여

오릉과 석탈해왕릉

1. 문명에 대하여

오릉과 석탈해왕릉

폐가의 뜨락에서 꺾어온 동백 한 가지가 꽃잎을 열더니 대능원의 산수유가 노란 꽃망울을 터뜨리면서 봄이 다가왔다. 이어 백목련과 벚꽃이 눈송이처럼 열려 하늘을 가리고, 산에는 각시 같은 진달래가 눈물을 뿌린 듯 여기저기 피어나고, 청초한 산벚꽃과 이팝꽃이 산을 하얗게 물들였다. 내 방에도 작은 들판처럼 꽃 향기가 내내 머물러 나비처럼 꽃 속에 묻혀 지냈다.

4월 중순엔 강구까지 가서 지천으로 핀 복사꽃을 보았다. 낭만적인 친구는 오르가슴을 느낄 정도로 복사꽃이 가슴을 흔든다고 했지만 땅에 깔려 있는 분홍 꽃잎들을 보니 『홍루몽』이 떠올랐다. 떨어진 복사꽃잎이 무참하게 밟힐까봐 어린 연인 보옥과 대옥이 뙈기밭에 만들어준 꽃무덤이. 얼마 뒤 보옥이 대옥을 찾으러 꽃무덤 앞의 동산을 돌다가 계집애의 울음소리에 걸음을 멈추고 가늘게 들려오는 노랫소리를 듣는데……

꽃장례 지내는 나를 어리석다 웃지만

다음날 내가 죽으면 그 누가 묻어줄까

봄이 가고 꽃이 지는 무렵이

나이 어린 소년 소녀 늙어죽는 그때이리라

언제든 봄이 가고 홍안이 늙으면

꽃도 지고 사람도 가고 말 것을!

대옥이 고향으로 간다는 소문만 듣고도 혼절하는 보옥, 하늘 아래 다시없는 연인이건만 왜 운명은 두 사람을 갈라놓고 가슴을 찢는 것일까. 『홍루몽』 서곡 대로,

천지만물이 생겨날 제
그 누가 애정의 씨 심었던가?

　어느새 벚꽃도 복사꽃도 지고 나무가 연록의 잎으로 덮이는데, 도로 옆으론 겨우내 얼었던 밭이 갈려 있다. 꽃이 지면서 봄이 가려니, 했더니 흙에서 소생이 시작되고 있음을 알겠다. 갈무리되어 태양 아래 봄공기를 쐬는 흙을 보니 새로 태어나는 것 같은 환희를 느낀다. 흙 1그램에도 수십억마리의 미생물이 있다지. 그 속에서도 보이지 않는 약육강식의 세계가 펼쳐지고, 먹고 먹히는 순환이 되풀이되며 흙을 살아 있게 한다.

　갈려 있는 땅에 엎드려 흙냄새를 들이켜고 싶다. 저 흙냄새가 내 가슴의 묵은 때를 갈아엎고 갈무리해줄 것 같다. 봄의 대지에서 나도 보리처럼 새롭게 태어날 수 있다면…… 1850년대에 미합중국 정부가 인디언 부족에게 땅을 팔라고 요구했을 때 씨애틀 추장이 보낸 답장 한 구절이 잠언처럼 떠오른다.

　"우리는 자식들에게 땅은 우리의 어머니라고 가르칩니다. 땅에 일이 생기면 땅의 아들에게도 일이 생깁니다. 우리는 땅이 사람에 속하는 것이 아니라 사람이 땅에 속한다는 것을 압니다." 들소가 살육되고 야생마가 길들여지고 은밀한 숲들이 사람냄새에 절어지는 백인들의 운명이 수수께끼라고 말했던 인디언. "누리는 삶의 끝은 살아남는 삶의 시작입니다."

　아직은 시멘트로 복개되지 않고 무사히 흐르는 남천과 드넓은 오릉 숲을 보면 '살아남는 삶의 시작'에 대해 낙관하고 싶다. 한달 전에 들렀을 땐 오릉에 소나무와 대숲만 푸르더니 모과나무에 별 같은 분홍 꽃이 만개하고, 본견처럼 윤기 있는 자색 모란꽃이 숨은 듯이 피어 있다. 은행잎들도 손톱처럼 솟아 있는데 나무 아래 넓은 뜨락엔 수십마리의 새들이 날아와 한가하게 앉아 있다. 사람이 없으니 숲의 주인들이 그제야 제자리를 차지하는구나. 그 풍경이 평화로워 절로 미소가 떠오른다.

솔숲으로 들어서자 옛 주춧돌이 드문드문 놓여 있다. 이곳에 절이 있었나? 석양이 비치는 주춧돌 위로 나무 그림자가 드리워져 고적의 정취를 자아낸다. 인적은 없지만 생기가 느껴져 가만 앞을 바라보니, 청설모 한마리가 두 발을 모으고 무언가를 열심히 먹고 있다. 다람쥐의 식사를 방해하지 않기 위해 가만 멈추어선다. 인간 가까이서 볼 수 있는 귀여운 동물이지만 쉬지 않고 두리번거릴 땐 애처롭게 느껴진다. "늘 강한 놈에게 쫓기고, 살기 힘든 건 짐승이나 사람이나 똑같아." 언젠가 박경리 선생이 말했을 때, 힘든 인생살이에 대해 가슴이 아팠다. 도토리 하나 먹으면서 사방을 두리번거리는 다람쥐야, 너도 고달프고, 업이 많아 글을 쓰는 나도 고달프구나.

제단이 놓인 능역을 가로질러 남천으로 면한 솔숲을 걷는다. 오릉의 소나무들은 유난히 높이 뻗어 있어 목이 아프도록 올려다보게 한다. 나무를 빽빽하게 심은 탓에 빛을 찾아 서로 경쟁하듯 뻗어올라간 것이다. 줄기가 가는 것이 많고, 생명의 개성을 보이기라도 하듯 제각기 멋진 곡선으로 꿈틀거리는데 한 임업학자의 말을 빌리면 "신라의 찬란한 문화를 꽃피우고 문명을 지탱시키느라" 이처럼 굽었다.

신라인들은 궁궐과 집을 짓고 땔감을 만들기 위해 천년 동안 경주 인근에서 곧고 좋은 소나무만 사용했을 것이고, 형질 나쁜 나무만 남아 오늘날같이 굽은 소나무로 번식했다는 것이다. 통일신라 시대에 17만여호가 있었다는 경주에는 지붕을 기와로 덮고, 집이 그슬리지 않도록 숯으로 밥을 짓는다는 기록도 있다. 기와와 숯을 만드느라 숲이 희생되었을 것이다. 또 신라의 불교문화가 융성했던 이면에 숲의 존재를 말하는 학자도 있는데, 성덕대왕신종을 비롯하여 수많은 범종들을 주조하는 과정에서 엄청나게 많은 목재가 사찰 주변 숲에서 조달되었다는 것이다. (전영우『나무와 숲이 있었네』)

재목으로선 적당치 않겠지만 경주의 소나무는 화가의 신필(神筆)로도 다할 수 없을 만큼 멋지다. 갈라터진 흑갈색 줄기는 생명의 자연스러운 발현이며, 허공에 굽이치는 선들은 무언의 오케스트라 같다. 오릉의 소나무는 심미적 가치만으로도 종의 명성을 다하고 있는 셈이다. 로마에는 가로수를 소나무로 심었다는데, 경주에도 소나무를 가로수로 심는다면 고도의 그윽한 정취를 자아내지 않을까.

엉킨 그물같이 늘어진 히말라야시더를 거리뿐 아니라 왕릉에까지 무분별하게 심고, 분황사 가는 길에 휘늘어져 고도의 정취를 더하던 버드나무를 마음대로 베어낸 사람들은 누구인가. 나무는 땅과 하늘을 이어주는 우주적인 가교이다. 해 저물면 가지 사이로 초승달이 뜨기도 하고, 신화가 잉태되어 김알지(金閼智)가 세상으로 내려오는 통로가 되기도 한다. 신화와 삶이 만나는 사다리이며 영원한 재생을 실현하는 나무. 꿈을 사랑한다면 역사가 서린 고목을 베어서도, 시각을 해치는 수입종 히말라야시더를 고도에 함부로 심어서도 안된다.

걸음을 내딛다가 무언가 시야에 잡혀서 멈칫 놀란다. 몇걸음 앞에서 새끼뱀이 미끄러져 풀숲으로 사라졌다. 뱀은 물처럼 눈깜짝할 사이에 흘러갔지만 걸음이 앞으로 나아가지 않아 방향을 돌린다. 새끼뱀이니 무섭지 않다고 생각해보지만 두 마리만 만나도 사정이 달라진다. 왜 뱀은 사람에게 공포감을 주는 것일까. 온몸으로 땅을 문지르고 다니는 뱀. 이승의 업처럼 친친 감기는 몸뚱어리. 창세기에 이브를 유혹하여 금단의 사과를 따먹게 한 것도 뱀이다. 인류 타락의 원죄를 덮어쓴 미물.

신화학자 조셉 캠벨(Joseph Campbell)에 의하면 뱀은 "과거를 벗어던지고 계속해서 새 삶을 사는 생명의 상징"이다. 거듭나기 위해 허물을 벗고 다시 태어나는 영원한 에너지와 의식을 상징한다. 성서에서 뱀이 유혹자로 등장하는 것은 기독교가 삶을 인정하기를 거부하기 때문이라고.

선악을 아는 것이 왜 아담과 이브에게 금지되어야 했던가요? 그것도 모르고 있었더라면 인류는 삶의 조건에 동참하지 못한 채로 아직도 에덴동산에서 멍청한 아이처럼 살고 있을 테지요. 결국 여자가 세상을 일군 겁니다. 이브는 이 속세의 어머니입니다. 인류가 에덴동산에서 살던 꿈같은 낙원은 시간도 없고 탄생도 없고 죽음도 없는 곳입니다. (…) 죽어서 부활하고, 허물을 벗음으로써 그 삶을 새롭게 하는 뱀은 시간과 영원이 만나는, 이 세계의 중심에 서 있는 세계수(世界樹)입니다. 결국 뱀은 에덴동산의 실질적인 신이었던 겁니다. 시원한 석양의 바람을 쏘이다가 그곳에 들른 야훼는 나그네에 지나지 않아요. 동산은 뱀의 본거지였으니까요. (조셉 캠벨 『신화의 힘』)

캠벨식으로 말하면 이브가 금단의 사과를 먹음으로써 삶이 시작되었고 인류는 낙원의 동산이라는 신화적인 꿈의 시간대에서 쫓겨난다. 아니 "더할 나위 없이 순진무구한 상태의 메타포"일 뿐 에덴동산은 없다. 허물을 벗고 끊임없이 태어나는 뱀의 동산에서 인간도 삶의 신화를 스스로 창조해왔을 뿐.

이천년 전 한반도 동산에서도 잠자던 꿈이 허물을 벗고 삶의 신화가 태동되었다. 태백산 남쪽 우발수에 귀양살이 온 하백의 딸 유화가 알을 낳아 주몽이 태어나고, 서라벌 진한땅 양산 밑 나정 곁에는 말 한마리가 꿇어앉아 울다가 보랏빛 알을 두고 홀연히 사라졌다. 알을 가르자 그 속에서 한 어린아이가 나오므로 거두어 길렀는데, 나이 십여세가 되자 뛰어나게 숙성하니 육부 사람들이 그를 받들어 임금으로 삼았다. 그가 신라의 시조왕이요 오릉의 주인공인 박혁거세(朴赫居世)이다. 진한사람들은 바가지를 만드는 재료인 호(瓠)를 박(朴)이라고 하는데, 처음 그가 나온 큰 알이 박과 같은 모양이기 때문에 성을 박씨로 하였다.

박혁거세의 부인 알영은 사량리 알영정(閼英井)에 계룡이 나타나서 왼쪽 옆구리로 낳은 아이다. 자색이 고왔으나 입술이 닭의 부리 같은지라 월성 냇물에 목욕시켰더니 부리가 떨어졌다. 아이가 나온 우물 이름을 따서 알영이라 이름지으니 시조가 맞아들여 왕비로 삼았다.

높이가 일정치 않은 다섯 기의 봉분이 거대한 박처럼 누워 있는 오릉(五陵)엔 박혁거세와 부인 알영, 2대 남해 차차웅, 3대 유리 이사금, 5대 파사 이사금 등 박씨 왕이 묻혀 있다고 전해온다. 능들이 질서있게 배치된 것이 아니라 간격이 다르고 크기도 각각 달라서 형식이 자유롭다. 이천년의 세월이 만든 자연의 작품이다. 두 사서(史書)에 기록된 오릉의 원이름은 사릉(蛇陵).

『삼국유사』에 의하면 박혁거세가 태어나 나라를 다스린 지 61년 만에 하늘로 올라가 이레 뒤에 유해가 흩어져 떨어졌으며 왕후도 역시 죽었다. 나라 사람들이 합장하려고 하였더니 큰 뱀이 나와서 방해하므로 다섯 동강이 난 왕의 유해를 다섯 능에 각각 장사하고 이름을 사릉이라 하였다. 알영이 태어난 우물도 능원 동편에 모셔졌는데, 신라 시조왕의 신화가 묻혀 있는 뱀의 동산에는 또다른 꿈이 잉태되는지 신록이 한창이다.

오릉/신라의 시조 박혁거세와 부인 알영 등이 묻혀 있다고 전해온다. 성모설화를 간직한 신령스러운 선도산이 멀리 보인다.

　혁거세가 태어난 나정과 죽은 뒤 묻혔다는 이 오릉의 거리가 오백미터나 될까. 우리는 죽음을 멀고먼 어느 행성쯤으로 생각하지만 삶과 죽음 사이의 거리란 이렇듯 오백미터밖에 되지 않는다. 생사가 한공간이네.

　철책을 따라 능역을 돌아 서편을 향해 서니, 부드러운 능선 너머 선도산(仙桃山)이 한눈에 들어온다. 경주 어디서든 서편을 향하면 선도산이 보이는데『동경잡기(東京雜記)』엔 "선도산이 서쪽에 웅크리어 눈썹 같으며"라고 산세에 대해 기록해놓았다. 예부터 성모신앙이 전해내려와 신령스런 산으로 여겨지기도 한다.『삼국유사』권5 감통(感通)편에 기록된 선도 성모설화를 보면 이렇다. 진평왕 때 안흥사의 여승 지혜가 불전을 수리하려 하였으나 힘이 부족하였다. 하루는 꿈에 선도산 신모(神母)가 나타나서 "금 열근을 시주하여 돕고자 하니 내 자리 밑에서 금 열근을 찾아 쓰라"고 하였다. 다음날 지혜가 신사의 밑을 파보니 과연 황금 160냥이 나왔고 이로써 불전 수리를 마칠 수 있었다.

그런데 선도산 신모는 본래 중국 황실의 딸로 이름은 사소(娑蘇)이다. 일찍이 신선술을 배워 신라에 오랫동안 머물고 있으니 아버지인 황제가 솔개의 발에 편지를 매어 부쳐 이르기를 "솔개가 머무는 곳을 따라가서 집을 삼으라" 하였다. 사소가 그대로 하였더니 솔개가 선도산에 머무르므로 이곳을 집으로 삼고 신선이 되었다.

또 신모가 처음 진한에 와서 신령한 자식을 낳아 동국의 첫 임금으로 삼았으니 혁거세와 알영 두 성인이 시초가 된다. 계룡이니 계림이니 백마 등으로 일컫는 바는 닭이 서쪽 방위에 속하기 때문이라고.

산 이름 선도(仙桃)는 신선이 먹는 복숭아. 『삼국사기』에는 서형산(西兄山)으로 기록되어 있는데, 신선사상·도참사상의 영향으로 고려때 지어진 이름이다. 고려는 도참사상을 바탕으로 하여 건국된 나라다. 선도산 성모설화도 중국과 연관지으려는 의도로 후대에 만들어진 것임을 알 수 있다. 그러나 사소라는 이름이 아름다워 시인은 설화의 언덕에 나비처럼 앉아 그의 특권인 몽상에 젖는다.

서라벌 사릉에 묻힌 시조왕을 눈이 오나 비가 오나 지켜주듯 굽어보는 선도산 성모. 이브로부터 속세의 삶이 시작되었듯이 사소의 꿈으로부터 신라가 열렸다. 사소가 산으로 신선수행을 떠나기 전 미지의 세계에 대한 설렘을 그의 집 꽃밭에서 독백하는데, 서정주는 사소 단장(娑蘇斷章)을 이렇게 펼쳤다.

노래가 낫기는 그중 나아도
구름까지 갔다간 되돌아오고,
네 발굽을 쳐 달려간 말은
바닷가에 가 멎어버렸다.

활로 잡은 산돼지, 매로 잡은 산새들에도

이제는 벌써 입맛을 잃었다.

꽃아, 아침마다 개벽하는 꽃아.

네가 좋기는 제일 좋아도,

물낯바닥에 얼굴이나 비취는

헤엄도 모르는 아이와 같이

나는 네 닫힌 문에 기대섰을 뿐이다.

문 열어라 꽃아. 문 열어라 꽃아.

벼락과 해일(海溢)만이 길일지라도

문 열어라 꽃아. 문 열어라 꽃아.

——「꽃밭의 독백」

삼국 이전의 한반도 중남부에 마한, 진한, 변한의 삼한이 있었다. 『삼국사기』 혁거세 거서간 38년 기록에 "중국사람들이 진(秦)의 난리를 견디지 못하고 동쪽으로 오는 경우가 많았는데, 대부분 마한의 동쪽에 자리를 잡고 진한과 더불어 섞여 살다가 이때 와서 점차 번성해졌기 때문에 마한이 이를 꺼렸다" 하였다.

진한은 토착농경인 사회에 진나라 유이민과, 위만조선에 멸망한 고조선 유민들이 내려와 형성된 집단이다. 진나라 사람들이 마한사람들을 데려다 농사를 시킨다는 기록을 보아도 진한사람들이 그 땅의 토착민인 농경인들과는 고향이나 경제방식이 다른 사람들임을 알 수 있다. 외래인들은 농사를 지을 줄 모르므로 그들의 생활수단은 어업이나 사냥, 유목이었을 것이다.

그후 사로국의 시조로 혁거세가 등장하는데, 건국설화의 말〔馬〕은 그들이 곧 기마민임을 가리키는 것이라 여겨진다. 하늘이 말을 보냈다든가 알에서 아이가 나왔다든가 하는 신이한 설화는 지배층이 된 외래집단이 그들의 신성성을 강조하면서 만들어졌지만 신화는 현실에 뿌리내림으로써 문명 속으로 들어선다.

혁거세의 왕비인 알영은 우물에서 나왔다는 것으로 보아 좀더 토착적인 성격을 가진 주민집단 출신으로 여겨진다. 단군신화의 환웅이나 고구려 동명왕 설화에 나오는 해모수가 모두 토착적인 여인들과 결혼하여 새로운 시대를 열었던 것처럼, 선진적이었던 만큼 이질적인 요소를 가졌던 혁거세는 알영과 결혼함으로써 서라벌땅에 뿌리를 내리고 기존의 공동체를 지양하여 초기 국가 건설을 향해 나아갈 수 있었던 것이다. (김기흥『천년의 왕국 신라』)

4월엔 꽃이 지천으로 피어나더니 5월로 들어서면서 송홧가루가 날리기 시작한다. 경주엔 소나무가 많아서 빨랫줄에도 노란 가루가 묻을 정도인데 오전에 비가 왔던 날, 대능원 담길을 걷다가 담에 비치는 한줄기 햇빛을 보고 언뜻 미소를 지었다. 날이 개나보다 생각했지만 땅에 고인 빗물에 송홧가루가 떠 있었다. 햇빛이라고 착각한 것은 담벽에 띠처럼 묻어 있던 송홧가루였다.

며칠 전 경주에 들렀던 한 출판인은 거리에 날리는 송홧가루를 보고 강릉 선교장에서 자랐던 어린 시절을 추억했다. 이맘때 뜰에 종이를 깔아놓으면 송홧가루가 두텁게 쌓여 그것으로 다식을 만들었다고. 송홧가루가 무지개처럼 하늘에 떠다니기도 했다는데 불과 사오십년 전의 풍경이건만 잃어버린 것이 많은 현대라 그는 향수에 젖었다.

바람부는 5월에 전(傳)석탈해왕릉으로 가다. 석씨 왕의 시조라 박혁거세처럼 신이한 설화를 가지고 있는데, 탈해는 왜국의 동쪽 천리에 있는 용성국(龍城國, 『삼국사기』의 다파라국)에서 태어났다. 부왕인 함달파가 적녀국 왕녀와 결혼했으나 왕비는 7년 뒤 큰 알 하나를 낳았다. 왕은 좋은 일이 아니라 하여 알을 궤짝에 넣어 바다에 띄웠는데, 가락국 바다에 정박하다가 다시 계림 동쪽 아진포에 닿았다. 마침 갯가에 나와 있던 혁거세왕의 배꾼 어머니가 까치들이 몰려 있는 배 한 척을 발견하여 궤짝을 열어보니 한 사내아이가 있었다.

까치 때문에 궤짝을 열었으므로 까치 작(鵲)자를 줄여 석(昔)씨라 하였고, 궤를 풀고 나왔으므로 이름을 탈해(脫解)라 하니 탈해의 영특함을 전하는 기사가 두 사서에 나온다. 탈해가 성안에서 살 만한 땅을 찾아보니 초승달처럼 생긴 산봉우리가 있는데 호공(瓠公)의 집이었다. 탈해는 꾀를 써서 그 집 옆에 숫돌과 숯을 묻고는 다음날 와서 "이 집은 우리 할아버짓적 집이다" 하였다. 호공과 시비를 따지다가 관가의 조사를 받게 되자 "우리 조상은 원래 대장장이였는데 잠시 이웃지방으로 나간 동안 다른 사람이 여기 살고 있는 것입니다" 하였다. 땅을 파보니 과연 숫돌과 숯이 나왔으므로 탈해가 빼앗아 살았다.

외래인인 탈해가 4대 왕이 될 수 있었던 것은 2대 남해 차차웅이 탈해의 현명함을 듣고 맏공주를 배필로 삼아주었기 때문이다. 또 탈해를 등용해 대보로 삼고 정사를 맡겼는데, 남해가 죽었을 때 태자 유리는 탈해가 덕망이 있다 하여 왕위를 양보하려고까지 했다. 이에 탈해가 "지혜가 있는 사람은 이가 많다고 합니다" 하고 시험삼아 떡을 깨물어보니 유리의 잇자국이 많았다. 좌우의 신하들이 유리를 왕위에 올리고 왕호를 이사금이라 하니 이사금(尼師今)은 잇금을 이르는 방언이라고 한다.

이러한 기록에서 왕권이 확립되기 전 고대 부족사회의 소박한 모습을 엿볼 수 있는데, 유리 이사금은 탈해에게 왕위를 넘기고 죽는다. 탈해는 62세의 나이로 왕위에 오르고 이사금시대는 16대 흘해까지 이어진다.

주몽과 박혁거세, 석탈해와 가야의 수로왕도 알에서 태어난 시조이다. 김용옥(金容沃)은 강의중에 난생설화의 알이란 아버지에 대한 부정이라고 했다. 아버지를 부정해야 시조가 된다는 것. 합리적인 설명이지만 알은 생명의 근원이기도 하다. 한 덩어리의 혼돈 같은 알에서 깨어나 진화로 들어서는 생명.

남방적인 난생설화는 여러 민족에서 보이는데, 중화민족의 시조 반고도 큰 알 속에서 잉태되었다. 하늘과 땅이 갈라지지 않았던 태초의 모습은 어둑한 혼돈으로 마치 알 속 같았다. 알 속에서 1만 8천년을 지낸 반고가 도끼를 휘두르니 알이 깨어지면서 그 속에 있던 밝고 맑은 기운은 위로 올라가 하늘이 되고, 어둡고 탁한 것은 아래로 가라앉아 땅이 되었다. 그 사이에 반고가 기둥처럼 버티고 있어 하늘과 땅이 다시는 어두운 혼돈으로 합쳐지지 못했다.

탈해 이사금의 기사 거의가 설화적이지만, 태어났다는 다파나국이나 알을 실은 궤짝이 닿았던 아진포 등의 지명을 보면 그가 외래인이라는 점은 분명한 것 같다. 논고 「신라 왕릉의 재검토 2」에서 강인구는 장법(葬法)과 지명 등으로 탈해왕의 계통을 추적했다. 그는 사서의 탈해왕릉 기사를 검토한 결과 '수장(水葬)' '소조상(塑造像)' 등 이국적 장법이 행해지고, 장지로 알려진 양정구·소정구·소천구 등이 본래의 지명이 아니라 '물과 통하게 한 언덕'의 뜻이 있으며 탈해릉의 구조가 이러한 수장이란 장법과 관련하여 만들어졌다고 보았다.

수장은 서역 누란, 사천성 지방에 퍼져 있고, 유골을 부수어 진흙으로 상을 만든 예도 서역에서 흔히 볼 수 있는 것으로 중국을 거쳐 고구려, 백제로 들어와 성행한 적이 있음을 지적했다. 이상을 종합하여 탈해왕이 서역으로부터 중국 중부 해안지방을 거쳐 뱃길로 신라에 도달한 것으로 추정했다.

앞의 논고에서도 야장(冶匠)에 대해 검토했지만 "우리 조상은 본래 대장장이였다"고 말한 석탈해를 철기문명을 가져온 인물로 생각하기도 한다. 사실 우리나라에 철기가 나타난 것은 기원전 300년 무렵으로 북쪽 지방에서 연나라의 화폐 명도전과 함께 보인다. 중국으로부터 철생산 기술이 전해지면서 기원전 1,2세기 무렵 본격적인 철기문화가 시작되는데, 위만조선의 멸망에 따른 위만조선계 주민의 남하 등 역사적 사건도 계기가 된 듯하다. 변한·진한의 철을 왜와 당시 중국 군현인 낙랑군과 대방군에도 공급했다고 『삼국지』 위지 동이전에 기록되어 있다. 물건을 사고 파는 데 철을 돈처럼 사용했다니 철생산이 무척 활발했음을 알 수 있다.

철제 농공구의 사용으로 농업생산력이 증대되고, 철제 무기의 보유로 주변지역을 정복하면서 삼국은 고대국가로 성장한다. 철기를 생산하는 우월한 자연조건을 갖추고, 영토확장으로 요동과 충주 지역 같은 철생산지를 장악하면서 고구려는 국력을 팽창시켰다. 중국 집안현에 있는 고구려 오회분엔 철을 다스리는 대장신과 철제 수레바퀴를 만드는 단야신의 모습이 그려져 있다. 당시의 철기문화는 현대의 핵무기처럼 혁명적인 것이어서 철을 숭배했을 터였다.

지위가 높은 수장급만 소유했던 청동기와 달리 그 시대의 모든 공동체 성원들이 가질 수 있었던 최초의 금속기. '민주적인 금속'이라 부르기도 하는데, 인류를 다른 동물과 확실하게 구분시켜 문명사회로 이끈 요인 가운데 하나는 철기문명의 발견이었다.

그러나 문명이 번영과 행복만을 가져다준 것일까. 철의 공급은 공동체사회를 파괴하고 전쟁을 일으키는 원동력이 되었다. 대규모의 약탈전쟁으로 살상이 동반되고 힘있는 자가 권력을 휘두르는 암흑사회가 되었다.

기원전 8세기에 호메로스와 나란한 반열에 오른 헤씨오도스는 인류의 역사를 금의 시대, 은의 시대, 동의 시대, 영웅〔半神〕의 시대, 철의 시대 등 다섯으로 구분했다. 헤씨오도스는 그가 살았던 철의 시대를 가장 타락한 최악의 시대라고 생각했다. 그는 철기의 출현이 공동체를 무너뜨리고 폴리스, 도시국가를 만들어냈다는 것을 본능적으로 통찰하고 철의 시대를 「노동과 나날」이란 시에서 이렇게 표현했다.

다섯번째(철기시대에 태어난) 사람들 사이에 있지 않았더라면 좋았을 것을.
그보다 앞서 죽든가 나중에 태어났더라면 좋았을 것을.
지금 있는 것은 철의 족속들뿐, 낮은 괴로운 노동과 비통으로 끝나고; 밤은 파멸을 피할 수 없나니. 신들이 심로를 끼쳤지 . (…)
완력이 정의가 되고 타인이 타인의 폴리스를 약탈할 테지. (와따히끼 히로시 『질투하는 문명』에서 재인용)

가난한 농민 출신인 헤씨오도스는 철기시대의 고통을 좀더 민감하게 느꼈겠지만 인간은 현재가 괴로울 때 과거를 미화하며 그리워하거나 미래를 꿈꾼다. 청동기시대엔 전쟁이 없고 만민이 평등했던가. 석기시대는 고요한 강물처럼 평화롭기만 했던가. 기원전 8,9세기 무렵 고조선의 강상 무덤엔 140여명이 순장되었다. 기원전 17세기에 건립된 상(商)왕조는 잔혹한 노예사회로 조상의 제사에 400여명의 노예를 희생물로 바치기도 했다.

이렇듯 금속기가 사용되기 이전에 인간의 평등한 관계는 이미 무너졌다. 10만년 전 호모싸피엔스 유해에도 누군가에게 당한 폭력의 흔적이 있다. 인간이 만물의 영장으로 군림한 이래 만인이 행복한 적은 없으련만 철의 발견이 고통을 가져왔다고 생각하다니. 아니 인간은 일찍이 삶의 양면성을 깨달은 것인지도 모른다. 풍요는 또다른 빈곤을 가져 오고 진보는 또한 파괴를 동반한다는 것을.

　기원전 5세기에 등장한 불교와 그후 일어난 기독교의 "사랑과 자비는 철기문명의 난폭성을 내다본 성인들의 메시지였다"고 철학자는 말한다. 우리는 이 시대를 정보시대, 원자시대, 우주시대로 부르지만 아직도 전쟁이 끊이지 않고 원죄와도 같은 삶의 재난은 계속 이어지니 여전히 철기시대에 살고 있는 셈이다.

　전(傳)석탈해왕릉은 경주시 북쪽 동천동 소금강산 기슭에 표암(瓢岩, 박바위)과 나란히 자리잡고 있다. 진한땅 옛 여섯 마을 중 알천 양산촌의 알평이 표암봉에 내려오니 이가 급량부의 이씨 조상이 되었다. 『삼국유사』에 기록된 육촌장들의 강림지는 표암봉을 비롯해 동쪽의 명활산(금산 가리촌장), 북쪽의 화산(취산 진지촌장), 금강산(명활산 고야촌장), 서쪽의 이산(무산 대수촌장)과 형산(돌산 고허촌장) 등으로 경주분지와 가장 인접한 산악이다.

　그곳은 대체로 북방으로부터의 이동로와 밀접한 연관을 갖고 있으니 육촌장들의 실체가 지금까지 조선유민(朝鮮遺民), 진인(秦人) 등으로 추정되는 사실과 무관하지 않다. 돌산 고허촌장과 무산 대수촌장으로 대표되는 두 집단은 내륙으로 이동하여 왔으며, 나머지 네 집단은 동해안을 따라 남하하거나 해로를 이용하였을 것으로 보고 있다.

　표암은 육촌장들의 강림지 가운데 유일하게 그 위치가 구체적이다. 조선시대의 사료『동경잡기』에 의하면 "신라때 이 바위가 서울에 해를 끼친다 하여 박씨를 심어서 바위를 덮었으므로 이런 이름이 생겼다" 한다. 설화가 전해내려올 만

석탈해왕릉

큼 경관이 좋지만 지금처럼 성역화된 것은 17세기 이후인 듯하다.

왕릉은 높이 4.5미터의 소형급이나, 드넓은 능역에 굽이진 한아름 노송들이 세월의 아름다움을 보여준다. 이곳 산록에도 바람이 불어와 한아름 되는 소나무마다 송홧가루를 날리는데, 미세한 꽃가루가 화선지에 물감 번지듯 노란 안개로 피어오르다가 흩어진다. 혜공왕 때 김유신 묘에서 회오리바람이 일면서 장군의 혼령과 병사들이 나타났다더니, 송홧가루 안개 속에서도 그런 환영이 보일 것 같다. 바람부는 5월 꽃가루에 묻어 혼령이 나들이하는 걸까. 석탈해의 혼령이 참배객들을 갸륵하게 여겨 송홧가루를 날리며 금강산에 나타난 것일까.

조선 말기부터 전해온 듯한 석탈해왕릉은 위치와 규모로 보아 잘못 지정된 것이 확실시된다. 초기 고분군이 모여 있는 시내 중심부에서 멀리 떨어져 변두리 산록에 위치하며 크기도 작아 통일기 이후의 고분으로 추측되었다. 이 능은 1974년에 도굴되면서 내부가 드러났는데, 문무왕 이후 만들어진 묘제로서 석탈해 당시와는 관련이 없음을 조사자는 시사했다. 『삼국유사』엔 문무왕대에 무덤에서 뼈를 추려내 소상을 만든 후 토함산에 봉안하고 나라에서 제사를 지냈다고 기록되어 있다. 이로 미루어 탈해왕릉은 존재하지 않는 것으로 보기도 한다.

철기를 들고 뱃길로 신라에 들어온 대장장이 아들도 문명을 던져주곤 뼈로 흙으로 돌아갔다. 만물이 무상하니 능 위에서 노니는 몇마리 새들을 한가하게 바라보며 서거정의 시구를 떠올린다.

다시는 떡을 씹어 왕위를 전할 수 없고
봄나무엔 해마다 백로만 우는구나.

2. 집착에 대하여

헌강왕릉과 삼릉

2. 집착에 대하여
헌강왕릉과 삼릉

신라 왕조는 56명의 왕이 법통을 이어받았다. 군주국가라 왕의 행적이 나라에 미치는 영향이 컸고 통치자의 비중이 그만큼 컸다. 2대 남해 차차웅의 태자인 유리 이사금은 덕망있는 탈해에게 왕위를 양보하려 했지만 떡을 깨물어보고 임금으로 올랐다. 이렇듯 『삼국사기』나 『삼국유사』에 단편적이나마 왕의 인물됨과 개성이 역사의 한 부분으로 그려져 있는데 오늘의 현대인에게도 흥미를 끄는 통치자가 몇명 있다.

무열왕이나 문무왕 같은 영웅적인 면모는 없지만 개인적인 매력을 지닌 인물로 49대 헌강왕(憲康王)을 빠뜨릴 수 없을 것 같다. "왕은 성품이 총명하고 민첩했으며 책 보기를 좋아하여 눈으로 한번 본 것은 모두 입으로 외었다" "즉위 2년에 황룡사에서 승려들에게 공양을 올리고 친히 행차하여 불경 강론을 들었다" "국학에 행차하여 박사 이하에게 강론하게 했다" 등의 기사를 보아도 그의 지식욕을 헤아릴 수 있는데 상주 심묘사(深妙寺) 비문을 직접 쓰고 당대의 명승 지증대사와 선문답을 할 정도로 헌강왕은 문학에 조예가 깊었다. 부친인 선대의 경문왕은 시로써 신라의 산수를 그려내어 중국 사신을 당황케 했을 정도였다니 당의 과거시험에 합격한 최치원과 시의 대가 박인범이 배출된 당시의 문화적 분위기와 무관하지 않은 것 같다.

남산으로 향하는 통일전 못 미쳐 헌강왕릉과 그의 아우인 정강왕의 능이 있다. 정강왕릉에 간 적이 있는지는 기억나지 않지만 헌강왕릉엔 전에 와본 적이 있다. 묵은 신문에서 도굴당했다는 기사를 보고 능을 찾아온 기억이 난다. 헌강왕릉만 기억하는 것은 개인적인 관심 때문인데 지식욕이 있을 뿐 아니라 풍류를 즐겼던 왕이라 흥미를 갖고 있었다.

이미 해가 진 뒤라 왕릉으로 들어서는 솔숲에도 일몰의 그림자가 깔려 있다.

고적한 오솔길을 무심하게 올라가니 밑둘레를 돌로 쌓은 큰 봉분이 눈에 들어온다. 다듬잇돌보다 긴 직사각형 돌들을 4단으로 쌓아올리고 그 위에 소담하게 솟아 있는 봉분이 풀밭이 소복 담긴 거대한 그릇 같다. 눈이 쌓이면 에스키모집이 될 것이다.

정강왕과 헌강왕을 보리사 동남쪽에 장사지냈다는 기록(당시의 보리사 위치를 정확히 알 수 없지만)과 무덤 양식으로 보아 이곳이 헌강왕릉이라는 기존의 추정은 큰 무리가 없는 것 같다. 능역도 넓어 탈춤 한마당을 추어도 될 것 같은데, 원래는 더 넓었던 듯 능역에서 5미터 정도 경사진 솔숲 아래에 2단으로 쌓인 돌축대와 탑재들이 방치되어 있다.

기사를 보면 헌강왕대엔 그 어느 때보다 나라가 부유하여 태평했던 것 같다. 즉위 6년 월상루(月上樓)에 올라가 사방을 둘러보니 수도의 민가들이 즐비하고 노래와 음악소리가 그치지 않았다. 자긍심이 깃들인 왕의 말씀.

"지금 민가에서는 집을 기와로 덮고 띠풀로 지붕을 이지 않는다 하고, 밥을 숯으로 짓고 나무를 쓰지 않는다고 하는데 과연 그러한가."

"주상께서 왕위에 오르신 이래로 음양이 조화롭고 비바람이 순조로워 해마다 풍년이 들어 백성들은 먹을 것이 풍족하고 변경지역은 잠잠하고 도시에서는 기쁘게 즐기니, 이는 전하의 어진 덕이 불러들인 바이옵니다."

"이는 그대들 보좌에 힘입은 것이지 내게 무슨 덕이 있겠는가."

최치원은 숭복사 비명(碑銘)에 헌강대왕께서는 젊은 나이에 이미 덕이 높았다고 칭송했거니와 앞의 대화로도 겸양의 미덕을 엿볼 수 있다. 왕이 포석정에 나갔을 때 남산의 산신이 임금 앞에 나타나 춤을 추었다는 기사가 있는데 왕만이 이것을 보고 남산 신의 춤을 스스로 추어 보였다. 한 국문학자의 견해로는 헌강

헌강왕릉/헌강왕대는 기와로 지붕을 덮고 숯으로 밥을 지었다는 태평성대이지만 여동생 진성왕대부터 나라가 급격히 기운다. 처용이 살았던 시기.

왕이 차차웅 같은 무당 구실을 했음을 보여주는 대목이다. 잔치에서 술이 무르익으면 거문고를 뜯고, 어느날은 행차하여 문신들에게 시 한수씩 지으라고 명했다는 헌강왕은 예인 기질도 가진 것 같다.

왕의 행차에 귀신이 나와 춤을 추었다는 기사가 몇번 나오는 걸 보면 헌강왕 치세 말기엔 나라의 기가 흐트러졌던 것 같다. 『삼국유사』에는 당시 산신이 임금 앞에서 춤을 추면서 "지혜로 나라를 다스리는 자 가운데 뻔히 알면서도 도망치는 자가 많으므로 도성 안이 장차 결딴이 날 판"이라는 노래를 불렀으나 경고를 알아차리지 못하고 유흥에만 빠져 나라가 결국 망했다고 씌어 있다. 헌강왕 대의 태평성대는 역사학자들의 표현대로 '폭풍 전야의 고요함'이었을까.

늦가을이라 해가 짧아져 어느새 어둠이 몰려오고 둥근 달이 바로 송림 위에 떠서 능을 비추고 있다. 차가운 밤공기 속에 달을 마주하고 있으려니 내가 고요 속에 녹아들어 달을 품은 호수가 된 듯하다. 월궁지에서 임금과 지증대사가 주고받은 선문답이 떠오르누나.

헌강왕이 심(心)에 대해 질문하는데 마침 달의 그림자가 맑은 못 가운데 똑바로 비치자 대사가 다시 하늘을 우러러보고 말하기를 "이것(月)이 곧 이것(心)이니 더이상 할말이 없습니다" 하였다. 임금께서 흔연히 말하기를 "부처가 연꽃을 들어 뜻을 나타냈거니와 전하는 풍류가 진실로 이에 합치되는구려!"

고요한 밤의 능역에 앉아 신라인의 마음으로 달을 바라보려니 이번엔 어디선가 처용(處容)이 나타나 춤을 출 것 같은 환상을 준다. 역신과 아내의 간통을 보고 춤을 추면서 물러나왔다는 사나이. 이에 감동한 역신이 "당신 모습을 그린 그림만 보아도 문안에 들어가지 않겠습니다" 맹세하여, 그후 사람들은 처용의 모습을 그려 문에 붙이고 나쁜 귀신을 쫓았다. 이 담대한 인물이 등장하는 헌강왕대의 처용설화는 왕이 개운포(開雲浦)에서 놀다가 안개로 길을 잃으면서 시작된다. "이는 동해 용의 짓이니 좋은 일을 하여 풀어야 합니다." 천문을 맡은 관리의 조언에 임금이 용을 위하여 근방에 절을 세우라고 명령하니 즉시 안개가 흩어졌다.

동해 용이 기뻐하며 아들 일곱을 데리고 나와 춤을 추고 음악을 연주했는데 그중 하나가 임금을 따라 경주에 들어와 정치를 보좌하게 되었다. 왕은 처용이란 이름을 가진 그에게 미녀 아내를 맞게 하고 급간이란 벼슬까지 주었다. 그런데 그 아내를 탐낸 역신이 사람으로 변하여 밤이면 몰래 잠자리를 같이하였다. 밖에 나갔다가 돌아온 처용이 자리 속에 누운 두 사람을 보고 노래한 것이 「처용가」이다.

동경 밝은 달에
밤 깊이 노닐다가
들어와 자리를 보니
다리가 넷이어라
둘은 내 것인데
둘은 뉘 것인고
본디 내 것이다마는
빼앗긴 것을 어찌하리오

과연 처용은 누구인가? 용의 아들로서 임금을 따라 경주에 들어온 그의 출현부터 신비한데 아내의 간통장면 앞에서 노래부르며 물러났다는 호방함은 선사

(禪師)의 파격처럼 보이기도 한다. 엽기적이기도 한 처용설화는 『삼국유사』의 어느 대목보다 학자들의 관심을 끌어 많은 연구가 이루어졌다.

한 역사학자는 처용설화를 정치사적으로 풀이하여 개운포에 안개로 출몰한 동해의 용을 지방의 잠재세력인 반중앙적 호족의 상징으로, 처용을 중앙에 포섭된 지방호족의 아들로 추정하기도 했다. 또 처용의 처와 간통한 역신은 추락된 화랑들로 병든 도시의 상징으로 보았다.

문화·사회적 측면에서 연구한 「처용설화의 일고찰」(이용범)은 독특하면서 개연성이 있는 견해를 제시해 설화 해석의 시야를 넓혀주었다. 용은 비, 바람 등의 자연현상을 주재하는 영물인 까닭에 항해 및 선박과도 불가분의 관계에 있다는 점, 『삼국유사』엔 용의 아들로 그려진 처용이 『삼국사기』에는 형용이 해괴하고 옷차림이 이상한 실제인물로 그려진 점, 용이 나타난 개운포가 입구를 이루는 울산만은 당시 내륙교통선상의 요지였고 아라비아 상인들이 운집했던 당(唐) 말기의 국제항 양주까지 배로 가는 것이 용이하였다는 점, 아라비아 상인들의 손을 거쳐 당에서 온 사치품들이 신라인의 생활에 쓰였다는 점 등을 들어 처용을 표류하다 신라땅에 도착한 아라비아 상인으로 추정했다.

장대한 체구에 큰 눈을 부릅뜨고 있는 9세기대 경주 괘릉의 무인상(武人像)은 한국인의 용모와는 달라서 아라비아인으로 추정된다. 경주에서 발견된 페르시아 문양석도 당시의 국제교류를 보여주는데, 처용이 아라비아인일 것이라는 가정도 무리가 없다. 동경 달 밝은 밤에 노닐던 이국인을 상상하며 능에서 나선다. 나도 처용처럼 달밤에 노닐고자 보름을 기다려 나선 것이다.

남산에서 배반으로 펼쳐진 들판 위에 달빛이 금실처럼 풀어져내리는데, 추수를 끝내고 비어 있는 땅이 살을 다 내주고 누워 있는 뼈 같다. 겨울 속에 깊어가는 대지를 달빛이 융단처럼 감싸니 재생의 봄이 잉태되고 있음을 알겠다.

처용이 밝은 달에 놀았다는 월명항(月明港)은 어디일까. 항은 거리라는 뜻도 되는데『동국여지승람』에 월명항은 금성 남쪽에 있다 한다. 시내에서 보면 이곳도 남쪽이 되지만 대로 맞은편에 있는 사천왕사에서 화랑교육원으로 들어가는 이 길은 신라때 월명리로 불렀다. 경덕왕대에 사천왕사에 살던 월명스님은 피리를 잘 불어서 달밤에 피리 불며 큰길을 지나가면 달이 그를 위해 가기를 멈추었다고 한다. 피리에 감응하는 달이라면 처용이 노래하고 춤출 때도 가기를 멈추었으리라.

처용은 밝은 달 아래 어디를 그렇게 밤늦도록 노닐었을까. 예나 지금이나 인간의 놀이에 빠질 수 없는 것이 술이고, 술에는 여자가 따른다. 처용은 사내들과 월명항의 창가(娼家)에서 기녀가 따라주는 술을 마시고 노래와 춤을 즐겼는지 모른다. 아내를 홀로 내버려둔 채. 처용 아내의 외로움을 알겠다. 처용을 아라비아인으로 추정한 논자도 거론했지만 모습이 해괴한 정체불명의 이국인과 타의로 결혼한 처용의 아내가 행복했으리라곤 생각되지 않는다. 또 "신라의 개방된 남녀관계에서 처용 처의 행동은 자유분방할 수도 있었다."

아내의 간통장면을 보고 춤을 추면서 물러난 처용의 행위에 대해서도 많은 해석이 있다. "격조 높은 해학" "초탈의 경지에서 불교적 이상을 구현하는 교화의 춤" "처용의 무력함에서 연극화된 굿의 비극적 성향" 등이다.

아내의 간통을 모티프로 한 이마무라 쇼오헤이 감독의 「우나기」란 일본 영화가 생각난다. 영화는 남자주인공이 지하철에서 편지를 읽는 장면으로 시작된다. 당신이 낚시를 가는 날 밤 다른 남자가 집에 와서 새벽까지 머문다는, 아내의 외도를 알리는 내용이다. 남자는 낚시를 간다며 집을 나섰다가 밤에 몰래 돌아와 아내

42

의 불륜장면을 목격한다. 결국 남자는 살인을 저지르지만 정직하게 자수하고 감옥에서 복역하다 8년 뒤 가석방된다. 작업을 나갔을 때 잡아와 키우던 뱀장어를 데리고.

소도시에서 이발관을 차린 남자는 어느날 강가에서 자살을 기도하는 여자를 발견하고 구해주는데, 여자는 퇴원 후 남자의 이발소 일을 거들게 된다. 여자는 무표정한 남자에게 호감을 느끼지만 남자는 여자에게서 아내의 얼굴을 떠올리며 마음을 열지 않는다. 수족관의 우나기만 들여다보고.

알을 밴 암컷이 남쪽으로 이천킬로미터 떨어진 바다에 가서 일제히 알을 낳으면 따라온 수컷도 그곳에서 정자를 뿌리고, 우나기 새끼들은 반년이 걸려서 일본 강으로 돌아온다. 죽은 수컷 암컷들로 가득한 바다를 거쳐 희생을 치르고 돌아온 우나기.

남자가 우나기의 생명력에 눈을 뜰 때 여자는 찾아온 전남편에게 유린당하여 임신을 하고, 돈에만 관심있는 전남편이 폭력배와 다시 돌아와 여자를 협박할 때에야 남자는 여자의 아이가 "내 자식"이라고 말한다. 가석방중에 여자 때문에 폭력배와 싸운 남자는 다시 감옥으로 들어가게 되는데 여태 키우던 우나기를 바다로 돌려보내주며 독백한다.

"나도 이젠 너와 똑같다. 네 어미도 적도에서 알을 낳아 이름모를 씨를 받아 너를 만들었어. 어느 놈의 씨인지는 모르지만 넌 멋진 우나기야. 태어난 애는 소중히 키울 거다. 잘 가라."

아내를 사랑하므로 불륜을 용서할 수 없었다고 생각했지. 수족관을 등지고 편지를 회상하며 남자는 혼란을 느낀다. 편지, 그건 누가 보냈지? 혹시 편지 따위는 처음부터 없었던 것이 아닐까?

　남자의 망상과 분노가 모든 것의 근원이었다. 다른 남자의 아이를 가진 여자를 받아들이면서야 남자는 그가 집착했던 결벽과 소유욕에서 벗어나는데 감독은 뱀장어를 통해 사랑과 제도의 이름으로 소유하고 강요할 것이 아닌, 스스로 존재하는 모든 생명에 대해 말하고 생명주의를 일깨워주었다.

　처용도 아내의 간통을 우나기처럼 받아들인 것일까. 아니라면 처용의 춤은 절망에서 솟아난 해학일까.

　『아라비안 나이트』에 마신 이야기가 나온다. 마신은 결혼식날 밤 신부를 채어다 작은 상자에 가둔 다음, 함 속에 그 상자를 넣고 육중한 강철 자물쇠를 일곱 개나 채운 뒤, 거센 파도가 굽이치는 바닷속에 넣어두었다. 그러나 신부는 마신이 잠잘 때 570명의 남자와 동침하고 그들로부터 받은 반지를 마신의 베개 밑에 넣어두었다.

　욕망이란 마신이 채어온 신부처럼 함에 넣어 자물쇠를 일곱 개나 채우고 바닷속에 숨겨두어도 공기처럼 빠져나와 허기를 채우고야 만다. 그것이 욕망의 원시적인 생명력이기 때문이다. 말을 물가로 끌고 갈 수는 있어도 강제로 물을 먹이지는 못하니 사람 마음을 억지로 잡아끌거나 막으려는 것은 어리석은 짓이다.

　있는 그대로 받아들여야 할 너의 마음. 아마도 처용은 남편일지라도 '내 뜻대로 할 수 없는 너의 마음'을 깨끗이 인정하고 체념의 춤을 추었는지 모르겠다. 집착에서 벗어났기에 처용의 춤은 아름답다. 그 아름다움이야말로 힘이어서 사귀도 물리치는 부적이 되고, 예술로 승화되어 오늘날까지 남아 있는 것이다.

　인간사란 시공을 초월하여 일어나는 일. 영화 「퓨너럴」의 한 장면으로, 왁자지껄한 클럽에서 흘러나오던 현대판 처용가는 이렇다.

난 방에 들어갔어

백만번도 더 자던 방이었어

누군가 기척이 느껴졌어

당신인가? 아니면 내 심장소리인가?

눈물아, 떨어져라

너의 영혼이 빛나게 하여라

당신은 모든 걸 갖길 원해

난 내 것만 원하지

헌강왕릉은 동남산 기슭에 위치해 있고, 산너머 서남산엔 삼릉과 경애왕릉이 있다. 산을 넘어 삼릉에 가기로 하고 자희씨와 동행했다. 화가인 자희는 경주의 향토사학자 윤경렬 선생의 막내딸이다. 내가 경주에 자리잡게 된 것이 선생과의 인연에서 비롯된 것이라 어느덧 자희와도 가까워지게 되었다.

토우제작가인 윤경렬 선생을 처음 뵌 것은 1984년인데 나는 그때 예술가들을 인터뷰한 글을 문예지에 연재중이었다. 선생을 취재하러 간 경주는 초등학교 때 수학여행 다녀온 뒤 처음이라 기대에 차 있었다. 함경도 사람으로 일찍이 우리 문화재에 눈을 떠 풍속인형을 연구했던 이 어른은 해방 후 경주에 정착해서 신라정신을 지키고자 어린이박물관학교를 열고 나라사랑을 몸소 가르쳤다.

신선처럼 깨끗한 모습과 신라의 기상을 사랑하는 선생의 열정에 영향을 받아 나는 이내 경주에 매료되었다. 무엇보다 눈을 끈 것은 평지에 거대한 언덕처럼 솟아 있는 고분들이었다. 그것은 한갓 무덤이 아니라 세월이 흐르면서 자연의 일부가 된 인류의 흔적이었고 근원적인 것을 보여주고 있었다. 환상적인 고분의 풍경은 뇌리에 강하게 새겨져서 언젠가 경주에 와서 살리라 생각했다.

그로부터 10년 뒤 정말 경주를 찾았으니 생각은 이렇게 이루어지나보다. 고향처럼 돌아왔으나 인간사에 지쳤을 때, 사람과 연락을 끊고 능 옆에서 휴식기를 가졌다. 정신적으로 회복되면서 늦게야 찾아가 인사드렸지만 선생은 지난 겨울 이승을 떠났다. 추석 전 뵈었을 때도 자리에서 몸을 일으켜 처용의 멋과 신라정신을 찬양하더니 그것이 내가 들은 선생의 마지막 신라강의였다.

사십구재까지 마치고 자희는 허탈한 듯했지만 침착한 성격이라 별 내색을 하지 않는다. 춥다던 겨울도 가려는지 2월말인데도 봄기운을 느낄 만큼 따뜻하다. 남산순환도로로 들어서니 넓은 산길이 펼쳐지고 소나무와 잣나무 등 상록수가 양옆으로 늘어서 있다. 자희가 머리 위로 드리운 소나무 하나를 가리킨다.

"저 소나무 수명이 다하나봐, 솔방울이 많은 걸 보니. 소나무는 죽을 때가 되면 종족번식 본능으로 솔방울을 많이 만든대요."

"사람도 죽기 전에 정리를 하잖아. 무의식중에 죽음을 예감한다던데."

선생도 3년 전에 팔순의 생애를 돌아본 자서전 형식의 책을 '마지막 신라인 윤경렬'이란 제목으로 펴냈다. 남산에 관한 글을 비롯해 많은 저서가 있고 석굴암에 관한 글도 완성해놓았다니 긴 생애 동안 정말 열심히 일하셨다. 당신이 그리던 경주에 정착하여 행복한 가정을 꾸려가면서 50여년간 신라에 관한 글을 쓰고, 좋아하는 고량주를 돌아가시기 전까지 드셨다니 여한이 없을 것 같다. 늘 충족하여 살았던 어른 같은데 자희가 고개를 갸웃한다.

"남모르는 회한도 있지 않을까요."

"그렇겠지. 한국 같은 권위사회에서 재야(在野)로 살아온 어려움도 있었을 테고. 아무리 가까운 사람이라도 당신의 내면을 완전히 들여다볼 수는 없어."

"돌아가시기 얼마 전에 생각에 잠기신 듯해서 여쭈었더니 바다,라고 했어요."

바다라는 말을 듣자 새털구름 깔린 푸른 하늘 아래 돛단배 한척 흘러가는 망망대해가 눈앞에 펼쳐진다. 육(肉)의 땅에서 주어진 생명을 성심으로 소진하고 자유의 바다로 흘러가는 한 영혼. 어느 제자는 선생의 전생이 『삼국유사』의 저자 일연스님 같다지만, 암소를 끌고 가다 수로부인에게 꽃을 꺾어 바치는 탈속한 신라 노인의 모습이 선생의 영상에 겹쳐진다. 신라의 유미주의를 사랑한 선생이었다.

"선생님은 두려움 없이 편안히 돌아가신 것 같아. 죽음이 과연 두려울까? 난 죽는 순간 이런 생각을 할 것 같아. '육의 업이 끝났구나, 이제야 휴식하는구나' 하고. 아메리카 인디언들은 아이가 태어나면 가족들이 빙 둘러앉아 그 아이가 겪어야 할 고통을 근심했대. 그리고 누군가 죽게 되면 기뻐해주었다네. 영원한 행복의 길로 떠났다고."

"죽는 것으로 끝나는 것 같지가 않아요. 사람이 죽으면 혼이 빠져나와 또 몸을 빌려 태어나려고 떠돌아다닌다 그래요. 해탈한 사람만 윤회에서 벗어나고."

살아서 해탈할 것 같진 않고, 내가 죽은 뒤 혼이 몸을 빌려 또다시 태어난다 생각하면 딱하다. 이 험한 세상에 무슨 미련이 있기에. 삶이 괴로울 땐 생명 자체가 원죄같이 느껴진다. 이 생에서 원죄를 치르는 것만으로 충분하지 않을까.

"자희씨는 죽은 뒤 다시 태어나고 싶어?"

"다시 생명을 받고 싶지 않아요. 아무것으로도 태어나지 말았으면 좋겠어요."

"꿈이 많으면 꿈을 푸느라 다시 태어나고 싶을 텐데."

"꿈 없어요."

자희의 차분한 목소리를 들으며 고트프리트 벤의 시를 떠올린다.

삶이란 미천한 환상!
소년들과 하인들을 위한 꿈

내게도 꿈 같은 건 없다. 삶의 의무와 해야 할 일들만 있을 뿐. 아마도 우리는 정서적으로 같은 유의 사람 같지만 젊은 자희는 세속의 꿈을 가졌으면 좋겠다. 냉정한 듯하지만 속기 없는 자희가 동기간처럼 편한데 나보다 열두살 아래이다.

한시간 정도 올라왔을까. 넓은 도로가 밋밋하여 일단 칠불암 쪽 산길로 들어서서 사방이 내려다보이는 곳에서 쉬기로 한다. 커피를 마시며 산을 내려다보니 거대한 연화대좌가 있는 용장곡과 왼편 아래 비탈진 능선에 소담하게 솟아 있는 용장사 탑이 시야에 들어온다. 500미터가 채 안되는 높지 않은 산이지만 금오봉과 고위봉에서 흘러내리는 40여개의 계곡과 100여곳이 넘는 절터, 80여개의 탑들이 있고 바위에 새겨진 마애불까지 합쳐 100체의 불상과 보살상이 산재해 있다. 서쪽 기슭엔 박혁거세의 탄생지 나정이 있고, 진평왕 때 세운 남산 신성과 문무왕 때 지은 창고 세 곳이 있어 신라 역사의 현장이기도 한데 통일기인 7세기 전반부터 산에 널려 있는 자연바위로 불상을 만들고 불사를 하면서 그들 꿈의 정토를 이루었다. 용장사 탑처럼 하층기단을 만들지 않고 바위산 위에 직접 상층기단을 쌓아 탑을 올리니 산 자체가 거대한 탑이요, 정상의 바위에 연화대좌를 놓아 부처님이 계신 수미산(須彌山)의 환상적인 세계를 구현했다.

희끗희끗한 바위들이 뼈처럼 드러난 계곡을 내려다보니 신라의 남녀가 예불하러 산을 오르는 정경이 환영처럼 눈앞에 펼쳐진다. 삼면보관을 쓰고 한손에 꽃을 든 신선암 마애보살도 구름 위에서 상념에 잠겨 남산을 굽어보고 있다. 숲

경주 남산 용장사 터

을 흔드는 초봄의 바람소리가 귓가에 스치니 어디선가 염불사(念佛師)의 염불소리가 바람에 실려오는 것 같다. 성중의 17만호에 들리지 않는 데가 없었고 높고 낮음 없이 낭랑한 소리가 한결같았다는 신라인의 염불이.

평화롭다, 옛세계가. 석공의 돌 쪼는 소리와 그 손에서 피어난 부처의 미소가. 과거의 숨결을 간직한 채 천년 만년 의연하게 제자리를 지키고 있는 대자연이. 세파에 지친 몸을 내주고 흙으로 돌아가는 죽음도 저 평화로의 귀환이 아닐까. 자희의 눈에 망자에 대한 그리움이 묻어 있는 것 같아 위로의 말을 한다.

"내세에서 또 아버지로 만나. 가족이든 누구든 내세에 다시 만나고 싶다면 정말 사랑한 사람이잖아. 내 가슴에도 그런 사랑이 있다면 이 생은 족하지 않을까."

바람이 파도처럼 계곡을 휩쓸고 뺨을 스쳐가니 머리가 맑아진다. 멀리 초록 숲에 묻혀 있는 용장사의 삼층탑이 눈에 들어와서 마음속으로 합장한다. 벌써 나, 해 기우는 인생의 언덕에 서 있으니 언젠가 이승의 업도 끝나리. 쓰린 생채기도 세월의 모래가 덮어주고, 모든 것이 저 골짜기의 바람처럼 지나가리. 그 뒤는 알 수 없지만 평화? 문득 양지스님이 영묘사의 장륙존상(丈六尊像)을 만들 때 성안의 남녀가 진흙을 나르며 불렀다는 풍요(風謠)가 귓가에 맴돈다.

오다 오다 오다
오다 서럽더라
서럽더라 우리들이여
공덕 닦으러 오다

상선암을 거쳐 삼릉(三陵) 계곡으로 내려오니 산 같은 세 개의 능이 솔숲에 나란히 자리잡고 있다. 8대 아달라왕과 53대 신덕왕, 54대 경명왕. 삼릉의 주인으로 전해오는 이들의 공통점은 모두 박씨 왕이라는 점이다. 신덕왕은 헌강왕의 서자 효공왕이 죽은 뒤 사위로서 추대받아 왕위에 올랐고, 경명왕은 신덕왕의 아들이다. 가까이 있는 또 하나의 능 주인으로 전해오는 경애왕은 경명왕의 동생. 경명왕 때 궁예가 피살되고 사천왕사 벽화 속의 개가 짖어대는 듯한 소리가 났다니 신라 멸망기의 왕들이다. 『삼국사기』에는 신덕왕은 죽성에 장사지냈고 경명왕은 황복사 북쪽에 장사지냈다고 기록되어 있다. 죽성이 어디인지는 알 수 없고 경명왕이 묻힌 황복사 북쪽은 삼릉의 위치가 아닌데 왜 여기가 세 왕의 능으로 전해올까.

8대 왕과 53대 왕이 7백여년의 시차를 두고 나란히 묻힌 것도 납득이 가지 않는다. 겉으로 보기엔 능 크기도 비슷하고 세월의 간격을 느낄 수 없다. 이곳이 박씨 왕릉으로 지정된 사유가 있으니, 논고 「신라 왕릉의 전승과정 시말」(이근직)을 요약하면 이렇다.

신라의 멸망과 고려 건국은 경제적·인적 자원들을 개경으로 이동시킴으로써 경주지역의 모든 것이 공황상태에 빠지게 했다. 묘비가 없는 왕들의 능도 예외가 아니어서 제대로 관리되지 못한 채 조선 전기까지 왕릉 11기와 김유신 묘만 전해져왔다. 성종 원년(1469)에 편찬된 『경상도속찬지리지』 능묘조에는 혁거세릉, 미추왕릉, 법흥왕릉, 진흥왕릉, 선덕여왕릉, 효소왕릉, 성덕왕릉, 헌덕왕릉, 흥덕왕릉 등 9기의 왕릉과 김유신 묘 등 모두 10기의 능묘에 대해서만 언급되어 있다. 능비의 존재가 분명한 무열왕릉과 『세종장헌대왕실록지리지』 이견대조에서 분명하게 언급하고 있는 문무왕릉 대왕암, 두 왕릉은 1499년 편찬된 『신증동

삼릉/제8대 아달라왕, 53대신덕왕, 54대 경명왕의 능으로 지정되어 있으나 정확한 근거가 없다. 능의 곡선이 마치
산 같은데 그 너머 멀리 서남쪽으로 산들이 보인다.

국여지승람』 능묘조에 추가되었다.

조선 후기에 진행된 족보의 간행과 이에 따른 조상숭배는 18세기에 이르러 김씨 왕릉 11기와 박씨 왕릉 6기, 17기의 왕릉을 추가시켰다. 1900년 이후 오늘에 이르기까지 다시 8기의 왕릉과 묘 7기가 추가되고 현재는 36기의 왕릉과 8기의 묘가 전해져온다. 임진왜란 이전에 안동 및 의성 지방에서 처음 시도된 족보의 간행은 전국적으로 퍼져나가면서 당시 조선사회의 큰 흐름을 주도했다. 경주지역에도 그 물결이 밀려와서 경주 박씨는 1684년, 경주 김씨는 1685년에 처음으로 족보를 간행했다. 본인과 처가의 8대조까지 기록하던 조선 전기의 양식에서 나아가 시조로부터 누대를 기록하는 오늘날의 족보 형태로 변모하기 시작했는데, 동일한 혈족집단으로 구성된 문중은 선조의 행적 재평가 등과 선대의 능묘 찾는 작업을 진행했다.

김씨 문중과 박씨 문중의 왕릉 추정작업은 방식의 차이를 보인다. 박씨 문중의 경우 『삼국사기』와 『삼국유사』에 관련 왕릉의 장지기록이 전혀 보이지 않는데도 박혁거세의 오릉을 중심으로 왕릉을 정했다. 오릉 가까이 남산자락에 있는 6대 지마왕릉, 7대 일성왕릉, 8대 아달라왕릉과 53대 신덕왕릉과 54대 경명왕릉이 나란히 붙어 있는 삼릉, 또 경애왕릉이 그렇게 정해졌다. 그러나 김씨 문중의 경우 『삼국사기』에서 장지를 확인할 수 없거나 왕릉의 존재 유무를 알 수 없는 경우에는 왕릉을 정하지 않는 신중한 태도를 보였다. 당시 문중에서는 유교를 신봉하여 불교관련 내용이 주종을 이루는 『삼국유사』를 신뢰하거나 참조하지 않았다.

조선 영조 때 경주 선비 화계(花溪) 유의건(柳宜健)에 의해 씌어진 『나릉진안설』은 최초의 개인 왕릉연구서다. 90여년 뒤 추사의 『신라진흥왕릉고』와 함께 조선 후기 실증학의 진정한 출발점이라 할 수 있는데, 오늘날에도 주목받는 중요한 자료이다. 화계는 당시에 더해진 17기의, 실증될 수 없는 왕릉들에 대해 매우 회의적이었다. "대체로 천년 후에 이르러서 천년 이전의 일에 대한 자취를 살피건대 문자의 기록에 의하지 않고서 어찌 알 수 있겠는가. 비록 신라사람으로써 죽지 않고 지금 살아 있다 해도 상세하게 알지는 못할 것이다. (…) 왕릉은 백여곳에 위치하고 있으나, 지금 이미 다 알 수는 없으므로, 알고 있는 바는 안다 하고 모르는 바는 모른다 함은 진실로 의리를 해하는 것이 아니다. 어쩌다 구차하게 범인(凡人)들의 장지를 잘못 인정하여 왕릉으로 하였다면 그런 기만은 무엇과 같을 수 있겠는가. 왕릉이라 할지라도, 말한 바의 모(某)왕릉이 모(某)왕의 것이 아닌 경우에 역시 미안하지 않겠는가."

역사찾기는 후손으로서 해야 할 일이지만 엄밀한 고증 없이 왕릉이 지정되어 국내외의 많은 학자들이 이의 진위 여부에 대해 끊임없이 논란을 벌여왔다. 왕릉의 주인을 연구하는 방법론은 일차적으로 문헌에 밝혀진 위치와 현재 전해오는 왕릉 위치가 합치하는지 살피고 이차적으로는 고고학의 연구성과에 의존해야 한다. 문헌기록과 현재의 전(傳)왕릉 소재지가 일치한다 하더라도 당대 묘제가 서로 어긋나는 예도 있는데, 토광묘(기원전 2세기에서 4세기 초), 적석목곽분(4세기 중엽에서 6세기 중엽), 횡혈식 석실분(6세기 중엽에서 통일신라) 등으로 이어지는 신라 특유의 묘제 변천과정과 시기별로 일치하는지를 살펴야 한다. 700여년의 세월을 건너뛰어 아달라왕릉과 신덕왕릉이 나란히 위치한 삼릉을 보면 문외한으로서도 수긍하기 힘들다.

삼릉 중 가운데 있는 전(傳)신덕왕릉은 일제때 도굴되고 1963년에 두번째로 도굴당하는 수난을 겪었다. 조사자가 발표한 「경주 삼릉석실고분」(박일훈)에 의하면 무덤 양식은 6세기 중엽부터 나타나는 횡혈식 석실분으로, 두 사람의 유해를 동서방향으로 안치한 시상(屍床) 주변의 현실(玄室) 바닥엔 해안에서 채취된 듯한 냇자갈이 깔려 있었다.

평면이 정사각형에 가까운 현실은 자연괴석으로 견고히 구축하고 천장은 돔처럼 위로 올라갈수록 차츰 그 폭을 줄여 한개의 개석(蓋石)을 덮어 천장을 완성했다. 이 석실분에서 가장 주목할 만한 것은 벽화이다. "북쪽 벽면과 동서 양 벽면 일부에 연결하여 마치 병풍을 돌려세운 것처럼 보이는 기이한 벽화"가 그려져 있다. 즉 입구에서 정면인 북쪽 벽면에 여섯 폭, 좌우 동서 벽면에 각 세 폭씩 모두 열두 폭이 시상을 가릴 듯 그려져 있다. 병풍 윤곽은 굵은 단선으로 정확하게 잡았으며 좌우 벽면에 직각으로 꺾어지는 부분만은 선 윤곽이 이중으로 중복되어 있다. 높이는 140센티미터로 폭마다 이등분하여 모두 스물네 폭이 된다. 이렇게 구획된 24면에 주(朱), 황(黃), 백(白), 군청(群靑), 흑색에 가까운 감청(紺靑) 등 다섯 가지 색깔을 순서없이 배색했을 뿐 그 속에 그림이나 문양은 전혀 그려넣지 않았다.

이 기이한 병풍벽화에 대해 조사자는 "색채의 배열에 대해서는 이해가 가지 않으나 다만 그 색채가 주(남), 군청(동), 흑(북), 백(서), 황(중앙)의 오색으로 나누어진다는 사상은 역시 이들이 오행설이나 그것과 결부된 방위신사상과 어떤 관계가 있는 것같이 생각된다. (…) 병풍의 폭 수가 십이지신의 숫자와 합치된다는 면에서 그 배후에는 고구려 고분의 사신도(四神圖) 벽화나 신라 왕릉에 흔히 볼 수 있는 십이지신상 호석(護石)과 같은 수호관념이 흐르고 있는 것같이 생각된다"고 견해를 밝혔다.

천년 전 지하유택에도 병풍이 그려져 있다니. 어느 미술사학자는 "한국인은 병풍에서 나고 병풍에서 죽는다"고 병풍문화를 지적했거니와 병풍만큼 우리 삶의 의식과 밀접한 관계가 있는 물건이 있을까. 갓난아이는 백일 때 병풍 앞에서 상을 받고 성인이 되어선 병풍 앞에서 혼례를 치르며 죽어서는 시신이 되어 병풍 뒤에 놓인다.

병풍은 중국 주나라의 현자가 높이 8척의 판에 자루 없는 여러 개의 도끼를 도안식으로 그려 뒷벽을 장식하였던 것에서 비롯되었다고 한다. 한 주제의 그림만으로 꾸민 것은 일본에서 전해진 형식이라 하여 왜장병이라 부르는데 한국에선 십장생 병풍, 신선도 병풍 등 표현되는 주제에 따라 용도가 다르다. 공적인 연회나 혼례식 때 사용하는 모란도 병풍은 가난한 마을에선 공동으로 마련해두고 행사때마다 빌려 사용했고 흰 종이만 발라진 하얀 소병(素屛)은 상중의 제사때 사용하였다.

장식적인 면뿐 아니라 주술적인 목적으로 사용되기도 한 병풍. 그러고 보면 병풍은 가차없는 인생으로부터 바람막이의 상징처럼 쓰인 것인지도 모른다. 신덕왕릉 유택의 병풍은 저승의 바람까지도 막아주듯 지하에 그려져 있다.

그런데 무덤 병풍엔 왜 색만 칠해지고 그림이 없을까. 조선 중기의 문신 홍성민(洪聖民)이 남긴 경주기행문 『계림록(鷄林錄)』에 "부의 동북쪽 5리쯤 되는 황야 가운데 옛 능이 있는데, 물이 침식하고 침원이 무너져 들여다보니 석실이 엄연하고 해와 달의 모습을 새겼다. 어느 왕릉인지 모르겠다"고 기록했다. 이 기록으로 보아 석실을 쓴 신라 후대 왕릉에 벽화도 그렸던 듯한데 그림 없는 병풍벽화라니 허전하다.

1980년대에 신라 왕릉에 관한 논문들을 발표했던 강인구는 구조적 특징으로 보아 전신덕왕릉이 삼국통일 전후에 만들어진 것으로 보았다. 따라서 옆에 나란

경애왕릉/경애왕의 능으로 지정되어 있지만 양지바르고 평화로운 능역이 망국의 왕릉이라기에는 너무 무사해 보인다.

히 있는 2기의 능도 같은 구조로 만들어진 것으로 판단했다. 또 가까이 있는 전(傳)경애왕릉 역시 『삼국사기』에 기록된 해목령(蟹目嶺)과 위치가 다르므로 인정할 수 없다고 했다. 잘 알려진 대로 경애왕은 포석정에서 견훤의 공격을 받고 자살을 강요당한 비운의 왕이다. 양지바르고 너른 능역이 쉬었다 가고 싶을 정도로 평화로운데 망국의 왕 무덤이라기엔 너무 무사해 보인다.

솔밭에 앉아 왕릉들이 지정된 경위를 일러주다가 유교사회의 조상숭배, 한국인들의 각별한 혈족주의에 화제가 미쳤다. 나는 몇년 전 윤경렬 선생이 겪었던 사건을 떠올렸고, 옆에서 지켜본 자희는 씁쓸하게 웃는다. 어느 지방지 인터뷰에서 박씨 왕이 무당이라고 말한 기사가 나가자 의관을 정제한 어르신과 박씨 문중 사람들이 봉고차를 타고 찾아와 거세게 항의한 모양이었다. 번잡한 것을 싫어한 선생은 피신까지 가고 결국은 정정기사가 나감으로써 마무리됐지만, 객관적으로 이 일은 사리에 맞지 않는다.

박혁거세의 적자로 2대 통치자가 된 남해 차차웅에 대한 기사를 『삼국사기』에서 보자.

차차웅(次次雄) 혹은 자충(慈充)이라고 한다. 김대문은 말하기를 "차차웅은 방언으로 무당을 이른다. 세상사람들이 무당이 귀신을 섬기고 제사를 받들기 때문에 그를 외경해 마침내 존귀한 어른을 일컬어 자충이라고 하게 되었다"라고 하였다.

옛기록에도 무당이라고 나와 있거니와 『삼국사기』 권32 잡지(雜志)에는 남해왕 3년 봄에 처음으로 시조 혁거세의 사당을 세우고 친누이 아로(阿老)로 하여금 제사를 주관하게 했다는 기사가 나온다. 그때의 무당은 오늘날과 달리 제사장의 역할을 했는데 문중에선 무당이라는 말이 조상을 폄하한다고 생각했던 것 같다.

조상숭배가 지나치면 이런 해프닝이 생긴다. 한국인의 씨족주의는 배타성을 부르고 혈연주의·지역주의와 연결되는데 우리가 물려받은 성씨라는 것도 결국은 하나의 뿌리에서 갈라져나온 잔뿌리가 아닌가. 신라 왕실의 박씨와 김씨가 같은 성이라는 학설도 있거니와 「신라 중고시대(中古時代) 혈족집단의 특질에 관한 제문제」(이기동)에서 이 논제가 다루어졌다.

"전근대사회에 있어서 혼인은 두 가족 혹은 혈족집단 사이의 동맹인 경우가 많다." 『삼국사기』와 『삼국유사』에서 혼인관계를 검토해보면 김씨 왕조가 시작된 내물왕부터 21대 소지왕까지는 같은 김씨 왕비와 결혼하는 족내혼을 행하면서 왕권을 강화했는데 중고기(中古期)인 22대 지증왕부터 25대 진지왕까지 네

명의 왕비가 박씨로 기록되어 있다. 그러나 신라에서 성씨가 사용된 것은 대체로 6세기 중반으로 알려져 있다. 신라 왕실의 김씨 성도『북제서(北濟書)』에 '신라국왕 김진흥(新羅國王金眞興)'이란 기록으로 진흥왕 26년(565)에 처음 나타나며 한산주 소감(少監)의 관직을 가진 박경한(朴京漢)이란 이름의 박씨는『삼국사기』에서 중고시대가 끝난 뒤인 문무왕 8년(668)에 비로소 보인다.

이로 미루어 중고기에 성은 국왕에 한했던 것을 알 수 있고 박씨 성은 7세기 후반에 와서야 성립된 것으로 생각된다. 이에 한 일본학자는 왕비의 박씨 성은 당시에 없었던 것이고 후대에 추가 기록된 것이란 견해를 밝힌 바 있다.

최남선과 양주동은 고대 한국문화에 있어 태양숭배사상을 '밝사상'과 결부시켜(해는 광명을 뜻하는 밝의 근원이므로) 박씨 성의 기원에 대한 견해를 밝힌 바 있지만 일본학자 마에마 쿄오사꾸(前間恭作)는 "박(朴)이라는 자(字)는 김(金)의 조가(朝家)에 대해 밖에 있다는 의미로, 삼국통일 무렵 당과의 외교상 필요에서 성골 기타 왕족혈친 이외의 사람 이름에 모두 차자(此字)를 쓴 것에 기인한다"고 추측했다. 신라 중고의 왕실혼인을 족내혼이라고 보고 김씨, 박씨를 동일족 안에 포함시키고 있다.

논자는 여기서 내물왕의 4대손으로 중고기에 활약한 이사부(異斯夫)와 내물왕의 5대손에 해당하는 이차돈(異次頓)이『삼국유사』에서는 박씨로 기록된 사실에 주목했다. 또『삼국사기』의 박제상도『삼국유사』에는 김제상으로 표기되어 있는 점을 예로 들어 왕위계승권을 가진 지증왕계 직계의 친족집단에 대해 비지증왕계(내물왕계)의 씨족집단은 상대적으로 왕실 밖(朴)에 있다고 보았다.

초기 6부 사로국시대의 박·석·김씨는 후대 성씨제가 발달하면서 붙여진 것이라 연구자들의 견해도 다르다. 또『삼국사기』에 신덕왕이 아달라왕의 먼 후손인 박씨라고 기록되어 있지만, 8대 아달라왕은 자식이 없어서 석씨인 벌휴(伐休)가 왕위에 올랐다. 그로부터 박씨의 왕위계승이 끊기는데, 신라 말기에 돌연 나타난 박씨 왕에 대한 연구논문들도 있다.

고려 태조가 지방세력을 흡수하는 과정에서 경주 김씨 김행(金幸)에게 안동 권(權)씨 성을 내리는 등 많은 성을 내린 것은 널리 알려진 사실이다. 이렇듯 성씨가 정해진 과정을 알면 성씨에 집착할 일도 없으련만 아직도 한국인들은 족보를 따지며 존재의 의미를 찾는다. 진정 성숙한 사회라면 조상을 내세워 나의 권위를 세우려 하지 않을 텐데. 양반과 왕족이라 한들 그것이 삶의 본질과 무슨 상관이 있는가.

3. 유목민의 꿈에 대하여

대능원/미추왕릉 황남대총 천마총

3. 유목민의 꿈에 대하여

대능원/미추왕릉 황남대총 천마총

천년의 고도 경주는 발길 닿는 곳마다 역사의 현장이요, 설화가 쌓여 있는 곳
간이다. 그중에서도 김알지의 탄생설화가 전해오는 계림(鷄林)은 그 신비한 분
위기로 방문자를 신화의 세계로 이끈다. 세월의 풍상이 서려 있는 아름드리 고
목들이 정령처럼 서 있는 계림에 들어서면 어느 나뭇가지엔가 금빛 궤가 걸려
있는 것 같고 닭 우는 환청이 들려오는 듯하다. 아이가 금빛 궤 속에서 나왔으므
로 성을 김이라고 했는데 사서(史書)에 처음으로 나오는 '금'이란 단어가 빛의
왕자를 상상하게 한다.

프레이저(Frazer)의 『황금가지』에는 태양을 보면 죽는 '어둠의 왕자'에 관한
민담이 나온다. 고대 이오니아의 지하궁전에 사는 왕자는 밤마다 모습을 나타
내어 강 건너 성에 사는 아름다운 여자를 찾아갔다. 왕자는 언제나 해가 떠오르
기 전에 서둘러 작별을 고하므로 이별이 싫은 여자는 근처에 있는 모든 수탉의
목을 베어 시간을 알리지 못하게 했다. 때문에 왕자가 채 강을 건너기도 전에 태
양이 떠올랐고, 왕자는 다시 어둠의 세계로 돌아가지 못했다.

새벽을 알리는 닭은 신라가 신성하게 여겼던 동물이다. 천축 사람들이 말하기
를 "신라는 닭귀신을 떠받들므로 날개 깃을 머리에 꽂아서 꾸미개로 표시하였
다"고 『삼국유사』에 기록되어 있다. 서양의 민담과 달리 동방의 신성한 아이는
흰 닭이 금빛 궤 아래서 우니 빛의 왕자로 도래하였다. 해뜨는 사로국(斯盧國)
에 태양처럼 찬란한 금을 들고 온 신라의 김씨 왕 시조 김알지.

계림을 나와 첨성대 앞길로 들어서니 동부사적지에 둔덕 같은 몇기의 고분들
이 시야에 펼쳐진다. 첨성대 뒤쪽에도 고분이 있고 도로 맞은편으론 20여기의
거대고분들이 한공간에 밀집된 대능원이 있다. 지금은 담장으로 둘러싸인 관광
지가 되었지만 능원으로 조성되기 전엔 조산(造山) 같은 수십기의 고분들이 도

심 한가운데 솟아 있었다. 해가 뉘엿뉘엿 지는 석양에 행인들이 무심히 고분 사이로 걸어가는 풍경은 고도의 때문지 않은 아름다움을 보여주었을 것이다.

크기로는 비교가 되지 않지만 고분의 도시 경주는 고대 왕들의 무덤이 몰려 있는 한국판 룩소르(luxor)이다. 이집트에서 피라미드는 죽은 자가 영원히 머무는 곳이며 부활의 배가 출범하는 거대한 인공 성소이지만 경주 도심에 밀집되어 있는 수백기의 고분들은 자연 그 자체로서 둔덕처럼 이지러지고 세월의 영고성쇠를 보여줄 뿐이다.

일제시대에 작성된 경주시내 평지고분 분포도에는 155번까지 번호가 매겨졌지만 1970년에 실시된 미추왕릉 지구의 정화공사시 173기의 고분이 추가로 밝혀지기도 하고 월성로 도로공사 때도 50여기의 고분이 새로 확인되었다. 현재도 경주시내 주택지 지하에는 수많은 고분들이 산재할 것으로 추정되는데, 죽은 자들의 꿈이 묻혀 있는 도시이다.

왕들의 계곡, 대능원으로 간다. 이곳에 묻힌 고대인들은 17대 내물왕부터 22대 지증왕까지 마립간(麻立干)으로 불렸던 김씨 왕과 귀족들로 추정된다. 김씨 왕조가 등장하면서 적석목곽분(積石木槨墳)이란 형태의 거대고분이 이곳에 들어섰다. 신라건국 초기 북에서 내려온 고조선계 유이민들의 움무덤(지하에 목관을 안치한 토광목관묘, 지하에 목곽을 설치하고 그 속에 다시 목관을 넣은 토광목곽묘)과는 전혀 다른 형식이다. 학자에 따라 추정 출현연대가 약간씩 다르지만 350년경부터 550년경까지 유독 경주에서만 200여년간 축조되었던 신라 중앙세력의 고유 묘제이다.

적석목곽분이란 목관이 안치된 목곽을 지상에 설치하고 그 위에 머리만한 냇돌을 일정한 두께로 쌓고 다시 봉토로 덮는 양식을 말한다. 구조와 크기는 물론 부장품의 성격이 앞단계의 토광묘와 현저히 다르다. 금, 금동, 은 등 찬란한 귀금속 공예품이 등장하고 기마구(騎馬具)가 대량으로 출현한다. 나뭇가지 모양의 금관, 서역을 거쳐 들어온 로만 글라스, 봉토 정상부에 마구류를 매장하는 풍습 등이 고구려나 백제와도 구별되는 북방계의 유산임을 보여준다.

　적석목곽분의 기원에 대해서 고구려의 적석총(積石塚)에서 흘러왔다는 내부 발생설 등이 있지만 묘제와 유물이 전혀 다르다. 고구려 영향설은 광개토대왕 비문에 씌어 있는 대로 경주에 왜가 침입하여 당시 5만명의 고구려 기병을 신라에 보내주었다는 정치적 상황을 고고학에 참조한 것이다.

　고고학자 김원룡이 일찍이 지적했듯이 쿠르칸이라 불리는 적석목곽분의 본고장은 북방아시아 대륙이다. 이곳의 목곽분문화는 기원전 7세기경 볼가강 유역에 출현하여 기원전 4세기까지 남러시아에 강대한 유목국가를 형성한 기마유목민 스키타이(scytai)인들이 초원지대를 통하여 동쪽으로 퍼뜨린 것이다. 경주의 적석목곽분처럼 지상에 축조된 목곽, 목곽 위에 쌓은 대량의 돌, 호석이 둘러진 원형의 거대한 봉토가 하나의 세트로 갖추어진 적석목곽분들이 중앙아시아 카자흐공화국의 중국·러시아 접경지대에 산재하는 것은 학자들에 의해 이미 알려졌다.

　경주와 중앙아시아의 거리가 멀고 이들의 적석목곽분도 700년의 시대 차이가 있지만 고고학이 실증하는 것은 분명하다. 같은 계통의 묘제와 같은 계열의 유물. 중국의 한족은 옥을 좋아하여 수의도 옥으로 만들었는데, 신라의 적석목곽분에서 갑자기 쏟아진 금은 재화로서 부피가 작고 광채가 나서 유목민이 좋아했던 금속이다. 1960년 중앙아시아에서 발굴된 한 적석목곽분에서는 100킬로그램이 넘는 금제품이 나왔다. 또 무덤에 마구가 들어간다는 것은 그 민족의 이동이 빨라졌다는 것을 알린다. 북방아시아 적석목곽분의 출현은 기마문화를 가진 유목민이 대륙으로부터 격동적으로 남하함에 따른 돌발적인 일이다. 『신라고분 연구』의 저자이며 신라가 북방계임을 주장하는 학자 가운데 하나인 최병현은 이 렇게 추정한다.

　　북방아시아의 목곽분문화는 기본적으로 흔적을 남기며 점진적으로 이동하 는 농경문화가 아니라, 흔적을 남기지 않고도 단시간 내에 장거리를 이동할 수 있는 급속한 이동력을 갖고 있는 기마민족들의 문화였음을 상기해야 된다. 적석목곽분이 출현한 4세기 중엽은 5호 16국의 난이 있었던 거대한 민족이동 기였다. 유라시아 전체가 수천킬로를 왔다갔다한 시기여서 이런 이동기에 기 마민족들이 경주에 온 것이 아닐까.

　　고대에는 유이민집단의 이동이 잦았지만 아주 멀리 떨어진 지역으로부터 갑 작스런 대규모 이동을 가정한 기마민족이동설을 극단적인 추정이라고 우려하는 학자도 있다. 그러나 경주시내에 깔려 있는 수많은 거대고분들과 역사 속의 여 러 흔적들은 풀지 않고는 넘어갈 수 없는 수수께끼 같다.

　　내물부터 지증까지의 김씨 왕을 마립간(麻立干)이라 불렀는데 간, 칸은 북방 기마민족 우두머리의 칭호이다. 사서에는 김씨의 시조가 금궤에서 나온 김알지 로 기록되어 있지만 재야사학자 문정창은 문무대왕릉비를 해석하여 일찍이 경 주 김씨가 흉노족의 자손이라고 밝힌 바 있다.

　　한고조 유방이 흉노에 패한 이래 60여년간 공물을 바쳐오다가 무제가 곽거병 (霍去病)을 장군으로 세워 치게 하니, 이 과정에서 감숙성 지방에 있던 흉노의 일파 중 휴도왕(休屠王)의 아들 일제(日磾)를 인질로 데려왔다. 무제는 용모가 근엄한 일제를 측근에서 섬기게 하고, 일제가 그의 목숨까지 구하자 투후(秺侯)로 봉했다. 또 김씨 성을 내려주었는데 살해된 휴도왕이 금인을 만들어 하늘이라 하고 제를 지냈기(祭天金人) 때문이다. 무제는 함께 잡혀온 일제의 어머니가 죽었을 땐 그녀의 화상을 벽에 그려놓고 '흉노왕 알지(閼氏)'라고 썼다. 김알지의 이름도 이와 관계있는 것이 아닐까.

일제가 사망하자 아들 상과 손자 국, 일제의 작은아들 건의 손자 당이 대를 잇고 7세(七世)에까지 투후의 영예를 보유했다. 문무대왕릉비에 '秺侯祭天之胤傳七世'라고 쓰인 것이 김일제의 가계사이다. 투후의 벼슬을 가지고 하늘의 제사를 지내던 후손이, 전하여 7대에 이르렀다는 뜻.

일제의 증손자 왕망(王莽)은 뒷날 어린 황제를 살해하고 스스로를 신황제(新皇帝)로 칭하는데 신라 남해왕 5년 때의 일이다. 그러나 15년 뒤(AD 23) 한고조 유방의 9세손 유수(劉秀)가 일어나 왕망을 치니 김일제의 가계가 죽임을 당하고 혹은 유배의 길로 나서게 되었다. 그 후손의 하나였던지 석탈해왕 9년(AD 65)에 김알지가 경주 시림(始林)에 나타난다. (문정창 『이병도 저 『한국고대사연구』 평』)

이상이 한 재야사학자의 경주 김씨 가계추적도이다.

유목사회의 흔적은 고고학적 물증뿐 아니라 왕의 가계를 기록한 문헌에서도 엿볼 수 있다. 김부식은 『삼국사기』에서 내물 이사금과 왕비가 같은 김씨임을 기록하면서 "신라와 같은 경우는 동성을 취할 뿐 아니라, 형제의 딸이나 고종, 이종 자매를 아내로 삼기도 하였다. 비록 외국이 각기 풍속이 다르다 하나, 중국의 예로 이를 따져본다면 크게 잘못된 일이다"라고 지적했다. 또한 아버지가 죽으면 그 후모(後母)를 아내로 맞이하고, 형제가 죽으면 그들의 아내를 자신의 처로 받아들이는 흉노의 풍습은 신라보다 더욱 심하다고 논평했다.

고구려 고국천왕의 왕후 우씨(于氏)가 왕이 죽은 뒤 그 아우 연우를 왕으로 세우니, 연우는 형수를 왕후로 삼았다. 이런 형제연혼제는 고대 혼인의 한 양상으로, 이동과 전쟁이 잦은 가운데 종족을 보존해야 했던 유목사회의 풍습이다. 유목민으로 흉노족, 선비족, 부여족, 오환족 등이 있는데 고구려와 백제는 사서에 씌어진 대로 부여에서 갈라져 나왔고, 신라는 흉노에서 왔다고 다수의 고고학자들은 보고 있다.

『삼국사기』 신라 애장왕(哀莊王)대의 기록에도 왕의 어머니가 김씨인데 그 아버지 대아찬 숙명의 이름자를 따서 숙씨(叔氏)라고 한 것은 잘못이라고 지적해 놓았다. 원성왕의 비 김씨 역시 아버지의 이름 신술에서 따온 신씨(申氏)로 당서에 기록되어 있는데 "신라측에서 외교의 필요상 동성간 족내혼의 양상이 알려지는 것을 꺼렸던 것으로 본다"고 역자가 해석을 달았다.

농경사회였던 중국은 족외혼을 했고 동성불혼제였으나, 북방족이었던 신라는 중국과 전혀 다른 족내혼을 했다. 진위 여부로 논란이 많지만 『화랑세기(花郎世紀)』에도 자유분방한 유목사회의 모습이 가득 들어 있다. 혹자는 신라의 남녀평등을 유목사회의 모습으로 보기도 한다.

대능원으로 들어서니 하늘로 뻗은 노송들이 한눈에 들어오는데, 화단에 심어진 단풍나무 잎들이 바람에 물결친다. 곧고 매끄러운 줄기에 서늘한 잎들을 품고 있는 단풍나무가 단아한 중년여인 같다. 지금까지 단풍나무를 많이 보아왔지만 대능원의 단풍나무처럼 예쁜 종은 보지 못했다. 구불구불한 줄기가 허공에 자유로이 구성된 삼릉의 소나무숲은 사진작가들이 즐겨 찍는 풍경이지만 경주엔 능이 많아 소나무가 많고 그나마 자연환경이 좋은 것 같다. 또 선조들의 꿈

미추왕릉/김씨의 시조왕인 13대 미추왕의 능으로 전해온다. 죽장릉에 미추왕을 장사지냈다는 『삼국사기』의 기록에 따라 뒷날 이곳에 능역을 조성하면서 대나무를 심었다.

이 묻힌 능은 그 크기만큼 우리들에게 환상을 주니 경주를 경주답게 하는 주역은 능들이다.

전(傳)미추왕릉으로 들어서는 사잇길엔 버드나무가 양편에 심어져 있다. 연두색 이파리가 보푸라기처럼 돋아난 줄기는 꽃샘바람에 실타래처럼 흐느적거리고, 뜰 한쪽엔 봄을 찬양하듯 겹복사꽃이 흐드러지게 피어 있다. 신부 같은 핑크가 생명이 약동하는 이 계절과 더없이 조화되어, 보는 이의 가슴까지 꽃빛깔로 물들이는 것 같다. 김씨의 시조왕이라 13대 미추(味鄒) 이사금 왕릉엔 담이 둘러져 있는데, 벚꽃은 이미 지고 담 아래로 붉은 꽃술이 무수히 흩어져 있다.

알지가 세한을 낳고, 세한이 아도를 낳고, 아도가 수류를 낳고, 수류가 욱보

70

를 낳고, 욱보가 구도를 낳았으니, 구도가 곧 미추의 아버지이다. 이것이 4대 탈해 이사금 때 시작되어 200여년간 이어진 김알지의 자손 계보이다. 석씨인 12대 첨해 이사금에게 아들이 없어 나라 사람들이 미추를 왕으로 세웠다 한다.

즉위 7년, 봄과 여름에 비가 내리지 않으니, 여러 신하들을 남당에 모아 왕이 친히 정사와 형벌의 잘잘못을 물어 들었고, 15년에 신료들이 궁실을 고쳐지을 것을 요청했으나 왕이 사람들을 수고롭게 하는 일이라 하여 따르지 않았다. 왕이 23년 만에 죽고 14대 유례왕 때 청도에 있던 이서고국(伊西古國)의 군대가 금성을 공격하자 댓잎을 귀에 꽂은 병사들이 홀연히 나타나 물리쳐주었다. 그들이 사라진 뒤 대나뭇잎 수만장이 죽장릉(竹長陵)에 쌓여 있어 백성들은 선왕께서 싸움을 도우신 것이라 생각했다. 죽장릉은 미추 이사금을 장사지낸 곳.

미추왕은 김씨 왕의 시조여서 김유신의 혼백이 왕릉에 들어가 하소연했다는 사연도 『삼국유사』에 실려 있다. 37대 혜공왕 때 유신공의 무덤에서 회오리바람이 일어나면서 말을 탄 장군과 40여명의 장정들이 나타나 죽현령(죽장릉)으로 들어갔다. 잠시 후 말소리가 들리는데 "제가 살아서는 환란을 구제하고 나라를 통일한 공로를 세웠으며 지금은 혼백이 되어서도 나라를 지키고자 하는 마음에 변함이 없건만 제 자손이 죄없이 사형을 당하고 임금도 나의 공적을 생각하지 않으니 다른 곳으로 옮겨가서 다시는 나라를 위하여 애써 근념하지 않겠습니다. 원컨대 왕은 허락하소서" 하였다.

이에 미추왕이 "오직 나와 그대가 이 나라를 수호하지 않는다면 저 백성들은 어찌할 것인가. 그대는 이전과 다름없이 힘을 쓰오" 하고 달래면서 허락하지 않으니 회오리바람이 그만 돌아갔다.

혜공왕이 이 말을 듣고 대신 김경신을 보내 김유신의 무덤에 가서 사과하고 명복을 빌었다는데, 미추의 영혼이 아니었다면 유신의 노여움을 막지 못했을 것이다. 이리하여 나라 사람들이 그의 덕을 사모하여 제사의 격위를 오릉의 위에 높이고 그의 무덤을 대묘라고 일컬었다.

사서의 기록에 따라 대능원의 미추왕릉 뒤편에도 대나무를 심어두었지만 담장 위로 솟아 있는 거대봉분을 보면 높이가 10미터 이상인 적석목곽분임을 알 수 있다. 왕이 죽은 해가 284년이니 토광묘를 사용한 시대이다. 적석목곽분은 17대 내물왕부터 시작되는 묘제이다. 『신라고분연구』의 저자 최병현은 19대 눌지 마립간 때 역대 왕들의 원릉을 손질하였다는 『삼국사기』의 기록을 들어 미추왕릉이 원래는 소규모였으나 이때에 와서 대능으로 개축되었다고 본다.

『삼국사기』의 장지 기록은 법흥왕대부터 비로소 시작되었고 전대의 왕에 대해서는 박·석·김 3성의 시조왕만 사릉, 성의 북쪽 양정언덕, 대능(죽장릉)이라고 기록되어 있다. 이에 대해 이근직은 「신라 왕릉 관계기사의 검토」에서 "법흥왕 이전에는 장지가 왕족의 거주지인 월성에 근접해 있고 능을 접하는 것이 일상사로 어느 능이 누구의 능이라는 것은 다 아는 사실로서 달리 장지를 기록할 필요를 느끼지 못하다가, 법흥왕을 계기로 장지가 월성 부근의 평지를 떠나서 외곽지대에 축조됨으로써 기록이 시작되었다"고 견해를 밝혔다.

또 고려 초기의 성씨에 대한 개념이 씨족의 개념으로 고정화되어갈 무렵 박·석·김 3성은 각자의 시조에 대해서만이라도 장지를 기록할 필요를 느끼고, 이에 따라 능을 찾을 필요가 있었다는 것이다. 그 결과 장지 기록도 사릉(蛇陵), 대능(大陵)이라는 막연한 단어와 설화에서 연유한 죽장릉(竹長陵)이라는 능호 뿐이다. 현재의 전미추왕릉도 조선조 때 김씨족들이 김성(金姓)으로는 첫왕인 미추 이사금의 장지를 기록할 필요를 느껴서 시내에 있는 김씨 왕족의 거대고분군 중 맨 앞에 있는 능을 택하여 성역화한 것으로 보았다.

전미추왕릉에서 왕들의 계곡으로 걸음을 옮기니 고분 뒤편에 또 고분, 능선이 숨바꼭질하듯 변한다. 내 가슴은 늘 희로애락으로 들끓건만 자연의 곡선은 저리도 평화로운가. 뱀허리처럼 휘어진 오솔길로 들어서자 좌우 앞뒤로 거대한 고분에 에워싸이고, 봄날 풀이 막 돋기 시작하는 금빛 고분들 속에 서 있으니 여기가 무릉도원인가 싶다. 부드러운 능선이 주는 풍요로움은 죽음의 세계로 손짓하는 듯하지만, 그 속엔 또한 환생과 순환의 기나긴 시간이 담겨 있다.

신록의 잎이 돋아난 감나무 아래 앉으니 능들 사이로 산이 보인다. 우주적인 자연의 곡선에 비해 인공의 직선은 차원이 낮다. 대능원 담장 너머로 솟아 있는 어쭙잖은 문명의 건물들을 외면하며 자연의 선에 취하는데, 쌍분의 거대한 곡선이 눈을 사로잡는다. 높이 22미터의 98호분이다. 일부 학자들과 경주의 박·석·김씨 후예들의 반대에도 불구하고 박정희시절에 밀어붙이기식으로 발굴조사된 고분이다. 경주 쌍분 중 가장 크고, 원상복구되면서 황남대총(皇南大塚)이란 이름이 붙여졌다.

부부 무덤인 황남대총은 남분과 북분으로 나뉜다. 남분 주곽의 내관에서 60세 전후의 남자 유골과 치아가 발견되었고, 내관과 주곽 사이에선 순장된 것으로 보이는 15세 전후의 소녀 뼈와 치아가 발견되었다.

순장은 죽은 자가 사후세계에서도 현세와 같은 삶을 누리도록 사람이나 가축 등을 함께 묻는 장례형태로서 고대사회에서 널리 행하여졌다. 『삼국지』 위지 동이전에 부여에도 순장의 풍습이 있고 한 귀인의 주검에 100명의 산 사람을 순장했다는 기록이 있다. 신라에서도 왕이 죽으면 남녀 각각 다섯 명씩 순장하던 풍습이 있었으나 지증왕대에 순장을 금했다.

  남분에선 많은 유물이 출토되었는데 3식의 금동관을 비롯하여 금제 관드리개, 금목걸이, 금은제 허리띠, 금동신 등 1만 8천여점의 장신구류와 금은장 고리큰칼, 은제 정강이가리개 등의 무기 및 병기류 5천여점과 마구류 8백여점, 봉수형병 같은 유리용기와 그릇류 2천여점 등 모두 2만 4900점이 출토되었다.

  북분의 내관에선 금관, 금제 관드리개, 금구슬 등 장신구류만 출토되었지만 부장품을 넣는 곳에는 갖가지 장신구와 유리잔, 돋을무늬 은잔 등과 무구류, 말갖춤 등이 출토되었다. 3만 5천점 이상의 엄청난 부장품으로, 남분에 비해 장신구가 월등히 많았다. 또 묻힌 자가 긴 칼을 차지 않은 대신 가락바퀴가 부장되어 무덤의 주인이 여성으로 추정되는데 은제 허리띠 끝장식에 부인대(夫人帶)라는 명문이 있었다.

  황남대총의 가장 눈부신 출토품은 북분에서 나온 금관이다. 일제때 발굴한 여성의 무덤인 서봉총(瑞鳳塚)에서도 금관이 나온 예가 있어 금관이 왕만 쓰는 것이 아님을 알 수 있다. 금관의 용도에 관해서도 여러 주장이 있어서 권위를 상징하는 것으로 머리에 쓰는 실용품, 샤먼적인 제사자가 쓰는 의례용품, 부장용으로 쓰인 장례품용 등으로 의견이 나뉜다.

  신라 금관은 관대 중앙과 그 양옆에 세워진 출자형(出字形, 山자가 3~4단 겹쳐 있어 '山字 겹침식'이라고도 부른다) 입식과 사슴뿔 모양 장식으로 뼈대를 이루고 있다. 여기에 나무 잎사귀 같은 수많은 영락과 곡옥 등을 달아 찬란하게 꾸민 것으로, 황남대총 금관도 여기서 벗어나지 않는다. 김원룡은 「신라 금관의 계통」이란 논문에서 이 장식이 사실적인 나무와 뿔 달린 사슴형태를 그대로 배치한 남러시아의 싸르마뜨 금관에서 유래했음을 밝혔다.

  또 자작나무 껍질로 만든 내관인 백화수피모가 외몽고 노인울라(noin-ula)의

황남대총

흉노묘와 남러시아 적석목곽분에서도 나왔음은 이미 알려진 사실이다. 자작나무는 시베리아나 백두산 같은 고산지대에만 분포해 있는 수종. 여기서도 신라의 관과 관모가 북방아시아 유목민 특히 스키타이문화와 깊은 관련이 있음을 알게 된다.

이와같이 신라 금관의 원류가 북방으로 연결되거니와 북방경로를 통하여 들어온 유물들도 적석목곽분에서 쉽게 볼 수 있다. 황남대총 북분의 경우 돋을무늬 은잔은 사산왕조 페르시아 은기(銀器)에서 유래되고, 구슬옥을 여러 형태로 박은 금팔찌는 흑해 북안 쿠르 오바에서 출토된 것과 같음이 학자들에 의해 지적되었다. 또 나뭇결 무늬가 있는 유리잔은 로만 글라스 계통으로 실크로드를 통한 교역을 보여주고 있다.

금 한돈의 가격이 만원이었던 당시 화폐가치로 2천만원어치의 금을 포함하여 천여종의 유물이 쏟아져나온 이 거대한 무덤에 묻힌 부부는 누구일까. 22대 지증왕이 순장을 금한 해가 503년이어서 이 무덤의 연대는 그 이전일 것이다. 한때 고고학자와 역사학자들은 이 무덤의 주인공으로 21대 소지왕(炤智王)을 점지했다. 순장된 소녀를 벽화(碧花)라는 이름의 인물로 추측했기 때문이다.『삼국사기』소지왕 22년 기록을 보면 왕이 날기군에 행차했을 때 파로가 미색인 그녀의 딸 벽화를 가마에 태워 비단으로 가려서 왕에게 바쳤다. 왕은 음식인 줄 알고 열어보았으나 소녀인지라 받지 않았다. 그러나 아름다운 그녀를 잊지 못해 두세 차례 남몰래 그 집에 찾아가다가 결국은 궁에 데려와 아들까지 낳았다.

황남대총은 지금까지 발굴된 적석목곽분 중 가장 이른 시기의 것으로 많은 학자들이 내물왕릉으로 추정하고 있다. 계림 안에 전(傳)내물왕릉이 있으나 고분자락에 드러난 지석과 규모로 보아 무열왕릉 이후의 석실분으로 추정된다. 높이는 7미터 정도인데 적석목곽분보다 높이와 규모가 작다. 1900년까지 내물왕에 대한 기록이 없었으나 첨성대 서남쪽에 장지가 있다는 『삼국유사』의 기록을 참조하여 문중에서 뒷날 내물왕릉으로 추가한 것이다.

황남대총에 대해 미술사학자 이종선은 남분은 4세기 후반대에, 북분은 5세기 초에 조성된 것으로 파악하고 북분의 왕비를 미추왕의 큰딸인 김씨로 추정했다. 내물왕의 아버지 말구 각간은 미추왕과 형제이나 내물왕이 정식 왕자 출신이 아니므로 왕비 김씨보다 서열이 낮다는 것이다. 왕보다 높은 지위 출신의 왕비 무덤에서 금관이 나온 것은 이러한 배경 때문이라고.

내용상으론 왕릉이지만 주인공을 정확히 알 수 없으므로, 98호분엔 높고 큰 무덤이란 뜻의 총(塚)을 붙였다. 황남대총의 발굴은 2년 3개월의 기간과 연인원 3만 2800명이 동원된 대작업이었다. 머리만한 냇돌 30만개를 들어내고 트럭으로 200대를 실어날랐다니 옛날 손수레로 싣자면 엄청난 분량이었을 것이다. 하루 100명씩 석달 반 동안 일하여 들어낸 돌무지였다. 통일 이전 평지에 올려진 300여기가 넘는 고분들을 생각하면 당시 경주에선 매일 묘를 만들었는지도 모른다.

황남대총과 마주보고 있는 천마총(天馬塚)으로 발길을 돌린다. 1970년 초 박정희시절에 마련된 경주관광개발종합계획에서 98호분을 발굴하여 관광객에게 내부를 공개하도록 했으나 경험 부족을 이유로 들어 98호분 맞은편에 있는 155호분을 먼저 발굴하고자 하였다. 높이 12.7미터의 원형 고분으로 봉토 일부가 파괴된 초라한 모습이었다는데, 광복 후 최초로 우리 손으로 금관을 발굴하게 되고, 신라 무덤에서 처음으로 출토된 말다래의 천마도를 위시하여 금제 장신구류, 마구류, 로만 글라스 등 1만 1500여점의 유물이 쏟아져나와 세상의 주목

천마총/황남대총 맞은편에 있으며, 하늘을 나는 흰 말이 그려진 말다래가 출토되어 천마총이라 이름지어졌다.

을 받았다.

지금 내부가 공개되어 있는 천마총은 평지의 나무곽 위에 높이 7.5미터로 냇돌을 쌓고 그 위에 20센티미터 두께로 점토를 발라 물기를 차단하도록 하고 그 위에 봉토를 씌운 적석목곽분이다. 금으로 된 허리띠와 둥근 고리가 달린 큰 칼(환두대도)을 차고, 순금관을 쓴 채 머리를 동쪽으로 두고 있는 주인공 유해도 발굴 당시의 형상 그대로 재현되어 있다. 산자(山字) 장식이 수직으로 네 개 겹쳐 있는 천마총 금관은 여태까지 발굴된 신라 금관 중 가장 힘차다고 평가받고 있지만, 하늘을 나는 흰말이 그려진 말다래가 학술적으로 더 중요하여 천마총이라 이름붙여졌다.

천마총 내부에 전시되어 있는 말다래는 말을 탄 사람의 옷에 흙이 튀지 않도록 말의 배 양쪽으로 늘어뜨리는 마구이다. 종이처럼 얇은 자작나무를 수십겹 붙인 뒤 그 위에 광물성 색채로 그림을 그렸다. 기를 내뿜듯 혀를 내밀고 꼬리를 세운 채 구름 위로 달리는 흰말. 바람이 이는 듯한 신령한 분위기와 생동감으로 기마민족적인 기개를 보여주는데, 한 고고미술사가의 저서에 의하면 천마의 몸체 군데군데 있는 반달 무늬는 스키타이미술의 흔적이며, 네 다리 끝이 고사리처럼 둥글게 말린 형태는 한대(漢代) 칠기에서 유행한 구름 무늬와 흡사하다. 천마도에 중국적 요소와 스키타이 요소가 독창적으로 결합되어 있다는 것. (권영필『실크로드 미술』)

황남대총 유물들처럼 천마총 유물에서도 북방문화의 흔적을 볼 수 있다. 전시된 청동제 고배의 굽다리에 사각형 구멍이 문양으로 뚫려 있는데, 사각 혹은 삼각형이 뚫려 있는 신라 토기 굽다리의 투창(透窓)도 스키타이미술과 관계있다. 중앙아시아의 카자흐스탄과 알타이의 이식 쿨호(湖) 지방에서 출토되는 청동향

황남대총의 금제 굽다리접시(왼쪽)와 중앙아시아의 청동향로들/굽다리를 투창형으로 뚫은 스키타이 양식으로, 신라의 유물에서도 북방문화의 흔적을 볼 수 있다.

로도 굽다리를 투창형으로 뚫어 장식했다. 황남대총의 금제 굽다리접시에도 스키타이의 투창이 반영되어 있어 고고미술사학자는 "투창의 습관을 가진 사람들이 도래하여, 그것을 하나의 전통으로 고수하는 것인지도 모른다"고 추정했다. 각배도 적석목곽분 이후에 출현하는데 이러한 유물들은 당시의 백제나 고구려 유적에서는 보이지 않고, 유독 신라에서만 출토된다.

　신라 문화를 연구할 수 있는 많은 자료가 나온 155호분 천마총은 발굴에 얽힌 신비한 뒷얘기도 가지고 있다. 조유전(趙由典)의 『발굴 이야기』를 보면 발굴 당시 경주에 가뭄이 계속되자, 왕릉을 파헤치기 때문이라는 유언비어가 돌면서 민심이 좋지 않았다. 그러나 뜻밖에도 금관이 출토되어 조사단을 흥분시켰는데, 그때까지도 맑던 하늘에 갑자기 먹구름이 몰려오면서 천둥 번개를 동반한 폭우가 쏟아졌다. 잔뜩 겁을 먹고 일단 피했다가 다시 금관을 수습하여 상자에 옮겨놓자 하늘은 거짓말같이 맑게 개었다. "천년이 넘는 세월 동안 땅속에 묻혀 있던 신라 왕의 넋이 크게 노했나보다"고 발굴단 모두가 이심전심으로 느낄 만한 기상변화였다. 1971년 백제 무령왕릉 발굴조사 때도 비슷한 현상이 일어났다니 과학으로는 풀 수 없는 신비가 있는 것 같다.

과연 천마총의 주인은 누구일까. 출토유물의 성격으로 보아 5세기 후반에서 6세기 초반으로 무덤의 시대를 잡는데 발굴 당시 김원룡은 22대 지증왕으로 추정했다. 출토유물의 전체적인 성격이 국가의 비약을 나타내고, 칠기에 그려진 화염문 등이 중국 북위의 영향을 받은 6세기 초의 작품으로 보인다는 이유였다.

그러나 1980년대 말 한 연구자(황용훈)는 고대 장제에서 묻힌 자의 머리 방향이 동향이라는 사실에 근거하여 해돋이 방향이 해마다 달라진다는 천문학적 지식을 바탕으로 무덤의 주인공을 추정했다. 왕이 죽은 달을 양력으로 고쳐서 사망 당시 한달간의 해돋이 각도를 컴퓨터로 추적하고, 그 각도를 정동향을 기준으로 하여 널을 쓴 방향에 맞춘 것. 그 결과 천마총의 주인은 20대 자비왕(慈悲王)이고 황남대총의 주인은 내물왕(奈勿王)으로 추정되었다.

죽은 자는 말이 없으니 이것도 확인할 길이 없다. 유택이 공개되어 쉴 자리를 잃은 왕의 혼령은 다른 곳을 떠돌 것 같다. 관광객들의 숨소리가 배어 있을 것 같은 둥근 천장을 올려다보다가 전시관 앞에 서니, 금제 허리띠가 눈을 끈다. 허리띠에 드리워진 물고기와 바늘통, 곱은옥, 손칼 등 모든 것이 정교하고 섬세하다.

신라 허리띠는 북방 유목민족들이 허리띠에 손칼과 숫돌 등을 매달고 다니던

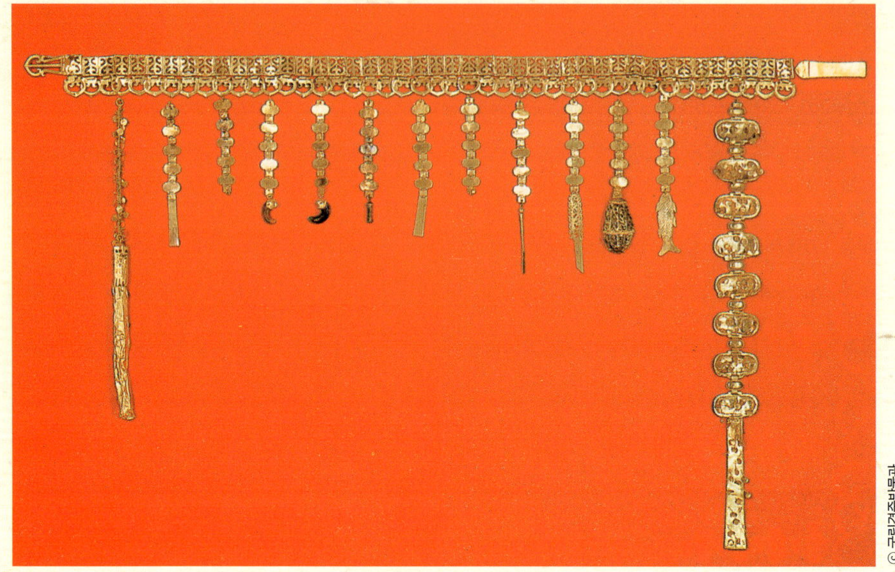

천마총 금제허리띠/신라의 허리띠는 북방 유목민족들이 허리띠에 손칼과 숫돌 등을 매달고 다니던 풍습에서 비롯된 것으로 알려져 있다.

풍습에서 비롯된 것으로 이 풍습이 중국 남북조시대에 정형화되어 한반도에 전해졌다고 한다. 드리개 중 가장 마음을 끄는 것은 물고기다. 옛날사람들은 어두운 물속을 헤매다니는 물고기가 영리하다고 생각하였다. 전통가구인 반닫이, 뒤주 자물통도 물고기 모양으로 만드는데 밤낮으로 눈을 감지 않는 물고기를 감시자로 상징한 것이다. 사찰에 매달려 있는 목어도 늘 눈을 뜨고 있는 물고기를 본받아 정진하라는 뜻으로 만들었다고 한다. 인간이 만든 관념과 상관없이 바다를 가르는 그 길고 날렵한 형태엔 자유와 생명감이 넘친다.

생활용구 중 새 모양의 칠기잔과 칠기찬합도 전시되어 있다. 찬합은 이지러져 겨우 형체를 유지하고 있는데, 천오백년 전 신라인들은 찬합에다 무슨 반찬을 담았을까. 찬합이 소풍을, 소풍이 이동과 여행을 연상시키면서 드넓은 벌판이 순간 눈앞에 떠오른다. 출구를 보니 햇살이 쏟아져 눈부신데, 어디선가 바람소리가 들려오는 것 같아 이끌린 듯 밖으로 나선다.

일기예보에 황사현상이 있다더니 바람이 대능원에도 몰려다닌다. 거친 바람에 모자가 날아가고 흩어진 머리카락이 시야를 가리는데, 나는 눈을 감은 채 어디론가 걸어간다. 태고의 바람소리를 따라. 바람은 천오백년 전의 신라 무덤을 스쳐 서천을 지나 여근곡을 넘어 압량땅을 건너 한달음에 소백산맥과 태백산맥을 타고 임진강을 훑고 요동을 흔들고 알타이산을 휘돌더니 중앙아시아의 푸른 초원에서 연기처럼 흩어진다. 타임머신의 빗자루를 타고 당도한 초원엔 야생마 몇마리가 풀을 뜯어먹고 있는데 모든 풍경이 전혀 낯설지 않다. 전생에 보았던 것처럼.

어쩌면 나는 이천년 전 파지리크 고원의 천막에서 허리에 손칼을 차고, 평원의 거센 바람에 붉어진 뺨을 털 위에 대고 잠들던 유목민 여자가 아니었을까. 멀고 먼 기억을 더듬으니 마구와 카펫을 실은 채 마차를 타고 초원을 달리던 내 모습과 화살통을 등뒤에 걸치고 사슴몰이를 하던 오라비 모습이 눈앞에 떠오른다. 내 어머니와 함께 짜던 말젖 냄새와 초원의 마른풀 냄새가 아직도 코끝에 맴돌고, 눈이 아름다운 기마궁사가 태양 아래서 내 손목에 끼워주던 나선형 금팔찌도 아슴푸레 기억한다. 그의 허리에 단단히 매여 있던 청동 호랑이장식 띠꾸미개도 잊지 않고 있다. 박물관에서 곡옥을 볼 때마다 가슴이 흔들렸던 것도 그의 말 목에 걸려 있던 곡옥에 대한 기억 때문이리라. 가뭄이 들면 목초지와 우물을 찾아 미련없이 이동했지만, 별이 쏟아질세라 펠트천막을 단단히 세우고 풀벌레 소리를 들으며 사랑을 속삭였던 자연의 삶은 얼마나 풍요로웠나.

인류학자들에 의하면 삶이 진정 즐거웠던 시대는 전세계를 떠돌면서 수렵·채집을 했던 유목민시대였다고 한다. 말을 타기 좋도록 바지를 만들어 입고 말린 사슴고기를 먹으며 신이 주신 땅을 헤매다녔던 유랑자들. 전기도 책도 없지만 밤이면 천막 속에서 천지가 창조되던 시절의 애기를 듣고, 어미가 약초를 찧을 동안 사내아이들은 화살을 만들면서 활 쏘는 방법을 아비에게 배웠다. 자신의 문명으로부터 소외당하는 감정을 갖지 않았으므로 행복했고, 그들의 가슴은 거칠면서도 봄의 들판처럼 풍요로웠지.

내가 왜 뒤늦게 발이 부르트도록 지구 곳곳을 헤매다녔는지 이제 알 것 같다. "국가나 가정에 적응하지 못하고, 그 속에서는 불충분하다고 느끼고, 자신들의 출생지에서 멀리 떨어진 곳에서 새로운 친화력을 만들어내는 사람"이 되었는지를. 역사학자 테오도르 젤딘(T. Zeldin)이 정의했듯이 여행자들은 "국경이 없는 특별한 국가의 국민이며 세계에서 가장 큰 국가의 국민"이다. 내가 여행자가 된 것은 진정한 내 나라, 정신적인 조국을 갖지 못했기 때문이 아닌가.

대능원에서 유목민의 흔적이 묻힌 거대고분들을 만나며 내 뿌리가 무엇인지를 발견한 것 같다. 적석목곽분의 주인공들이 한국인의 직접적인 뿌리가 아닐까. 그들이 신라를 국가로 만들었고 삼국을 통일하여 고려와 오늘에까지 이어졌으니, 그 뿌리는 한국문화의 원형이며 이곳은 정신적인 고향이다.

바람부는 대능원 왕들의 계곡에 서 있으니 가슴속에 접어두었던 유목민의 꿈이 꿈틀거리는 듯하다. 도시에서 자랐으나 아메리카 인디언처럼 자연에 친화력을 가졌고 자연 속에서 행복했던 것도, 반자연(反自然)인 억압적인 유교사회에서 갈등하고 고통받았던 것도, 자신의 문명으로부터 이질감을 느끼고 일탈을 모의했던 것도, 인도의 광막한 대지에서 영혼의 해방감을 맛보았던 것도 내 속에 흐르는 유목민의 피 때문이리라. 그 자유의 피가 때때로 삶의 덫에 빠지도록 만들었지만 최후의 보루인 정신이 나를 일으켜 전생의 땅이었을지 모를 경주로 인도했다. 내 몸의 근원이며 정신적 고향인 서라벌 옛땅으로.

　결연한 화랑과 수로부인, 석굴암과 처용의 해탈이 있는 신라는 내가 역사 속에서 되찾은 이상향이다. 나는 시간을 거슬러 환상에 머물고자 했고, 긴 방랑 끝에 찾은 나의 모국이 침범받지 않도록 달팽이집을 만들었다.

　그러나 갈라진 벽틈으로 스며드는 현실의 너절함을 피할 수는 없어서 방랑자의 후손인 나는 20세기가 저물어갈 때도 떠나야 할 마음의 평계를 찾아 창공을 날았다. 2000년 1월 1일 북경에서 시안(西安)행 밤기차를 탔을 땐 중국 여가수의 애조띤 노래를 들으며 혼잣말을 했다.

　"떠남에도 지쳤지만 또 떠나자. 안주(安住)는 내 몫이 아닌 것 같지만 돌아올 곳이 있으니 이 떠남은 행복하지 않은가."

4. 슬픔에 대하여

진덕왕릉과 선덕왕릉

<h1 style="text-align:center">4. 슬픔에 대하여</h1>

진덕왕릉과 선덕왕릉

신라에는 선덕왕(善德王)과 함께 세 명의 여왕이 있었다. 선덕왕이 왕위를 물려준 28대 진덕왕과 51대 진성왕. 현곡에 있는 진덕왕릉(眞德王陵)을 처음 찾아간 것은 8월 하순이었는데 무성하게 자란 잡초에 발이 묻혀 보름 뒤 다시 들르니 왕릉 초입의 산기슭엔 벌써 가을냄새가 난다. 버들강아지보다 큰 보랏빛 수크령이 긴 목을 든 채 들판에 덮여 있고 남색 달개비와 가냘픈 쑥부쟁이도 풀숲에 수놓아져 있다. 열기가 꺾이면서 한발짝 다가선 가을에 벌써 쇠락의 냄새가 묻어 있다. 허공에 걸린 거미줄엔 날벌레가 안타깝게 버둥거리며 기력을 빼고 있다.

가을 하늘같이 명징한 리처드 구드의 연주로 모짜르트 피아노협주곡 18번 2악장을 들으며 들판을 걸어간다. 언덕을 덮은 잡초와 들꽃, 민묘 들이 어우러진 들판길이 왕릉 가는 길 중에서 가장 아름답다. 들판 양쪽으로 군데군데 자리잡은 무덤 옆 비석에는 8대손, 13대손 이름까지 적혀 있건만 무덤마다 잡초가 무성하다. 사람 손이 닿지 않아 동산 같은 무덤도 있는데 자연으로 돌아간 풍경이 더 정겹다.

천상적인 모짜르트 선율에 나뭇잎도 감응하듯 햇빛에 파르르 빛난다. 무덤이 널려 있는 들판마저 지상의 것이 아닌 꿈길 같아 몸도 공기처럼 가볍다. 비상하고 싶네. 삶의 티끌을 털고 천상의 계단을 디디며 날아오르고 싶어. 진흙 같은 인연일랑 먼지처럼 털고 드높이 하늘을 가르고 싶어.

햇빛의 위무에 고개 숙이고 무덤가에 성큼 자라 있는 억새 옆을 스쳐가는데 불현듯 엄습하는 존재의 슬픔. 새를 꿈꾸지만 이승의 속박에서 날 수 없는 육(肉)의 슬픔, 모짜르트 음악은 지고한 것에 몸을 맡기게 하면서 지상의 슬픔을 느끼게 하누나.

들판이 끝나고 소나무숲으로 걸어들어가자 푯말이 서 있는 전(傳)진덕여왕릉

진덕왕릉 가는 들길

이 나온다. 진평왕의 친동생 국반(國飯)의 딸이니 선덕여왕의 사촌이다. 『삼국사기』에 의하면 자태와 바탕이 넉넉하고 아름다웠으며, 키가 7척이나 되었고 손을 늘어뜨리면 무릎을 지났다. 선덕왕이 지혜로 빛났다면 진덕왕은 감성이 풍부했던 듯하다. 오언율시의 태평송을 비단에 수놓아 춘추의 아들 법민을 시켜 당 황제에게 바쳤는데 시는 이러하다.

위대한 당나라 왕업을 여시니
황제의 높은 포부 장하기도 하여라
전쟁이 그치매 군사들은 시름 놓고
문교를 닦아 대대로 이을세라
만물을 다스리니 저마다 빛을 머금다
가없는 어진 덕은 일월과 짝하고
시운을 어루만져 태평성대 힘쓰시다
깃발은 어찌 그리 빛나게 나부끼며
군악소리 어이하여 그리도 우렁찬가

당 고종도 이 시에 흡족하여 뒷날 문무왕이 된 법민을 대부경(大府卿)으로 임명해 돌려보냈는데 법흥왕 때부터 쓰던 신라 자체의 연호를 이 해에 처음으로 중국 연호로 바꿔 쓰기 시작했다. 한해 전 진덕왕 3년에는 처음으로 중국 조정의 의관복제를 착용하였다. 이렇게 중국식을 도입함으로써 신라사회에 신기운을 조성하고, 왕실은 행정력을 통한 왕권강화를 도모하였다. 진덕왕은 김춘추의 보좌를 받으면서 재위 8년간 당과 적극적인 외교를 펼치고 삼국통일의 토대를 닦았다.

　백제와 고구려의 침략에 시달렸던 변방의 신라가 당시의 역동적인 국제관계 변화에 발빠르게 적응한 셈인데, 삼국시대엔 고구려·백제도 앞을 다투어 당과 외교를 전개했다. 오늘의 시각으로 보면 사대주의 같지만 당대의 생존법칙일 뿐이다. 『삼국사기』 고구려 본기에도 위·연·양·수나라 등 큰 나라에 조공한 기사가 무수히 나온다.

　고구려 21대 문자명왕(文咨明王) 때 사신은 위나라 세종에게 조공하며 "우리나라는 천자를 정성으로 섬기고 누대 동안 지극히 성실하여 토산물을 바치는 데 어김이 없었사오나, 다만 황금은 부여에서 나오고 백옥은 섭라(涉羅)의 산물이온데 부여가 물길(勿吉)에게 쫓겨나고 섭라는 백제에게 병탄되었으니, 이 두 가지 물품이 왕의 곳집에 올라오지 못하는 까닭은 실로 이 두 적들 탓입니다" 하고 하소연했다. 영양왕은 말갈의 무리를 거느리고 요서를 침공했지만 성공하지 못하자 노한 수 문제(文帝)가 두려워 표문을 올려 "요동의 미천한 신하 아무개"라고 자칭했고 백제 왕 창(昌)은 수가 요동에서 전쟁을 일으킨다는 말을 듣고 사신을 보내 정벌군의 길잡이가 될 것을 자청했다.

　전진덕왕릉은 흙으로 쌓은 봉토 아래에 판석을 두르고 십이지상을 배치했다. 정면으로 보이는 오상(午像, 말상) 부조는 남쪽을 향해 있다. 왕릉은 구릉에 펼쳐진 들판을 지나 소나무 숲길이 이어지는 외진 곳에 자리잡아 벌써 도굴당했다. 묘제와 십이지상이 42대 흥덕왕릉 뒤의 9세기 후반 양식이라 실제로 진덕왕릉으로 보기 어렵다. 부조의 평면화가 눈에 두드러지는데, 전진덕왕릉 이후로 십이지상은 왕릉에서 사라진다. 극심한 왕위쟁탈전으로 전왕에 대해 예우하지 않고 말기현상을 보인다.

전진덕왕릉 십이지상/신라 말기의 시대상이 반영되듯 부조의 평면화가 두드러진다.

전 진덕왕릉

그러나 능으로 들어오는 길이 서정적이어서 무덤의 주인공은 어쩐지 여왕 같다. 진덕왕릉이 아니라면 진성왕릉은 아닐까. 『삼국사기』에 진성왕의 장지로 기록된 황산(黃山)은 양산군(梁山郡)에 속한다고 하지만. 진성왕은 유모의 남편 위홍과 정을 통하여 평판이 나빴고(위홍에게 향가를 정리하고 편집하도록 명하기도 했다) 지방에서 부세(賦稅)를 보내오지 않아 사신을 보내 독촉하니 도처에서 도적들이 벌떼처럼 일어났다. 견훤, 양길, 궁예 등의 군웅들이 판을 치고 붉은 바지를 입은 도적떼가 민가를 겁탈하자 통치 11년에 진성왕은 "이는 나의 부덕한 탓이다" 하고 왕위를 오빠인 헌강왕 서자 요에게 물려주었다. 진성여왕의 실정(失政)을 신라 멸망과 직결시키기도 하지만 150여년간 이어졌던 중앙귀족들의 왕위쟁탈전, 수탈과 재해로 인한 농민들의 몰락으로 신라는 이미 쇠퇴의 길을 걷고 있었다.

"어찌 늙은 할미로 하여금 규방에서 나와 국가의 정사를 재단하게 하겠는가? 신라는 여자를 붙들어세워 왕위에 있게 했으니 진실로 난세의 일이며 이러고서도 나라가 망하지 않은 것이 다행이다. 『서경』에 암탉이 새벽에 운다, 하였고 (…)"

『삼국사기』 선덕왕편에 "덕만(德曼, 선덕왕의 이름)은 성품이 너그럽고 인자하며 명민하였다"고 기록되어 있지만 편찬자인 김부식은 앞의 논평을 붙였다. 고려인으로서 그 시대 가장 핵심적인 유교적 엘리뜨로 평가되는 인물인 김부식은 남존여비를 앞세우고 여자의 통치 자체를 부정적으로 비판한 것이다.

한국역사에서 풍속이 가장 자유로웠던 때가 유교가 제도에 흡수되기 전인 삼국시대이고 신라는 그중에서도 가장 자유로웠다. 세 명의 여왕이 나온 것으로도 알 수 있듯이 신라에선 여성의 지위도 결코 낮지 않았고 남녀차별이 없었다.

「피장자 성별문제를 통해 본 신라 적석목곽분 사회의 성격」(김선주)이란 논문에서 밝힌 대로 경주시내에 솟아 있는 거대 적석목곽분에선 장신구류, 마구류(馬具類), 무구류(武具類)가 남녀 구분 없이 대부분 함께 출토되고 있다. 지금까지 장신구는 여자와 연관이 있으며 무구와 마구는 전투와 직결되는 남성에게 부장되는 것으로 생각해왔지만 왕비가 묻힌 것으로 추정되는 황남대총 북분에서도 무구류가 123점이나 출토되었고 둥근 고리 머리장식이 있는 큰칼〔環頭大刀〕이 6점 나왔다. 또 여성에게 주로 부장된다고 알려진 손칼〔刀子類〕도 고르게 출토되었다.

관(冠)은 왕을 정점으로 남성들이 주로 사용했다고 여겨지던 유물이었으나 표주박형 고분(쌍분)에서 금관이 출토된 황남대총 북분과 서봉총은 여성의 무덤으로 추정되었다. 쌍분이 부부묘이고 대체로 북분이 여성묘라는 가설을 따른다면 쌍분에서는 오히려 여성이 관과 친연성이 있고 금관이 왕만 사용하던 것이 아닐 가능성도 보여준다.

금령총(金鈴塚)의 경우에는 둥근 고리 머리장식이 달린 칼이 시신에 착장되어 있어 묻힌 자가 남성으로 추정되지만 여성에게 친연성이 있는 각종 팔찌와 방추차가 출토되는 등 모순되는 양상을 보이고 있다.

논자는 일찍부터 부계중심적인 사회질서가 형성된 중국에선 남녀간의 부장품 차이가 확연하고, 묘제가 중국 남조의 영향을 받은 백제 무령왕릉에서도 성별에 따라 출토유물에 차이가 있음을 밝혔다. 위엄있는 허리띠〔帶金具〕와 큰칼, 한점의 손칼은 남성에게, 목걸이와 팔찌 등 장신구류와 세 점의 손칼은 여성에게 부장되어 성별이 반영됐다고 신라와 비교했다.

"4세기에서 6세기 적석목곽분이 만들어지던 신라사회는 지위의 계승이나 재산의 상속 등에 있어 남녀를 구별하지 않으며 왕위도 부계의 적자에게만 계승되지 않은 미분화된 사회였다고 볼 수 있다. 부장유물에서 성별에 따른 차별성을 찾을 수 없었던 것도 이에 기인한다고 생각된다."

논자가 인용한 인류학자의 저서 『한국의 사회구조』(신인철)에 의하면 미분화체계란 성이 구별·차별·분화되지 않은 체계를 말한다. 신라에선 아들과 딸(사위)이 번갈아 왕위를 계승했는데 탈해, 미추 등 여덟 명의 사위가 왕이 되었고 지증, 진흥 등 외손자도 왕이 되었다. 사위는 아들과 동등하게 여겨졌고 정당한 권리를 갖고 왕위에 오를 수 있었다. 상속에서의 남녀평등은 미분화체계에서 항상 중심역할을 했다는데 인류학자는 결론에서 이렇게 밝혔다. "고대 한국의 상속제도는 아들과 딸 간의 평등상속이다. 남녀평등의 이데올로기는 한국 고대의 상속체계를 지배한다."

신라에선 3대 유리왕 때부터 여자들이 패를 나누어 밤늦도록 길쌈을 하고 8월 보름에 성적을 평가하여 진 쪽에서 술과 음식을 마련해 가무를 즐겼다. 왕녀 두 사람이 양편을 거느렸던 이 가배의 풍속을 보면 여자들도 술을 즐기고 유희가 여성을 중심으로 발달한 것 같다. 진 쪽에서 한 여자가 일어나 춤을 추면서 회소(會蘇)! 회소! 하니 그 소리가 슬프도록 우아하여 뒷날 사람들이 노래를 지어 '회소곡'이라 하였다. 『동경잡기』엔 조선조 성종 때의 학자 김종직(金宗直)이 가배의 자유로운 풍속을 상상하여 그린 시가 나온다.

회소곡, 회소곡, 서풍이 넓은 뜰에 부니,
밝은 달이 화려한 집에 가득하네.
공주님이 윗자리에 앉아 물레를 돌리니,

육부(六部)의 여아가 떨기처럼 많네.

네 바구니는 벌써 찼으나 내 바구니는 비었네.

술을 빚어놓고 야유하고 웃으며 희롱하네

한 아낙네 탄식하니 천 가구가 기뻐하고,

앉아서 사방 사람들에게 길쌈을 힘쓰게 하네.

가배놀이가 비록 규중의 예의를 잃었으나,

황하수를 밟으며 다투어 엄숙히 꾸짖는 것보단 훨씬 좋다네.

당나라 때 여자들 놀이도 가배처럼 자유롭지 않은 듯한데, 신선을 숭상한 진흥왕은 아름다운 낭자 남모와 준정을 뽑아 원화(原花)를 삼고 그들로 하여금 효와 우애, 충성을 가르치게 했다. 원화를 따르던 무리가 삼사백명이었다.

신라의 여성을 말하는 데서 수로부인을 빠뜨릴 수 없다. 남편인 순정공의 강릉 태수 부임 길에 바닷가 옆 돌산 꼭대기에 핀 철쭉꽃을 보고 꽃을 꺾어줄 사람을 찾은 수로부인. 이때 암소를 몰고 가던 한 노인이 수로의 말을 듣고 꽃을 꺾어 바치며 노래까지 지어 바쳤다. "나를 아니 부끄러워하시면 꽃을 꺾어 바치오리다." 수로부인이 절세의 자색이라 깊은 산이나 큰 물을 지날 때마다 바다 용과 귀신들에게 붙들려가면 신라인들은 이렇게 노래를 불렀다.

거북아, 거북아, 수로부인 내놓아라

남의 아내 훔쳐간 그 죄 얼마나 크랴

네 만일 거역하고 내놓지 않는다면

그물로 너를 잡아 구워먹겠다.

프랑스의 이집트학자인 크리스띠앙 자끄는 "한 문명의 가치가 그 문명이 여성에게 어떤 지위를 부여하느냐 하는 것으로 평가된다면 고대 이집트는 상석을 요구해도 될 것이다"라고 썼다. 같은 말을 신라에 적용해도 무리가 없을 것 같다. 발령받은 임지로 가던 길에 황진이 무덤 앞에서 시 한수 바치고 파직당한 임제(林悌), 임제가 살았던 유교사회 조선조와 신라를 비교해보라.

신라엔 일찍이 여성통솔자들이 있었고 여성도 자유분방했으며, 여성의 미를 숭상했던 유미정신이 있었다. 이런 자유로운 풍속에서 선덕왕은 즉위하여 신라의 아홉 적을 물리치고 세상의 중심이 되고자 웅장한 황룡사 구층탑을 세웠고, 진덕왕은 김춘추와 김유신의 충정을 뒷받침하여 삼국통일의 기초를 닦았다.

이미 도굴당하여 알껍질처럼 석실이 비어 있겠지만 이것이 정말 진덕왕릉이라면 바늘통 같은 여성의 용구가 나오지 않았을까. 선덕왕의 발원에 의해 세워진 분황사(芬皇寺)의 돌사리함에선 실패와 손가위, 금바늘, 은바늘과 바늘통이 나왔다. 상처난 세상을 짜깁기하고 삶의 화폭을 아름답게 수놓는다면 바늘은 칼보다 강하다. 서양여성들도 19세기까지는 독립된 인격으로 취급받지 못하여 제인 에어는 처음에 필명으로 남자이름을 사용하였고 조르주 쌍드는 반항심에서 남장을 했다는데, 박물관 진열장 속에서 조용히 빛나는 신라 여왕의 금바늘은 여성적인 것의 섬세함과 강인함을 동시에 보여주었다.

왕릉 위엔 여름 내내 자란 풀들이 상고머리처럼 뻗쳐 있고 싹을 키운 상수리나무와 아까시나무도 자라고 있다. 돌 틈새로는 고사리가 솟아 있는데 벌초를 하지 않은 고분이 오히려 고분다워서 보기에 나쁘지 않다. 올라올 땐 솔숲에서 산비둘기가 울더니 딱따구리 한마리가 묘역에 드리운 죽은 솔가지를 맴돌며 딱 딱 쫀다. 죽은 가지 안에 벌레가 있나보다. 새들이 나는 풍경은 시적이지만 비상은 시가 아니라 생존이다. 새들은 늘 먹이를 찾으러 날아다닌다.

조류는 동물 중에 수놈과 암놈이 짝을 지어 사는 특별한 종이다. 그것은 종족 보존 때문인데 알을 품어 키워야 하기 때문이다. 암수가 서로의 몸을 부리로 쪼아주는 모습은 서로 사랑을 나누는 장면 같지만 새들의 관심은 오직 번식이라고 한다. 오직 번식만 생각한다면, 새들아 너희들은 상처받을 일도 없겠구나. 딱따구리가 다시 날아와 아까 앉았던 솔가지에 앉아 목수처럼 쫀다. 딱 딱 딱, 텅 빈 나무의 울림이 자연의 목탁소리 같다. 너는 정말 배가 고픈 것 같지만 네 생존의 식사가 산사의 염불소리보다 맑아 내 귀를 씻어주는구나.

딱따구리의 식사를 방해하지 않으려고 잠자코 나무만 올려다보다가 새가 날아가자 걸음을 옮겨 묘역을 돌아본다. 왕릉을 에워싸고 있는 숲속에 흰 국화 다발이 시든 채 버려져 있는 것이 눈에 들어온다. 연두색 종이에 포장된 걸 보니 꽃집에서 사온 것 같은데 왜 이렇게 버려졌을까. 여왕릉에 바치려고 가져온 꽃 같지는 않다. 왕릉으로 오는 길에 무덤이 많더니 누가 그중 한 무덤을 찾다가 찾지 못하고 왕릉까지 들어오게 된 것이 아닐까. 끝내 묘를 찾지 못하자 왕릉 숲에다 심드렁하게 버리고 간 것일까.

뜬금없이 『토지』의 한 장면이 생각난다. 용이의 아들 홍이가 좋아하는 장이에게 꽃신을 주려다가 주지도 못하고 혼자 강가에 앉아 신발을 강물에 흘려보내던 노을녘 장면이. 치자꽃 향기처럼 진한 마음이라면, 그 마음을 남몰래 잊어버려야 한다면 개미의 더듬이 앞에 꽃을 던질 것이 아니라 망각의 정령이 삼키도록 넘실거리는 강물에 띄워보내야 하리. 핏빛 장미 같은 마음이라면 피처럼 꽃잎을 흩뿌리고 강물에 가시를 묻어야 하리.

가져온 꽃이 없으니 봉분 위에 돋아 있는 연보랏빛 긴 수크령과 쑥부쟁이를 꺾어 왕릉 앞의 제대에 놓고 다시 길을 떠난다.

올해엔 비가 유난히 많이 온다. 봄에 비가 새어 지붕을 고쳤는데 여름에 이어 가을에도 비가 추적추적 내렸고 추석을 앞두곤 장대비가 쏟아져 천장에서 다시 물이 새기 시작했다. 기와지붕의 현실은 번거로움이다. 문화재보호법 때문에 기와지붕을 지켜야 하는 경주시민의 불만을 알 것도 같다.

추석인 어제도 비가 오기에 달을 못 보겠구나, 했더니 이 밤에 마당에 나갔다가 하얗게 쏟아진 달빛을 밟았다. 대문으로 들어서는 골목 위로 달이 떠 있어 훤칠한 손님이 집에 찾아온 것 같았다. 유난히 밝은 한가위 달을 바라보다 달빛에 이끌려 반월성(半月城)으로 나서다.

유적지가 관광지가 되면서 상호와 네온이 무분별하게 들어섰지만 계림을 지나 반월성으로 들어서 돌층계를 오르니 시가지를 막아선 양편의 숲 사이로 옛궁터가 오롯하니 펼쳐진다. 반월성 빈터를 내려다보며 황도처럼 떠 있는 보름달. 어릴 때 크레용으로나 칠하던 진노랑색, 생활에선 좀체 쓰이지 않아 추억의 색채가 된 진노랑 둥근 달이 스러진 천년의 역사를 꿈결처럼 비추는 듯하다.

무성한 풀잎에 발을 묻으면서 언덕진 숲 사이로 시가지를 바라보니 불빛들이 촛불처럼 땅위에서 타오르고 기명색으로 물든 단아한 첨성대가 그 사이로 촛대처럼 솟아 있다. 계림도 어둠속에서 수군거리고 있는데 첨성대 위엔, 첨성대 위엔, 저 빈 촛대 위엔 내 마음의 불꽃을 켜고 밤의 축제에 묻히리라.

철학자의 조국이 밤하늘이라면 나의 조국은 밤의 대지.

첨성대를 보며 아낙사고라스(Anaxagoras)를 생각한다. 기원전 5세기 사람으로 누스, 즉 정신이라는 별명을 가진 철인이었다. 청년 아낙사고라스는 혼자 미마스산 정상에 올라 별을 바라볼 때가 가장 행복했다. 이런 그에게 이웃사람이 비난조로 물었다. 왜 조국에 그리 무관심하냐고. 그러자 아낙사고라스는 손가락으로 하늘을 가리키며 말했다.

"내가 우리나라 일에 관심이 없다고요? 천만에요. 굉장한 관심을 갖고 있답니다."

별을 관측하기엔 너무 낮아 제단으로 사용했을 거라고 추측하기도 하지만 첨성대(瞻星臺)가 '별을 바라보는 대'라는 이름대로 천문 관측기구인 것은 틀림없을 듯하다. 여기에 해시계나 관측기 등이 설치되지 않았을까 생각하기도 하는데, 혜성이나 별에 대한 기록들이 『삼국사기』에 무수히 나온다. 고대사회에서 자연징후들은 정치일정에 영향을 주었으므로 첨성대는 일관(日官)이 바로 보고하도록 왕궁 옆에 있었고, 문명의 불빛이 없던 시대라 평지에 세워졌다.

완만한 곡선이 단아한, 삼국시대의 최고건축물인데 선덕왕대에 지어졌으므로 필시 여왕이 들렀을 것이다. 긴 옷자락을 끌고 철학자처럼 별을 바라보는 여왕의 모습을 상상하다가 내일은 선덕왕릉에 가리라 생각한다. 경주에 내려왔을 때 제일 먼저 찾아간 능이라 성묘하는 마음으로 여왕릉에 가고 싶었다.

3주 전 배반들을 달릴 때 온통 초록 물결이더니 어느새 곡식이 익어 연둣빛으로 바랬다. 낭산(朗山) 어귀에도 가을이 찾아들어 고추가 붉게 익었고 벼도 막 익기 시작해 고개를 늘어뜨리고 있다. 왼편 사천왕사지(四天王寺址)엔 잡초들이 자라 버려진 땅처럼 황폐한데 몇군데 남아 있는 주춧돌로 겨우 흔적을 알아볼 뿐이다. 1300여년 전 문무왕이 당의 세력을 물리치려는 염원으로 세운 사찰이다. 54대 경명왕 때엔 사천왕사 벽화의 개가 울어 3일 동안 불경을 강설 풀이하여 물리쳤고, 같은 해에 사천왕의 소상(塑像)이 쥔 활시위가 저절로 끊어지고 벽에 그린 개가 짖는 듯한 소리를 냈다는 기사도 있다. 적들로부터 나라를 지키는 사찰이었기에 멸망의 징후까지도 사천왕사에서 나타났다.

금당지로 가서 주춧돌 위에 앉아 잠시 쉰다. 신유림(神遊林)이라 부르며 신성시했던 곳인데 신들이 노닐었다는 유적지라 월명스님의 피리소리가 어디선가 들려올 듯하지만 산업도로를 달리는 찻소리가 환청을 지워버린다. 고개를 돌려 낭산을 바라보니 도리천(忉利天)이 멀지 않았다. 선덕여왕이 묻힌 곳.

"나는 아무 해 아무 날에 죽을 것이니 나를 도리천에 장사지내도록 하라"는 유언을 듣고 신하들이 어느 곳인지 알지 못해 물으니 왕이 낭산 남쪽이라 일러주었다. 10여년이 지난 뒤 문무왕이 낭산 아래 이곳에 사천왕사를 세우니 왕의 예언이 들어맞았다. 도리천은 사천왕천(四天王天) 위에 있다는 부처님의 세계. 낭산을 불교설에서 세계의 한가운데 높이 솟아 있다는 수미산(須彌山)으로 상상했고 우주의 중심으로 생각했다. 신라 왕실이 집요하게 실천한 불국토(佛國土)사상이다.

신유림과 낭산을 두 동강 내듯 철길이 뻗어 있으니 사천왕천과 도리천을 잘라놓은 셈이다. 일제때 철로가 개설됐지만 유적지조차 제대로 지키지 못한 것을 우리 후손들은 부끄러워해야 하리라. 철길을 건너 송림이 뻗어 있는 왕릉 입구로 들어서니 시든 망초가 옷깃에 스치고, 잎을 우산처럼 펼친 채 훌쩍 자란 아주까리가 눈에 들어온다. 샛길 좌우론 작은 무덤들이 옹기종기 자리잡고 있다. 추석인데도 벌초를 하지 않아 잡초가 엉켜 있는 걸 보면 버려진 무덤 같기도 하다. 지혜로운 왕이 예언하고 묻힌 도리천이라 가난한 서민들이 명당이라 생각하고 몰래 주검을 묻어둔 건지 모른다.

푸석하게 솟아 있는 작은 무덤들을 보니 '흙만두'가 생각난다. 당나라 시인 왕범지(王梵志)의 시처럼 무덤이 정말 흙만두 같구나.

성밖의 흙만두,
만두소는 성안의 사람들,
한사람이 한개씩 먹으시오
맛이 없다고 싫어하지 마시오.

친절하게 적힌 해설에 의하면 만두소는 무덤에 묻힐 사람을 뜻하고, 한사람이 한개씩만 먹으라는 말은 사람은 어쩔 수 없이 한 무덤의 주인이 된다는 뜻이다. "맛이 없다고 싫어하지 마시오." 시침을 뗀 허무의 독설. 왕범지의 시 중 이런 구절도 있다.

너는 삶이 죽음보다 좋다고 말했지,
나는 죽음이 삶보다 좋다고 말해.
삶은 곧 고전사(苦戰死)이지만,
죽으면 치는 사람이 없어.
열여섯에 부역에 충당되고 (…)

배고프고 괴로운 시대에 살아서일까. 양말을 뒤집어 신었다는 이 시인은 자주 죽음에 관한 시를 썼다. 초탈한 허무주의자 같은 그의 시를 읊으려니 뜬금없이 초등학교 때 읽은 도덕교과서의 구절이 떠오른다. 추운 겨울 새벽부터 연탄을 배달하는 어머니가 아들에게 들려주던 말. 죽으면 썩을 살인데 아껴서 뭐하니.

아마도 교과서는 고행 같은 근면을 통해 희생적인 어머니상을 보여주려 한 것이겠지만 그 말은 지금까지 생생히 기억날 정도로 어린아이의 뇌리에 깊이 새겨졌다. 엄마가 연탄을 배달했던 것도 아니고 호의호식하며 살았던 철부지 아이가 '죽으면 썩을 살'이란 독한 말에 어찌하여 사로잡혔던 것일까. 그 말에 묻어 있는 허무의 냄새를 아이도 본능적으로 감지했던 것일까.

신산한 삶처럼 휘어 뻗어올라간 소나무숲으로 길을 재촉하니 나무들 사이로 도리천처럼 솟아 있는 여왕릉이 보인다. 내가 맨 처음 선덕왕릉에 온 것은 1984년인데 그때 이 능은 쓰러질 듯한 푯말 하나 서 있을 뿐 숲에 황폐하게 방치되어 있었다. 김유신 묘는 깨끗하게 단장되어 있더니 여자의 능이라고 내버려두었나, 생각하며 언짢아했던 기억이 있는데 능역이 정리된 걸 보니 오히려 옛날의 그 쓸쓸한 정취가 더 어울리는 것 같다.

경주 김씨 후손들이 성묘를 다녀간 듯 능은 말끔히 벌초되어 있지만 폭우의 흔적인지 패어서 흙이 드러난 부분도 있다. 자연석 하나가 비어져나와 도굴이라도 당할까봐 걱정이 된다. 그간 왕릉이 여러번 무너져 1949년에 마지막 수리를 했다는데 오늘까지 유택이 보존되었으니 안녕하시리라. 도리천의 꿈을 품고 낭산에 누운 왕이시여, 이승에서 가져온 금바늘 은바늘로 천상에 수놓으시며 천년만년 안식하소서.

16년간 나라를 다스리면서 자신의 죽음에 대한 예언과 더불어 세 가지 일을 미리 알아맞힌 '신령스럽고 갸륵한' 여왕. 당에서 가져온 모란꽃 그림과 꽃씨를 보고 "이 꽃은 비록 빼어나게 아름답지만 나비가 없으므로 반드시 향기가 없을 것입니다"라고 예견했다는 여왕 이야기를 수업시간에 들으면서 여자아이들은

선덕왕릉/지혜로운 여왕으로 사서에 전하는 선덕왕의 능.

자부심을 키웠다.

영묘사(靈廟寺) 옥문지(玉門池)에서 뭇 개구리가 모여 울자, 서쪽 교외로 나가 여근곡(女根谷)을 찾으면 적병이 있을 것이라고 군사를 보낸 선덕왕. "개구리는 성낸 꼴을 하고 있어 군사의 모습이요, 옥문은 여자의 생식기이다. 여자는 음이요, 그 빛은 희니 흰빛인 서쪽 방위에 군사가 있다는 것을 알 수 있었다"고 음양의 이치를 말하는 여왕의 모습은 당당하고 노회하다.

재위기간중에 백제의 침입이 세 번, 고구려의 침입이 두 번, 천재지변이 다섯 번이나 있었으니 통치자로서 결코 편안하지 않았으련만 김유신과 함께 백성들에게 숭앙받는 인물이어서 '지귀심화(志鬼心火)' 같은 설화의 주인공이 되기도 했다.

원년(632) 겨울 10월에 사신을 보내 나라 안의 홀아비, 과부, 고아, 자식 없는 늙은이와 제 힘으로 살 수 없는 이들을 위문하고 구휼하였다.

2년 봄 정월에 왕이 친히 신궁에 제사지내고 죄수를 크게 사면했으며, 1년 동안 여러 주·군의 납세를 면제해주었다. 2월에 수도에 지진이 있었다.

3년 분황사가 낙성되었다. 3월에 우박이 내렸는데 크기가 밤알만하였다.

4년 영묘사가 낙성되었다. 겨울 10월에 이찬 수품(水品)과 용수(龍樹)를 보내 주와 현을 돌아다니며 위무하게 하였다.

5년 3월에 왕이 병에 걸렸는데 의술과 기도가 모두 효험이 없자 황룡사에 백고좌를 베풀고 승려들을 모아 인왕경(仁王經)을 강설하게 하였으며 (…)

7년 봄 3월에 칠중성 남쪽의 큰 돌이 저절로 35보를 옮겨갔다. 가을 9월에 노란 꽃비가 내렸다.

능 옆에 앉아 여왕대의 기사를 소리내어 읽는데 노란 꽃비 속에 서 있는 여왕의 모습이 환영처럼 떠오른다. 지귀가 꿈속에 만났던 여왕의 모습인가. 여왕을 짝사랑한 끝에 병이 난 지귀. 이를 안 여왕이 그를 절에서 만나고자 했으나 지귀는 탑 아래서 여왕을 기다리다 잠이 든다. 영묘사에 행차한 여왕은 자고 있는 지귀의 가슴 위에 팔찌를 빼어놓고 가는데 잠이 깬 뒤 여왕의 팔찌를 본 지귀는 마음의 불이 일어나 탑을 돌다가 불귀신이 된다.

이 전설 같은 이야기는 1215년 고려때 편찬된 『해동고승전(海東高僧傳)』, 1850년대에 완성된 『대동운부군옥(大東韻府群玉)』 등 여러 문헌에 산재되어 있는 수이전(殊異傳)의 '심화요탑(心火繞塔)' 설화이다. 1960년대에 발표된 논문 「심화요탑 설화고」(인권환)에 의하면 기원전 1세기, 대승불교의 시조라 할 인도의 용수(龍樹)가 지은 『대지도론(大智度論)』에 실린 불전설화(佛典說話)가 우리나라에 전해지면서 변형된 것이라고 한다. 간단하게 그 내용을 살펴보자.

한 어부가 길을 가다가 창에 비친 왕녀의 얼굴을 본 뒤 잊을 수 없어 음식마저 끊기에 이르렀다. 그 어미가 연유를 알고 왕녀에게 맛있는 생선과 고기를 바친 뒤 아들을 살려달라고 청했다. 왕녀는 승낙하고 날을 잡아 천사(天祠)에서 만날 것을 허락하는데 그날 왕녀가 천사에 들어가니 천신(天神)의 계략으로 깊이 잠든 어부는 흔들어도 깨어나지 않았다. 왕녀는 이에 구슬목걸이를 놓아두고 돌아가고, 잠에서 깨어나 목걸이를 본 어부는 번뇌하여 마음속에서 불이 일어나 타죽고 말았다.

불교의 전래에는 불경이 따른다. 신라의 대불교학자 경흥(憬興)과 대현(大賢)의 저서에도 『대지도론』이 인용되어 있다. 논자는 인도 불전설화가 토착화되면서 선덕여왕과 지귀, 영묘사 등의 현실성 있는 신라적 이야기로 변모됐음을 밝혔다. 또한 신라 애정풍속의 자유로움, 영묘사가 여왕이 주로 행차하던 절이며 명민한 여왕에 대한 지귀 같은 인물의 흠모가 가능하다는 점, 지귀의 심화(心火)로 인해 탑이 불탄 것은 실제로 있었을지도 모르는 화재가 설화의 옷을 겹쳐 입었을 가능성도 있다고 하면서 "심화요탑의 내용은 근거설화와 별도로 정말로 있었던 사실일까?" 되묻기도 했다.

『삼국유사』 권4에 기록된 혜공(惠空)스님 행적을 보면 매양 미치광이 행세를 하는 혜공은 어느날 새끼줄을 가지고 영묘사에 들어가 금당과 불경을 둔 다락과 남문 행랑채를 둘러치고 "이 새끼줄은 꼭 사흘 뒤에 걷으라" 하였다. 주지가 이상히 여기면서도 그대로 하였더니 과연 사흘 만에 선덕여왕이 절에 거동하고 지귀심화(志鬼心火)가 나와 그 탑을 태웠으나 새끼줄을 매었던 곳은 타지 않았다.

지귀의 설화가 입에 오르내리면서 혜공의 신화와 합쳐진 것일까. 실제로 영묘사 탑이 불탔을지도 모르고 이 화재에 인도 왕녀설화의 어부 대신 지귀를 등장시켜 드라마를 만들었을 수도 있다. 또 역사적 기록은 없지만 지귀 같은 인물이 존재했을 가능성은 크다. 여왕이란 카리스마에 슬기롭기까지 했으니 백성이 충의로 사모할 수도 있다.

「미세스 브라운」이란 영화도 여왕을 흠모하는 일념으로 살아가는 시종 브라운의 삶을 그렸는데 역사상 가장 행복한 부부로 살았던 빅토리아 여왕이 배우자 알버트 대공을 병으로 잃고 상심하다가 충정과 헌신으로 그녀를 섬기는 브라운에게 의존하게 되는 과정을 보여준다. 그의 헌신에 감동한 여왕은 브라운의 조상(彫像)까지 만들게 하는데 자신을 사모해 병이 든 지귀가 있다면 인자한 선덕여왕은 기꺼이 팔찌를 빼주었으리라.

사랑의 형태도 다양하지만 주고받는 것을 저울에 다는 현대의 영악한 사랑에 비해 지귀의 흠모는 순정하고 애틋하다. 이루어질 수 없는, 소유를 떠난 흠모야말로 진정한 사랑일지 모른다. 그것이 병이 됐는지 모르지만 지귀의 비극은 오르지 못할 나무, 여왕을 사랑했기 때문이 아니라 흠모하는 이가 옆에 왔을 때 잠에 빠졌다는 데 있다. 어떤 자에게 운명은 이렇게 외짝 신발을 신고 다가온다.

능 옆에 앉아 맑은 가을 햇살에 얼굴을 맡기고 있으려니 불현듯 슬픔이 베일처럼 몸을 휩싼다. 오, 나도 지귀처럼 잠을 잤구나. 그가 빛처럼 옆으로 다가왔을 때 나는 눈부셔 잠에서 깨어나지 못했네. 아픈 영혼을 위무해줄 것 같은 투박한 손에 솔가지를 들고 그가 가까이 스쳐갈 때도 나는 눈을 뜨지 않았네. 향기가 묻어 있는 기척에 귀기울이면서도 어둠에 묻혀 있던 내 잠의 이름은 어리석음. 아름다움을 흘려보낸 어리석음.

20년도 전이었나. 시내의 한 제과점 2층에서 그와 마주앉아 사이다를 마시며 단 한마디 했다. "산 같아요." 그때 나는 헛된 사랑 때문에 고통을 받고 있었고, 그를 보며 산기슭에서 쉬고 싶다고 생각했다. 그뿐이었다. 나는 첫눈에 그가 아름다운 사람인 줄 알았지만 보석을 잃어버릴까 장롱 속에 넣어두듯 그를 마음에 묻고 모조품을 찾았다.

영원히 목마르지 않을 우물을 찾은 사마리아 여인처럼 다녔으나 무모하게 젊음만 소진했지. 진정한 인간을 사랑한 적도 있었으나 실체는 없고 책갈피의 꽃잎같이 바랜 추억만 남았네. 나 이제 돌아온 탕자처럼 지혜의 여왕 능 앞에 서서 회한에 젖어 있는데 세월에 지치고 남루해진 가슴에서 깊이 묻어둔 팔찌만 거울처럼 꺼내보네.

소나무 아래를 내려다보니 개미들이 떼지어 땅위를 기어가고 있다. 오직 먹이만 날라대는 개미가 나보다 강해 보이누나. 개미를 피해 두 발자국 옮기니 땅에 쌓인 마른 솔잎 위로 솟아난 황토색 버섯이 눈에 띈다. 채취기가 지났는지 버섯은 너무 오래 피어 끝이 꽃잎처럼 갈라졌다. 버섯향은 아직도 은근한데, 9월 가을 노란 꽃비 속으로 여왕처럼 그가 시간을 거슬러 오신다면 이 버섯꽃이라도 주련만 새끼 개구리 한마리만 소나무 위로 폴짝 오르고 능역은 고요하기만 하다.

순간 기차가 지나가며 시간을 되돌려놓는다. 깨달음은 늘 너무 늦게 오고, 회한의 눈물을 지우며 지귀의 심정으로 버섯꽃을 여왕릉 앞에 바친다.

해는 저무는데 비에 떨어진 솔방울과 마른 가지들이 쌓여 있어 나가는 길을 잠시 잃었다. 갑자기 방향감각을 잃고 헤매다가 들어선 곳에 풀이 무성하게 자란 작은 무덤이 있고 수풀 아래론 마을의 집이 보인다. 민가로 곧장 나갈 수 있는 길은 보이지 않지만 집을 보니 안심이 된다.

석양이 깔린 민가의 마당을 조는 듯 내려다보는 이름없는 무덤들. 성안의 흙만두 하나, 둘. 흙만두를 세어보며 길을 찾고 있는데 풀숲에서 무언가 미끄러져 가는 것을 본 듯하다. 뱀이었을까. 아까 왕릉을 올라갈 때 한 등산객이 뱀을 보았으니 조심하라고 일러준 터였다. 제풀에 놀라며 다시 길을 헤쳐나가는데 해 저물어 어둑신한 숲이 겨울숲처럼 쓸쓸하다. 삶의 신산함이여. 방랑자처럼 막막하여 망초를 꺾어 입에 무니 류시화의 사슴 같은 시 하나가 떠오른다.

너였구나
나무 뒤에 숨어 있던 것이
인기척에 부스럭거려서 여우처럼 나를 놀라게 하는 것이
슬픔, 너였구나

나는 이 길을 조용히 지나가려 했었다

날이 저물기 전에 서둘러 이 겨울숲을 떠나려 했었다

그런데도 그만 너를 깨우고 말았구나

내가 탄 말도 놀라서 사방을 두리번거린다

숲 사이 작은 강물도 울음을 죽이고

잎들은 낮은 곳으로 모인다

여기 많은 것들이 변했지만 또

하나도 변치 않은 것이 있다

한때 이곳에 울려퍼지던 메아리의 주인들은

지금 어디 있는가

나무들 사이를 오가는 흰새의 날개들 같던

그 눈부심은

박수치며 날아오르던 그 세월들은

너였구나

이 길 처음부터 나를 따라오던 것이

서리 묻은 나뭇가지를 흔들어 까마귀처럼 놀라게 하는 것이

너였구나

나는 그냥 지나가려 했었다

서둘러 말을 타고 이 겨울숲과 작별하려 했었다

그런데 그만 너에게 들키고 말았구나

슬픔, 너였구나

——「슬픔에게 안부를 묻다」

5. 고독에 대하여

무열왕릉과 서악고분군

5. 고독에 대하여
무열왕릉과 서악고분군

살갗에 스치는 바람이 쌀쌀한 것을 보니 가을이 깊어가나보다. 낙엽이 흩날리니 인적없는 숲이라도 찾고 싶지만 무열왕릉(武烈王陵)이 가까이 있으므로 달리 길을 떠날 필요가 없다. 11월로 들어서자 오랫동안 만남을 기다려온 연인처럼 서악으로 발길을 향한다.

수학여행 온 단체도 있을 수 있고 한낮엔 왕릉도 조용할 것 같지 않아 서천을 따라 걸어서 무열왕릉에 가기로 한다. 버스터미널을 오가며 멀리서만 보아왔던 서천을 처음 걸어본 것은 20여일 전인데 역사학도인 후배와 함께였다.

다리를 건너 둑길로 걸어가니 아래로는 서천이 한가로이 흐르는데 강바닥이 들여다보일 정도로 물이 맑다. 올해 유난히 비가 많이 와서 하천도 깨끗이 씻긴 것 같다. 전날 서천가에 앉아 있다가 예사롭지 않은 돌도 주웠다. 한손에 잡히는 크기였지만 인위적으로 그린 듯한 굵고 가는 선들이 산맥처럼 돌 전체에 새겨져 있어 선사시대 선각화(線刻畵)로 보였다. 강가에 살던 신석기인의 자취 같기도 하고 돌의 전생인가 싶기도 했다.

경주의 유적지를 걸어다니면 발치에서 토기 조각도 발견하고 강가에 뒹구는 고대의 돌도 쉽게 채집하니 고도에 사는 즐거움이다. 미술사가 고유섭(高裕燮)이 감탄하며 경주기행에 썼듯이 "경주의 돌은 문화를 가진 돌이요 설화를 가진 돌이요 전설을 가진 돌이요 역사를 가진 돌"이라 돌 하나도 시심(詩心)을 끌어낸다.

둑길을 걸으며 서쪽 들판을 바라보니 추수가 끝난 빈 들판에 연기가 오르고 있다. 볏짚을 태우는 눅눅한 냄새가 바람에 묻어오는데 큰 트럭이 볏짚을 한가득 실은 채 달려간다. 트럭을 타고 저 푹신한 볏단 위에 앉아 가을 대기 속으로 달리고 싶다. 안락한 승용차보다 트럭 같은 운송차에 마음이 끌리는 것은 야성 때문이겠지.

그날도 트럭을 보았던가. 내 말에 후배가 공감하며 트럭에 대한 짧은 추억을 상기했다. 강원도에서 벌목꾼의 트럭을 탄 일이 있다는데 생나무같이 꾸밈없는 벌목꾼에게서 사나이를 느꼈다고 했다. 사나이, 참으로 오랫동안 잊었던 단어가 아닌가. 한 여성으로서 '사나이'란 말에 그리움과 향수를 느끼며 진정한 사나이를 만나고 싶다는 생각을 한다.

사나이를 만나기 위해 강원도에 가야 하나? 연기 피어오르는 들판 너머 무열왕릉 능원을 바라보니 사나이에 걸맞은 한 이름이 떠올랐다. 어려서부터 세상을 잘 다스리고자 하는 뜻을 가졌다는 사람. 풍채가 아름답고 빼어나 당 황제가 '신성한 사람'이라 이른 이. 진덕여왕 사후 섭정으로 추대된 알천(閼川)이 "덕망이 높고 두터운 것이 그만한 이가 없으니 백성을 구제할 영웅호걸이라"며 권좌를 양보한 인물. 이에 세 번이나 사양하는 예를 치르고 왕위에 오른 김춘추(金春秋)이다. 1400년 전의 사나이지만 그의 혼을 만나러 발길을 옮기니 가슴이 설렌다.

능역에 들어서면 왕릉을 에워싼 솔숲이 시야에 들어오고, 소담하게 솟은 고분을 향해 다가가려면 오른쪽 어귀에 있는 비신(碑身)이 발걸음을 잡는다. 막 앞으로 나아가려는 듯 힘차게 구부린 돌거북의 네 발가락과 정면을 향한 머리가 생동감 넘친다. 비신의 머리장식인 이수(螭首)의 전면에는 꿈틀거리는 듯한 용이 여의주를 받든 모양이 무르익은 솜씨로 조각되어 있는데, 통일기의 기상이 느껴지는 신라 조각의 정수라 할 만하다. 그 중앙엔 '太宗武烈王之碑'라는 글자가 새겨져 있다. 이로써 무열왕릉은 신라 역대 능묘 중 주인이 확실한 능이 되었다.

지금 비신은 없어졌지만 묘 앞에 왕의 일대기를 쓴 비를 세운 것은 무열왕릉이 처음이다. 전에는 비를 그냥 땅에 박았으나 통일신라기로 들어서면서 비문이

무열왕릉/어려서부터 세상을 잘 다스리고자 하는 뜻을 가졌다는 김춘추는 삼국통일의 길을 열었다. 문희가 달아준 비단 옷고름이 솔숲 위로 펄럭이는 듯하다.

화려해지고 미사여구가 등장한다. 일찍이 비를 세운 중국의 영향인데 무열왕릉 앞에 상석을 만든 것도 중국의 문물이 들어와 자리잡게 된 탓이다. 무열왕릉은 신라가 중국문화를 받아들이는 과정과 삼국통일의 이면을 보여준다.

김춘추는 정치가 문란하여 왕위에 오른 지 4년 만에 쫓겨난 25대 진지왕(眞智王)의 손자이다. 26대 진평왕(眞平王)은 진지왕의 아들 용춘(龍春)을 내성사신(內省私臣)으로 봉해 왕을 보위케 하고 자신의 둘째딸과 결혼시켜 사위로 맞았다. 이들 사이에서 태어난 자식이 김춘추이다.

폐위된 왕손이었으나 비범했던 김춘추는 시대의 또 한 호걸 김유신(金庾信)의 기지로 그의 누이동생 문희와의 로맨스도 꽃피우고 선덕여왕의 지원으로 결혼하는데 7세기 중엽 신라가 위기에 처하자 역사의 무대에 두각을 나타낸다. 선덕왕 11년(642)에 백제는 고구려와 공동전선을 펴서 당으로 가는 통로인 당항성(唐項城, 경기도 남양)을 빼앗고 신라 서쪽 국경의 요새인 대야성(大耶城, 경남 합천)을 함락시켰다. 이 싸움에서 김춘추의 사위인 도독 이찬 품석과 딸, 죽죽 등이 죽자 김춘추는 자원하여 고구려에 군대를 요청하러 길을 떠났다.

당시 고구려에선 연개소문(淵蓋蘇文)이 영류왕을 죽이고 그 조카를 세워 왕위를 잇게 하면서 실권을 쥐고 있었다. 고구려는 김춘추에게 옛 고구려땅인 한강 유역의 반환을 요구했고, 김춘추는 "국가의 토지란 신하 된 자가 마음대로 할 수 있는 것이 아니오니, 신은 감히 명령을 받들지 못하겠나이다" 하고 거절하였다.

이때 감금된 김춘추가 꾀를 내어 간신히 고구려에서 빠져나오는 이야기는 『삼국사기』 권41에 실려 있다. 왕이 총애하는 신하 선도해(先道解)가 춘추에게서 은밀히 푸른 베 300보를 뇌물로 받자 농담하듯 토끼와 거북의 우화를 들려주는데, 간을 꺼내 씻어 바위 아래 두었다며 기지를 발휘하는 토끼 이야기를 듣고 김

춘추가 고구려 왕의 요구를 거짓으로 받아들여 위기를 모면하는 사건은 고대인
들의 여유와 슬기를 보여준다. 고구려 왕은 김유신이 1만명의 결사대를 거느리
고 공격해온다는 소식까지 접하자 김춘추를 풀어주었다.

진덕왕이 즉위한 해(647)와 이듬해에도 백제가 침범하니 김춘추는 당나라로
발길을 돌렸다. 고구려와의 협상이 무산된 뒤 진덕왕 원년에 왜국으로 가서 교
섭을 벌였지만 이것 역시 이루어지지 않았다. 김춘추가 침략받는 신라의 괴로움
을 알리니 당 태종은 군사를 출전시켜줄 것을 허락하고 김춘추는 관리들의 공복
(公服)을 고쳐 중국제도를 따르기로 했다. 이렇듯 백제의 공격으로 나라의 위기
를 느끼던 신라와 고구려 정벌에 실패한 당은 이해관계가 맞물려 어렵지 않게
동맹을 맺을 수 있었다.

진덕왕에 이어 김춘추가 왕위에 오른 다음해 655년, 고구려와 백제, 말갈이
연합하여 신라의 33개 성을 빼앗았다. 무열왕은 당에 도움을 청하고 당은 소정
방을 보내 고구려를 공격했다. 659년엔 백제가 자주 변경을 침범하여 왕이 드디
어 이를 치고자 당의 출병을 요청했다. 이듬해 당 고종은 소정방에게 13만 군사
를 내주어 백제를 치는데, 김유신은 황산벌에서 계백과의 결전을 승리로 이끌었
다. 장군 흠순의 아들 반굴과 좌장군 품일의 아들 관창이 꽃다운 목숨을 바친 이
전투 뒤에 신라군은 소정방이 이끄는 당군과 합류하여 사비성을 함락시켰다. 의
자왕이 태자와 군사들을 이끌고 와서 항복하니 백제의 패망이었다.

백제가 멸망한 다음해 태종 무열왕이 죽고 아들 법민 문무왕(文武王)이 즉위
한다. 문무왕은 태종의 위업을 물려받아 뒷날 통일을 완수하는데 이 두 왕과 명
장 김유신은 통일의 삼두마차라 하겠다.

적기를 놓치지 않은 외교정책으로 삼국통일의 길을 연 김춘추는 김유신과 함

께 시대의 영웅이 되었지만 한말과 일제시기에 근대민족주의가 일어나면서 이들에 대한 평가도 달라지기 시작했다. 신채호 같은 민족주의 사학자는 김춘추가 외세인 당나라를 끌어들였다 하여 그를 외세의존적인 사대주의자라고 비판했다. 민족의 주체성을 강조하던 시기였다.

나의 여학생 시절에도 역사선생은 "당나라를 끌어들인 것이 신라 삼국통일의 흠이다"라고 하였다. 이러한 시각은 거의 유행처럼 번져 식자들은 지금까지도 삼국통일을 '억지통일'로 폄하한다. 거기다 신라·백제를 오늘의 지역감정으로 바라보고 우리 역사마저 분열시키는데, 삼국사가 한민족사이지 어찌 일개 영남의 지역사이며 호남과 충청의 지역사일 것인가. 그것은 역사에 대한 진정한 인식이 아닐뿐더러 일제교육의 잔재이기도 하다.

과연 삼국시대에 서로간 같은 민족이라는 의식이 있었을까? 삼국은 서로 다른 전통과 문화 속에서 자기 역사를 만들어가며 끊임없이 침략하고 (때로는 화친하기도 하고) 경쟁하는 적대세력이었을 뿐이다. 당 고종이 백제에 보낸 조서를 보면 "전쟁을 번갈아 일으켜 삼한의 백성들로 하여금 칼도마에 오른 고기 목숨이 되게 하고, 무기를 마련해 분풀이를 멋대로 하는 것이 아침저녁으로 거듭"되는 상황이었다. 뒷날 문무왕도 교서를 내리면서 "신라는 두 나라와 사이가 벌어져 잠시도 평안한 해가 없었다. 군사들은 뼈를 드러낸 채 들에 쌓이고 몸뚱이와 머리가 서로 멀리 나뉘어 뒹굴었다"고 참상을 말했다.

고구려 광개토왕비에는 백제를 백잔(百殘)이라고 기록했는데 모멸의 뜻이 담겨 있다. 광개토왕의 할아버지 고국원왕은 백제 근초고왕이 평양성을 공격했을 때 싸우다가 죽었다. 또 고구려의 시달림을 받아온 백제와 신라는 수와 당에 고구려 토벌을 요청했는데 백제는 수 양제 때 수와 연합하여 고구려를 치겠다는 적극성을 보였다. 삼국시대는 우리 역사상 최대의 전시(戰時)였다.

이것이 실상이니 어느 역사학자의 글대로 "신라의 대당외교를 반민족적이라고 매도하는 것은 마치 어린아이에게 어른의 기준을 적용하여 잘잘못을 가리는 일과 같은 비과학적인 일이다." 신라가 당과 연합하지 않았다면 존망이 바뀌었을지도 모르고, 고구려 · 백제도 나라의 위기를 헤쳐나가기 위해 당은 물론 다른 세력들과 결합했을 수도 있는 일이다.

김춘추와 김유신에 대해 다룬 역사서의 한 부분도 인용한다. (한국역사연구회 고대사분과 『한국고대사 산책』)

먼저 유념할 점은 '민족'이나 '민족의식'이 그들을 평가하는 기준이 되어서는 안된다는 점이다. 당시 사람들이 지금의 우리와 같은 민족의식을 가졌을 리는 만무하다. 삼국이 각기 생존을 건 힘겨운 전쟁을 벌이는 상황에서, 서로는 단지 적국이었을 뿐이다. 그 과정에서 중국이나 왜국 등 주변 나라와 연계된 것은 어쩌면 당연한 일이었다. 오히려 오랜 기간의 통일전쟁과 나당전쟁을 어렵사리 치러내면서 비로소 신라인들과 백제 · 고구려 유민들이 일종의 동류의식을 갖게 되었다고 보는 것이 실상에 가까울 것이다.

신라가 대야성에서 백제에 패하고 춘추의 딸인 품석의 아내가 그곳에서 죽었다는 소식을 들었을 때다. 김춘추는 온종일 기둥에 기대어 서서 사람이 앞으로 지나가도 깨닫지 못하더니 "아아! 대장부가 어찌 백제를 집어삼키지 못할쏘냐!" 하고 즉시 왕에게 나아가 고구려 행을 허락받았다.

들끓는 부정(父情)을 가진 남자. "누가 자루 없는 도끼를 빌려줄 것인가. 하늘

받칠 기둥을 찍을 터인데!"라는 선지자 원효의 말뜻을 혼자 알아듣고 원효를 찾아 공주가 있는 요석궁으로 보낸 명민한 사내. 하루 식사로 쌀이 서말이요, 수꿩 아홉 마리를 들었다는 거인. "용모가 아름답고 쾌활하게 담소하였다"고 『일본서기』에도 기록되어 있는 이 훤칠한 사내의 옷고름을 김유신조차 밟고 싶었지. 문희가 달아준 비단 옷고름이 솔숲 위로 펄럭이는 듯한데 태종 무열왕릉 앞에 안너 빌스마의 베토벤 첼로 소나타 3번을 바친다.

둔중한 첼로음에 실려가듯 걸음을 옮기려니 누렇게 바랜 능역의 잔디가 발에 부드럽게 감겨온다. 소나무는 굽이굽이 하늘로 뻗어 독야청청 허공에 드리워 있는데 그 아래 잔디밭엔 후박나무의 크고 마른 잎들이 비둘기처럼 내려앉아 있다. 왕릉을 에워싼 솔숲 뒤로 낙엽이 드문드문 초겨울의 잔광에 빛나며 허공에 흩어지고 있다. 네시가 조금 넘은 시각이건만 하늘엔 상현달이 떠 있다.

첼로의 저음 같은 11월은 일년 중 가장 아름다운 달이다. 화려한 단풍도 옷을 벗고 낙엽이 쌓이기 시작하는 달. 나뭇잎도 땅 빛깔과 닮아가고 이불처럼 대지를 덮고 근원으로 돌아갈 채비를 한다. 발이 낙엽에 묻히면서 내는 사그락 소리, 헛된 열정을 가라앉히는 차분한 갈빛. 철새들도 떼를 지어 날아간다. 인디언들은 11월을 '물이 나뭇잎으로 검어지는 달' '만물을 거두어들이는 달'이라 불렀다.

한스 노자크의 소설 『늦어도 11월에는』이 생각난다. 순전히 제목에 끌려 읽은 책이다. 실업가 남편과 어린 아들을 둔 28세의 기혼녀 마리안네는 작가 뮌켄의 수상식에서 그를 처음 만나지만 뮌켄은 다가와 이렇게 첫마디를 던진다.

"당신과 함께라면 죽을 수 있을 것 같습니다."

그 한마디에 마리안네는 그날 밤 집을 떠나 뮌켄과 동거하게 되는데 시아버지가 그녀를 찾아오자 한달 만에 다시 가정으로 돌아간다. 그러나 뮌켄의 희곡이 그녀가 사는 도시에서 초연되자 11월 어느날 다시 그를 따라 집을 나가서 교통사고로 죽는다.

사업에 열중했을 뿐 별다른 결함도 없는 남편의 삶에서 그녀는 자기 삶의 의미를 발견하지 못했다. 현대생활의 공허감과 해방을 갈구하는 여성의 잠재의식을 그린 작품인데 영원한 해방은 없다는 듯 두 사람의 죽음으로 소설은 끝난다. 아니 죽음만이 영원한 해방이라는 메시지일까? 죽음은 삶의 절정인가. 옆에서 갈등하는 마리안네에게 늦어도 11월에는 작품을 끝내고 모든 것이 잘될 거라고 말한 뮌켄. 그들은 해결되지 않는 존재의 불안을 완결하기 위해 11월의 대기 속으로 질주했던가.

격정이 한발자국씩 층계를 내딛는 듯한 스케르쪼의 2악장에 파도처럼 실려 무열왕릉에서 자리를 뜬다. 왕릉을 지나 왼쪽으로 난 오솔길로 올라가니 멀리 선도산이 보이고 금빛으로 물든 능역이 시원하게 펼쳐진다. 초여름에 왔을 땐 배롱나무에 꿈결인 듯 분홍 꽃이 피어 있더니 앙상한 가지만 드러나 있다. 오른쪽 능역의 흰 백양나무에도 빛바랜 연두색 잎이 늦가을 바람에 떨고 있다. 황금빛으로 익어가는 가을 능원에 어울리지 않는 것은 몇그루의 칙칙한 히말라야시더와 삭막한 아스팔트길. 선도산 아래 펼쳐진 역사의 자리를 본래 모습으로 돌려주기 위해선 삭막한 아스팔트도 걷어내고 흙길이나 돌길을 만들어야 한다.

경사진 구릉 위에 산 같은 고분이 일렬로 솟아 있어 뒤의 것은 숨바꼭질하듯 능선만 보여주는데 가까이 다가가니 네 개의 거대고분이 모습을 드러낸다. 서악고분군(西岳古墳群)이다. 도로를 사이에 두고 무열왕릉 건너편엔 장산고분군이 있고 능역 울타리 너머 선도산 가는 길에도 몇개의 거대고분이 있으며 무열왕의 둘째아들 김인문과 김양, 김유신 묘도 부근에 있으니 서악은 역사시대 이래 남

서악고분군 원경

128

한 최대의 고분군이다. 법흥왕부터 무열왕계 선조들과 중고기(中古期) 왕실의 집단고분으로 추정되는데 신라를 진정한 국가로 만든 주역들이 묻힌 곳이다.

『삼국사기』를 보면 23대 법흥왕부터 평지를 떠나 왕릉이 조성되었다. 법흥왕 때(520) 율령이 반포되고 직위에 따라 공복(公服)의 빛깔이 정해지고, 혈통의 높고 낮음에 따라 혼인과 가옥의 크기 등 여러 특권과 제약을 정한 골품제(骨品制)가 법제화된다. 권력의 심장부가 사후에 이곳에 묻혔다.

경주에는 김정희의 글을 비롯하여 조선 후기 시대사조(時代思潮)의 하나였던 금석학과 관련된 글들이 다수 남아 있다. 추사는 생부 김노경이 경상감사에 임명되어 1816년 대구로 부임하자 다음해 처음으로 경주를 방문하여 무장사지(鍪藏寺址)를 찾았다. 그의 관심은 불교관련 금석문에 있었지만 그 뒤 몇차례 경주에 와서 비문뿐만 아니라 신라사와 관련하여 「진흥왕릉고」를 남겼다. 길지 않은 문장이지만 역사적 사실을 문헌과 관련시켜 정밀하게 고증한 본격적인 신라왕릉 연구의 보고서라고 할 수 있다. 1730년에 씌어진 유화계의 『나릉진안설』은 고증이 아니라 왕릉 지정의 부당함을 증명하는 내용이었다. 추사는 무열왕릉 위편에 조영된 이 거대고분들을 맨 위로부터 24대 진흥, 25대 진지, 46대 문성, 47대 헌안의 네 왕릉이라 추정했다.

"역사책에서 말하기를 진흥왕릉은 서악리에 있고 진지왕릉은 영경사 북쪽에 있다고 하였다. 그런데 영경사 북쪽은 곧 서악리이다. 태종릉 역시 영경사 북쪽에 있다고 하였으니, 이것은 영경사 북쪽이 서악리가 되는 까닭이다. 문성·헌안 두 왕릉이 모두 공작지에 있다고 하였는데 공작지 역시 서악리의 다른 이름이다."(『秋史集』, 최완수 옮김)

『삼국사기』에는 법흥왕과 진흥왕을 애공사(哀公寺) 북쪽 봉우리에 장사지냈다고 기록되어 있다. 그러나 『삼국유사』에는 진지왕도 애공사 북쪽에, 무열왕은 애공사 동쪽에 장사지냈다고 기록되어 있다. 한편 『동경잡기』에는 법흥왕릉은 애공사 북쪽에, 진흥왕릉은 서악리에 위치해 있다고 했는데, 조선 영조 경술년(1730) 이후 현재까지 법흥왕릉으로 전해지는 선도산 서쪽 효현리 고분은 『동경잡기』를 따라 정해진 것임을 알 수 있다.

왕릉 위치에 대한 사서의 기록들이 같지 않으므로 묻힌 사람을 단정할 수 없지만 이 네 능의 주인을 무열왕계의 선조인 법흥왕, 진흥왕, 진지왕, 그리고 무열왕의 아버지 용춘(문흥대왕)으로 추정(강인구 「신라 왕릉의 재검토 1」)하기도 한다. 사실 3호분과 4호분을 진흥왕·진지왕과 3백년이나 시차가 나는 문성왕과 헌안왕의 능으로 추정한 추사의 견해는 오늘날엔 받아들이기 힘들다.

왕릉의 주인공을 추적하다보면 미로를 헤매는 것 같다. 나는 실증을 하려는 것이 아니니 미로 추적은 그만두고 강인구 설을 받아들여 무열왕릉 맨 위쪽에 위치한 1, 2호분 앞에서 법흥왕과 진흥왕을 생각한다.

22대 지증왕의 맏아들로 키가 7척이나 되고, 성품이 너그럽고 후덕하여 사람들을 사랑하였다는 법흥왕(法興王)은 불교를 일으킨 실천자이다. 재위 7년에 율령을 반포하여 법에 의한 국가지배의 기초를 마련하고, 15년엔 당시 유행하기 시작한 불법(佛法)을 믿지 않는 사람들을 위해 이차돈(異次頓)이 순교하여 불교가 공인되었다.

『삼국유사』에 의하면 22세에 사인(舍人)이란 벼슬에 임명된 염촉(厭燭, 이차돈)이 "저를 벌하여 머리를 벤다면 만민이 모두 복종할 것입니다"라며 불도를 일으키고자 죽음을 자청했다. 왕은 무죄한 자를 죽일 수 없다 하였으나 이차돈이 거듭 청하니 "가위 보살 같은 행실"이라 감동하여 그의 원대로 행하였다. 그의 목을 베자 흰젖이 한길이나 솟아오르고 빗방울이 꽃인 양 나부끼며 떨어졌다는데, 그를 숭상하는 승려들에 의해 41대 헌덕왕대에 이차돈 순교비가 세워졌다.

진동하는 땅을 표현한 파도 같은 물결, 땅에 떨어진 관을 쓴 머리, 목 위로 솟구치는 젖빛 핏줄기와 주위로 날리는 꽃송이. 이차돈의 순교 모습과 비문이 새겨진 육각기둥 모양의 비가 지금은 경주박물관 한 모퉁이에 놓여 사람들의 발길을 잡는데, 찬미하는 시에 일렀다.

> 대의 위한 희생만도 놀라운 일이거늘
> 하늘꽃과 흰젖 기적,
> 더욱 미쁘오이다.
> 칼날이 한번 번쩍 그 몸이 죽으시매,
> 절마다 쇠북소리 장안을 진동하네.

"아아! 이러한 임금이 없으면 이러한 신하가 없을 것이요, 이러한 신하가 없으면 이러한 공덕이 없을 것"이라 법흥왕은 불교를 전파한 고구려인 아도(阿道), 이차돈과 함께 세 성인으로 받들어진다. 재위 19년에는 김유신의 조부인 금관가야주 김구해의 항복을 받아들여 나라를 합하고, 23년에 건원(建元)이란 독자적 연호를 처음으로 사용하는데, "중국과 대등한 국가라는 자각"에서 나온 자신감으로 보인다. 이 연호의 사용은 법흥왕부터 28대 진덕왕까지 이어진다. 성골(聖骨)로서 신성한 왕실의 신분이 확립된 왕들이 재위하던 이 시기를 『삼국유사』에선 중고기(中古期)로 구분했다.

신라 발전의 초석을 마련한 법흥왕은 뒤에 가사를 걸치고 친척들을 절의 노비로 바쳤다. 주지가 되어 몸소 불교를 전파하는 사업을 담당하였으니 호칭 그대로 불법을 일으킨 왕이었다. 영흥사를 창건한 왕비도 법흥왕과 함께 머리를 깎고 여승이 되었다.

진흥왕(眞興王)은 법흥왕의 아우인 갈문왕 입종(立宗)의 아들이다. 어머니 김씨부인은 법흥왕의 딸로서 아들이 일곱살에 왕위에 오르자 섭정을 했다. 즉위 5년에 흥륜사가 낙성되었고 사람들이 출가해 승려가 되어 불사를 받드는 것을 허락하였다. 6년에 이찬 이사부의 건의를 받아들여 국사를 수찬케 했으며, 11년에 백제와 고구려가 함락시킨 한강지역의 두 성을 빼앗아 증축했다.

진흥왕은 즉위 12년에 연호를 개국(開國)이라 하여 성년이 된 '자신의 시대'를 열었다. 고구려를 침공하여 10개 군을 빼앗고 2년 뒤 백제의 북동쪽 변경을 빼앗아 신주(新州)를 설치했다. 이때 신주의 군주로 임명된 김무력은 김유신의 할아버지다. 진흥왕의 한강유역 점유는 서해를 거쳐 중국과 통할 수 있는 출구를 확보했다는 점에서 중요하며, 신라 삼국통일의 기반을 마련한 일대사건으로 말해진다.

23년엔 사다함을 시켜 가야를 토벌케 하고, 낙동강 유역도 전부 차지하게 된다. 사다함은 왕이 상으로 내린 포로 200명을 방면해 양인으로 만들어주고, 전쟁에 참여한 병사들에게 밭까지 나누어주어 사람들이 아름답게 여겼다는 미담의 주인공이다. 사다함을 배출한 화랑제도도 진흥왕 때 만들어졌으니 김대문은 『화랑세기』에서 말하기를 "어진 재상과 충성스런 신하가 이로부터 나왔고 훌륭한 장수와 용맹한 병사가 여기에서 생겨났다"고 했다.

가야의 우륵을 받아들여 가야금이 널리 연주된 것은 벌써 전인데, 전수자들의 연주를 듣고 기뻐하는 왕에게 망국의 음악은 취할 것이 못된다고 신하가 간했

서악고분군/왼쪽에서부터 법흥왕릉, 진흥왕릉, 진지왕릉, 용춘(무열왕의 아버지) 묘이다.

다. 왕은 "대개 성인이 음악을 지으시는 것은 사람의 성정에 연유해 절제하도록 한 것이니, 나라가 잘 다스려지거나 어지러운 것은 음률과 곡조 때문이 아니다" 하고 전수자들이 연주한 다섯 곡을 대악(大樂)으로 삼았다.

월성 동쪽에 새 궁궐을 짓게 했으나 황룡이 그 터에 나타나자 절로 만들어 13년 만에 완공하고, 말년엔 구리 무게만 3만근이 넘는 황룡사 장륙상(丈六像)을 만드니 황룡사 구층탑, 진평왕 옥대와 함께 신라의 세 가지 보물 중 하나이다. 양나라 사신은 사리를 가져오고 진(陳)나라 사신은 불경 1700여권을 싣고 오니, "절들은 별처럼 벌려서고 탑들은 쌍쌍이 늘어섰다. 고명한 중들과 불자들에겐 천하의 복전(福田)이 되었으며, 대승과 소승의 불교 이치는 자비로운 구름처럼 온 나라를 덮게 되었다."

이렇듯 불교와 문화를 융성시키고 국방을 견고히하여 진흥왕대에 안과 밖으로 비약적인 국가발전을 이룩할 수 있었는데, 왕은 만년에 이르러 머리를 깎고 법운(法雲)이란 법명을 쓰며 생애를 마쳤다. 추사는 서악고분군에 와서 "진흥왕의 드높은 공적과 화려하고 굳세었던 모습"을 돌아보았지만 일연스님은 『삼국유사』에서 출가한 두 왕의 말년을 그리면서 이렇게 덧붙였다.

"법흥, 진흥 두 임금이 왕위를 버리고 중이 된 것을 역사에 쓰지 않은 것은 세상을 다스리는 교훈이 아니라고 하여 그러한 것인가?"

불법의 바퀴를 굴리어 천하를 정복해가는 이상적인 통치자 전륜성왕(轉輪聖王)이 되려 했던 진흥왕은 태자의 이름도 동륜(銅輪)과 사륜(舍輪)이라고 지었다. 통치자로서의 임무를 다하고 말년에 자연인으로 돌아가 승려로 살았으니 두 왕은 여한이 없으리라. 왕의 영화도 누렸거니와 진리 앞에서 그것이 무어 대단하겠는가. 권력도 명예도 헛되니 진아(眞我)를 찾아갈 뿐이라. 능 위엔 아직 채

지지 않은 보랏빛 쑥부쟁이가 시들어 있고 이름모를 흰 들꽃도 철 모르고 피어 있다. 산 같은 고분군을 스쳐 걸어가는데 2호분과 3호분 사이로 진짜 산이 보인다. 능과 산은 금빛으로 물든 잔디빛깔과 상록수의 초록빛깔로 구별할 수 있을 뿐이다.

3악장의 아다지오가 땅거미처럼 깔리는데 파란 하늘에 걸려 있는 오동나무 마른 가지가 시야에 들어온다. 연분홍 구름 같은 살구꽃나무 아래서 생명의 환희를 맛보기도 하지만 잎을 떨군 겨울나무는 본질만 남아 있는 것 같다. 겨울나무엔 실존의 깊이가 있다. 다시 무열왕릉을 향해 내려가니 왼쪽에 있는 옥색 건물이 눈에 뜨인다. 관리사무소 현판이 붙어 있는데 그 앞의 뜰에도 배롱나무 몇 그루만 앙상하게 서 있다.

관리사무소가 내 처소라면 좋겠네. 소유는 필요없으니 저 건물을 임대해준다면 명작을 벌지도 모를 텐데. 몇년 전인가. 처음 무열왕릉에 왔을 때 저 건물을 보고 관리인을 부러워했다. 그럴 수만 있다면 관리인이라도 되어 아무도 없는 밤의 능원을 혼자 거닐고 싶었다. 별빛 아래 1500년 전 고대의 혼들과 조우하며 덫 같은 현실로부터 날아오르고 싶었다. 밤의 대지 앞에 가슴을 열고 무념의 이슬에 젖고 싶었다.

그러고 보니 발랄한 이십대에도 이런 생각을 한 적이 있다. 창경궁에 밤벚꽃놀이 갔을 때 고궁에서 숙직하는 수위를 부러워했다. 야경을 돌면서 고적한 고궁을 홀로 산책한다면 나무통을 집으로 삼았다는 디오게네스처럼 충만할 것 같았다. 여느 사람들처럼 사랑을 찾으려 했고 결코 외로움을 원치 않았건만 나는 왜 늘 사람이 없는 빈터의 풍경을 사랑했을까. 인간사의 진창에 빠져 있을지라도 무의미를 느끼고, 나의 숲으로 미련없이 떠났다. 나의 본질 곁으로.

지금도 추억하는 것은 옛사랑이 아니라 졸업반 때 밤늦게 도서관을 나서며 걸었던 교정의 호젓한 오솔길과 신촌의 아스라한 불빛, 산사에 머물면서 글을 쓰노라면 외로운 넋의 절규처럼 들려오던 이름모를 새 울음소리, 장판에 깔린 하루살이들의 주검을 보고 즉흥적으로 썼던 덧없는 편지 같은 것. 세속의 꿈은 장사지내고 이제 제도의 문밖에서 생각하니 젊은날부터 고독에 자석처럼 끌렸던 것은 인연의 헛됨을 예감했기 때문이라.

문 닫는 시각이 지나서 왕릉엔 아무도 없다. 뜨락에 후박나무 잎만 뒹굴 뿐 나무 그림자마저 미동하지 않는다. 잔광이 깔린 왕들의 유택에 비둘기처럼 앉아 행복을 느낀다. 꿈인 듯 저 길로 그리운 얼굴이 다가오는 환영도 보이지만 낮달이 외로이 떠 있는 늦가을 하늘 아래서 포만감을 갖는다. 때때로 고독은 제왕처럼 군림하여 두려움을 주지만 세상에 지쳐서 돌아오는 나를 기다려주는 오라비이고 변함없는 벗이다.

11월의 어느날 무열왕릉에 와서 알았네. 내가 왜 인적없는 빈터의 풍경을 사랑했는지를. 그것은 누구에게도 방문을 허용하지 않았던 내 안의 깊은 뜨락이라는 것을. 고독이란 샘물을 길어올리며 나만이 거닐 수 있는 금단의 정원이라는 것을.

6. 위로에 대하여

문무왕릉 대왕암

왕이 처음으로 즉위한 용삭(龍朔, 당 고종의 연호) 신유(661)에 사비수 남쪽 바다에 여자의 시체가 있었는데 몸길이가 73척이요, 발길이가 6척이요, 생식기가 3척이나 되었다. 혹은 말하기를 몸길이가 18척이며, 건봉 2년 정묘(667)라고도 한다. (『삼국유사』)

문무왕이 왕위에 오르니 이름은 법민이고 태종왕의 맏아들이다. 어머니는 김씨 문명왕후로 소판 서현의 막내딸이요 유신의 누이이다.

그녀의 언니가 꿈속에서 서형산 마루에 앉아 오줌을 누었는데, 오줌이 흘러 나라 안에 가득 찼다. 꿈을 깨어 동생에게 꿈 이야기를 하니 동생이 장난삼아 말하기를 "내가 언니의 이 꿈을 사고 싶다" 하고는, 이로 인해 비단치마를 꿈값으로 주는 것이었다. (『삼국사기』)

역사시대 이래 삼국의 왕 기사 중 가장 드라마틱한 것을 꼽으라면 문무왕편일 것이다. 당나라와 결전까지 치르고 삼국통일을 완성한 영주답게 법민(法敏) 문무왕(文武王)의 기사는 서두부터 극적이다.『삼국유사』 김춘추 기사에도 나오지만 당대의 인물 김춘추와 김유신의 결합은 유신이 춘추의 옷고름을 밟으면서 시작되는데, 유신의 누이 문희는 언니로부터 오줌 꿈을 사면서 역사의 장에 끼여들게 된다. 춘추의 옷고름을 달아주면서 문희는 두 가계를 연결하는 고리가 되고 부계와 모계로부터 영웅의 피를 물려받은 법민이 장자로 태어난다.

"자태가 영특했으며 총명하고 지략이 많았다"는 법민은 일찍이 진덕왕의 태평송을 당 황제에게 바치러 들어가면서 사서에 이름이 오른다. 당 고종에게 "고구려와 백제가 입술과 이처럼 서로 한통속이 되더니 번갈아 침범하고 핍박하여 강토는 위력마저 사그라드니, 백제에게 조칙을 내려 침탈해간 성들을 되돌려주게 하소서. 그들이 실행하지 않는다면 즉시 군사를 일으켜 칠 것이로되, 다만 옛 땅을 찾기만 하면 곧 화친을 맺겠습니다" 하고 중재를 청하는 것이 기록되어 있다. 아버지 김춘추와 함께 왕실 측근으로 대외적으로도 활약해왔는데 무열왕이 소정방과 함께 백제를 평정할 때 태자로서 종군하여 공을 세우고 무열왕의 죽음으로 661년 왕위에 올랐다.

신라와 함께 백제를 멸망시키자 당은 곧 웅진도독을 임명하고 당군을 주둔시키면서 백제를 자기 영토로 만들려는 야욕을 드러냈다. 백제의 저항도 만만치 않아 왜국에 볼모로 가 있던 전왕의 아들 부여풍(扶餘豊)은 고구려와 왜국에 군사를 요청했다. 문무왕이 김유신 등 스물여덟명의 장군을 거느리고, 전왕의 태자 융이 합세한 당나라 장수들과 함께 싸우니 오늘날 금강이라고 추측되는 백강 입구에서 벌어진 전투에서 왜의 배 400척이 불타 바닷물을 붉게 물들였다 한다. 동아시아의 국제전이었다.

그 사이에도 당은 두 차례나 고구려를 치고자 신라에게 군사를 요청했다. 661년에 소정방은 평양을 공격하고 연개소문에게 패했으나 거듭되는 전쟁으로 고구려의 세력도 약화되었으니 연개소문의 독재정치도 이에 영향을 끼쳤다. 666년 연개소문이 죽자 고구려에선 아들간의 내분이 일어나고, 장자인 남생이 아들을 당에 보내 구원을 요청하니 당은 대군을 이끌고 쳐들어왔다. 남생도 이에 참여했는데 당은 신라군과 함께 평양성을 에워싸고, 고구려는 1년간 항쟁하다 668년에 항복했다. 당은 이어 평양에다 안동도호부를 두어 설인귀(薛仁貴)를 도독으로 삼아 통치케 했다.

사로잡은 고구려인 7000명을 데리고 수도로 돌아오자 왕은 문무관료들을 거느리고 선조의 묘당에 선왕의 뜻을 이루었음을 고하는 의식을 치렀다. 다음해 봄, 대왕(『삼국사기』 신라본기 문무왕편에서 이때 대왕이란 호칭이 처음으로 나온다)은 교서를 내려 죄인들을 사면하고 가난한 백성의 부채와 이자를 상면해줄 것을 명했다.

전승국의 분위기였으나 다음해, 당 고종은 신라 사자를 가두어 끝내 감옥에서 죽게 했다. 왕이 멋대로 백제땅과 유민을 차지했다 하여 황제가 노했기 때문이다. 같은 해 신라와 고구려는 각각 정예병 1만명을 거느리고 압록강을 건너 말갈울 치고 이어 당군과 전투를 벌였다.

어느새 적대적인 관계로 들어선 당과 신라는 문무왕 즉위 11년(671)부터 전면전을 시작했다. 정월에 백제를 침공했고 설구성(舌口城)에서 말갈과 당군을 쳤다. 6월에는 석성(石城, 부여)에서 당군 5300명을 몰살하고 선봉장 여섯 명을 잡았다. 당의 총관 설인귀가 왕께 신라의 반당정책에 항의하는 글을 보낸 것은 그 직후이다.

"듣자 하니 왕께서는 교사스러운 마음이 움직여 변경의 성에다 무력을 기울인다는데"로 시작되는 경고의 편지에는 선왕 김춘추가 "해가 저무는 듯한 만년에도 뱃길의 위험을 두려워하지 않고 풍파의 험난함을 헤쳐, 마음을 중화지역에 쏟아부어 황제의 대궐 앞에 머리를 조아려서 그 고단함과 위약함을 갖추어 아뢰고, 두 나라의 침노를 자세히 설명해 그 정상을 토로"하는 과정부터 장황하게 그려져 있다. 측은함을 이기지 못한 태종 문황제가 그 소청을 긍휼히 여겨 날랜 말과 아름다운 옷으로 특별하게 대우하시매 고기가 물을 만난 듯했는데 성인께서 세상을 뜨시고 왕이 선왕의 뒤를 이어 바위와 칡처럼 서로 의지하여 토벌의 군사를 함께 일으켜 다같이 선대의 뜻을 좇았다고 상기시켰다.

"수십년이 지나면서 중국은 피로했으나 때때로 국고를 열어 군수물자를 대주었으며, 창도(蒼島, 한반도)의 땅으로 인해 황도(黃圖, 중국 조정)의 군사를 일으키매 유익한 일은 적고 무용한 데 애쓰는 것인지라 어찌 그만둘 줄을 몰랐으리요마는, 다만 선군의 신의를 저버릴까 염려했을 따름이었다. 이제 완강한 도적들이 이미 소탕되고 원수들은 나라를 잃었으며 그 군사와 말과 옥백(玉帛) 역시 왕의 차지가 되었으므로, 마땅히 마음과 힘을 다른 데로 옮기지 말고 안팎이 서로 도와 병장기를 녹여 없애고 욕심을 버려 마음을 비우는 성정을 갖게 된다면, 자연히 후손에게 그 지모를 전하게 되어 그들을 도와 편안하게 할 것인바, 훌륭한 사가는 이를 칭찬할 것이니 이 어찌 아름답지 않으랴!

그런데 지금 왕께서는 안온한 터를 내버리고 바른 정책을 지키기 싫어하며, 멀리는 황제의 명령을 어기고 가까이는 부왕의 말씀을 저버리며, 천시(天時)를 업신여기고 이웃나라와의 우호를 기만하면서 한 귀퉁이 땅 궁벽진 구석에서 집집마다 군사를 징발하고 해마다 무기를 치켜드니, 젊은 과부가 곡식을 나르고 어린 아들이 둔전(屯田)을 하게 되어, 지키려 하나 의지할 데가 없고 나가 싸우고자 해도 막을 수가 없도다."

이어 설인귀의 편지는 왕의 부자가 하루아침에 떨쳐 일어선 것은 황제의 위력 덕분이라고 일깨우고, 또 중화의 군사들이 구름처럼 모여들어 뱃머리를 나란히 하여 내려와서 요새를 쌓는다면 왕의 돌이킬 수 없는 병이 되고 말리라, 협박하고 왕께서 싸움을 그친다면 지난 일이야 굽어졌던 것이라 해도 단번에 펴질 것이라고 회유했다.

"슬프다, 옛날에는 충성과 의리를 다하더니 이제는 역신이 되고 말았으니, 시작은 길하였으나 끝에 와서 흉하게 된 것을 한스럽게 여기며, 근본은 같았는데 말단이 달라진 것을 원통하게 여기도다! (…) 왕께서는 심지가 맑고 풍채가 준수하니 한결같이 겸손한 의리를 회복하고 순종하는 마음을 보존한다면, 제사는 시절 따라 있게 되고 사직이 바뀌지는 않을 것이다. 어느 것이 좋은 쪽일지 잘 살펴서 복을 받아들이는 것이 왕의 훌륭한 방책이리라."

대왕도 이에 답장을 보내는데 작은 나라의 고통과 입장을 도도히 밝히는 명문이라 길게 인용한다.

"선왕께서 정관 22년(648)에 입조하여 태종 문황제의 은혜로운 조칙을 직접 받았거니와, 황제께서는 '내가 지금 고구려를 치려는 것은 다른 까닭이 아니라 너희 신라가 두 나라 사이에 끼여 매번 침해와 능멸을 받아 평안한 날이 없는 것을 가엾게 여기는 때문이요, 산천과 땅은 내가 탐하는 바가 아니며 재물과 자녀도 내가 다 가지고 있는 것이니, 내가 두 나라를 평정하면 평양 이남의 백제땅은 모두 너희 신라에게 주어 길이 평안하도록 하고자 한다' 하시면서 계획을 내려주시고 군사일정을 정해주셨다. 신라 백성들은 다들 은혜로운 조칙을 듣고 사람마다 힘을 기르고 집집마다 그 쓰임을 기다렸더니, 대업이 미처 끝나기도 전에 문제(文帝)께서 붕어하시고 지금 황제께서 제위에 오르시어 다시금 지난날의 은혜를 계속하시니, 자주 애호하심을 입은 일이야 지난날보다 더하였다. 우리 형제와 자식들은 재물과 관작을 받아 그 광영스러운 총애의 지극함이 예전에 볼 수 없었던바, 몸이 가루가 되고 뼈가 부서지도록 부리시는 일마다 다하고자 했으며, 참혹하게 죽어 널브러지는 한이 있더라도 은혜의 만분의 일이나마 보답하고자 하였다."

"(백제를 평정하고) 당의 본군이 돌아간 다음 적국의 신하 복신(福信)이 강의 서쪽에서 기병하여 남은 무리를 끌어모아 부성(府城)을 에워싸고 핍박해 먼저 바깥 목책을 쳐부수어 군수품을 모두 탈취하고 다시 부성을 공격해 거의 함락될

지경이었으며, 게다가 부성 둘레의 가까운 네 곳에 성채를 쌓아 지키니 이 때문에 부성에 드나들 수가 없었다. 이에 나는 군사를 거느리고 달려가서 그들의 포위를 풀고 사면에 있는 적들의 성채를 한꺼번에 모두 쳐부수어 우선 그들의 위급함을 구하였고, 다시 군량을 날라다가 마침내 1만명의 당나라 군사가 범의 아가리에 든 위기를 면하게 했으며, 부성에 머물러 수비하던 굶주린 군사들로 하여금 자식을 바꿔 서로 잡아먹는 참상이 없게 하였다. 6년이 되자 복신의 도당이 점점 많아져서 강의 동쪽 땅을 침탈하므로 웅진의 당나라 군사 1000명이 나가 적의 무리를 쳤으나 적들에게 꺾이고 격파당해 한 사람도 돌아오지 못했으며, 이 패배 이래로 웅진에서는 군사요청이 밤낮으로 끊이지 않게 되었다. 이즈음 신라에는 전염병이 창궐해 병마를 징발할 수 없었으나 그들의 애청을 차마 외면할 수 없는지라 마침내 군사를 발동해 가서 주류성을 에워쌌거니와, 적들이 우리 군사가 적은 것을 알고 드디어 곧장 나와 치니 우리는 병마를 크게 잃고 불리해 돌아오고 말았다. 이리하여 남쪽 지방의 뭇성들이 일제히 반란을 일으켜 다들 복신에게 붙었으며 복신은 승세를 타고 다시 부성을 포위하니, 그 즉시 웅진으로 가는 길이 끊어져 소금과 된장 따위가 바닥나는지라 지체없이 용사들을 모집해 몰래 길을 틈타 소금을 보내서 그들의 곤핍함을 구제하였다."

"용삭 2년(662) 정월에 유총관과 우리 신라의 양하도총관 김유신 등이 평양으로 군량을 수송했는데, '그 당시 궂은비가 한달 넘게 내리고 눈보라가 몹시 차서 사람과 말들이 얼어죽으니, 가지고 간 군량을 제대로 전달할 수 없는데다 평양의 당나라 군사 또한 돌아가고자 하므로 우리 신라의 병마도 군량이 다해 역시 되돌아왔는데, 군사들이 굶주림과 추위로 손발이 얼어 상하고 길에서 죽는 이들을 이루 헤아릴 수가 없었다. 일행이 호로하(瓠瀘河)에 왔을 때 고구려 군사가 뒤쫓아 달려와서 강안에 진을 치자 우리 군사들은 피로함이 오래되었으면서도 적들이 멀리까지 뒤쫓아올까 염려한 나머지, 저들이 미처 강을 건너기 전에 먼저 강을 건너 접전하여 선봉이 잠깐 어우러지자 적들이 와해되므로 마침내 군사를 거두어 돌아왔다. 이 군사들이 집에 도착해 한달도 지나지 않았는데 웅진부성에서는 자주 곡식을 찾으니, 전후해 보낸 곡식이 수만여곡(斛)이었다. 남으로는 웅진에 군량을 보내고 북으로는 평양에 공급해 조그마한 우리 신라가 두 곳에 나누어 공급하다보니, 인력은 극도로 피로하고 소와 말은 거의가 죽어 농사일은 때를 놓치고 한해의 결실이 흉작이 되었으며, 비축해둔 창고의 양곡은 실어나르느라 모두 소진해버렸는바, 우리 백성들은 풀뿌리조차 부족한 반면 웅진의 당나라 군사들은 양식이 남아돌았다. 또한 웅진에 머물러 지키는 당나라 군사들이 집을 떠나온 지가 오래되자 옷가지가 해져 몸에 온전하게 걸칠 것이 없으므로, 우리 신라 백성들을 독려해 철에 맞는 옷을 지어 보내기도 하였다. 웅진도호 유인원이 멀리 고립된 성을 지키는데 사방이 모두 적들뿐이라 늘 백제에게 포위당하고, 그때마다 우리 신라의 구원을 입곤 하여 일만명의 당나라 군사가 4년 동안 신라 것을 먹고 입었으니, 유인원 이하 병사들까지 모두 가죽과 뼈야 비록 중국땅에서 났을지라도 그 피와 살은 하나같이 신라에서 기른 것이요, 당의 은택이 비록 가이없다 하나 우리 신라가 바친 충정 또한 가련하게 여길 만한 것이었다."

이렇게 편지는 신라의 희생, 백제·고구려를 평정하기까지의 크나큰 전공, 당의 정책에 대한 불만과 부당함에 이르기까지 조목조목 이어지는데 싸움을 시작한 지 이미 9년이 지나 인력은 다할 대로 다했지만 백성들은 힘을 바친 데 대한 포상도 받지 못하고 공을 세운 장군들이 당 조정에 들어가도 "신라에는 아무도

146

공을 세운 이가 없다" 하니 백성들의 공포심만 더하게 되었노라 민심을 알렸다.

본래 신라의 것으로 고구려에게 빼앗긴 지 30여년 만에 신라가 되찾아 지키고 있는 비열성(卑列城)도 당이 도로 고구려에게 돌려주지 않았던가. 웅진에서는 "당이 선박을 수리하면서 겉으로는 왜국을 정벌한다고 핑계를 대나 기실은 신라를 치고자 하는 것이다" 하니 백성들의 놀라움과 불안은 얼마나 컸을 것인가. 당에 입조했던 신하들이 돌아와서는 당 쪽에서 장차 경계를 획정하면서 백제의 옛땅을 모두 베어 돌려주려 한다고 했다. "황하가 아직 띠처럼 마르지 않고 태산도 닳지 않은 채이거늘, 삼사년 사이에 한번 주었다가 한번 빼앗으니, 우리 백성들은 모두들 본래의 희망을 잃었거니."

왕은 이 사정들을 낱낱이 기록하여 사신을 보내었으나 바다에서 표류되어 돌아왔노라 말하고 "총관이 보내온 편지를 읽다보면 갈데없이 신라는 이미 반역한 것으로 되어 있으나, 원래 본심이 아닌 까닭에 참담한 마음에 놀랍고 두려울 따름이라"며 이렇게 끝을 맺는다.

"당에서는 한명의 사신을 보내 근본원인을 물으려 하지도 않고, 곧장 수만명 군사를 보내 우리 보금자리를 뒤엎으려 하여 큰 배는 푸른 바다에 가득 차고 작은 배는 강 어귀에 이어졌으며 저 웅진까지 대동해 우리 신라를 치고 있으니, 슬프다, 두 나라가 아직 평정되지 아니했을 때는 사냥개처럼 부려 내달리게 하더니, 들짐승이 이제 다하고 보니 도리어 삶아먹히는 박해를 당하는도다! 잔인한 적 백제는 도리어 옹치(雍齒)의 상을 당하는데 당을 위해 희생한 신라는 이미 정공의 죽음을 당하는구나. 빛나는 태양이 비록 빛을 비춰주지 않을지라도, 해바라기와 콩잎의 본마음이야 변함없이 해를 향하는 마음을 버리지 않는 것이다. 총관은 영웅의 빼어난 기품을 타고났고 장상(將相)의 고매한 자질을 지녔으며

칠덕(七德)을 겸비하고 구류(九流)를 섭렵했으니, 황제의 책벌을 삼가 봉행함에 있어 어찌 함부로 죄없는 이에게 징벌을 가하리요. 황제의 군사를 출동시키기 전에 먼저 그 근본연유를 물었어야 할 것인바, 이번에 가져온 편지를 계기로 하여 감히 배반하지 않았음을 진술하노니, 청컨대 총관은 깊이 헤아려 사실을 갖추어서 황제께 아뢰기 바란다. 계림주대도독 좌위대장군개부의동삼사상주국 신라왕 김법민은 사뢰노라." (『삼국사기』, 이강래 옮김)

외교각서는 이와 같았으나 신라는 함락시킨 사비성에 소부리주(所夫里州)를 설치하고 아찬 진왕(眞王)을 도독으로 삼아 백제의 옛땅에 대한 지배권을 장악하였다. 당의 군사 4만명이 침입해 평양에서 전쟁을 벌였으나 신라 군사가 고구려 군사와 함께 맞받아 싸워 수천명의 목을 베었다.

이 와중에도 왕은 황제에게 아뢰지 않고 백제를 토벌한 죄를 자청하는 편지와 진상품을 보내어 노회한 외교를 하는데, 673년 당이 말갈·거란 군사와 함께 침입해오자 신라 군사는 아홉 번을 싸워 이기고 적 2천여명을 몰살시켰다. 또 왕이 당에 저항하는 고구려 반민들을 받아들이자 황제가 노하여 왕의 관직을 삭탈하고, 당에 있던 아우 김인문을 신라 왕으로 삼아 귀국케 하고 군사를 동원해 와서 치도록 했다.

675년, 왕은 백제땅 대부분을 차지하고 마침내 고구려의 남쪽 지경까지 주와 군을 만들었는데 열여덟 번의 크고 작은 전투에서 당을 모두 이기고 6천여명의 목숨을 빼앗았다. 676년 기벌포에서 싸운 설인귀의 군사도 22회의 전투에서 4천여명의 목숨을 잃자 당은 결국 안동도호부를 평양에서 요동으로 옮기고 한반도에 대한 신라의 지배권을 실질적으로 인정하게 되었다. 이때부터 당나라와는 국교가 단절되고 다음해 677년 문무왕은 강무전(講武殿)에서 활쏘기대회를 개

감은사 터

최함으로써 실제적인 전승기념식을 거행했다.

삼국 중 최후발국인 신라가 통일위업을 이룰 수 있었던 요인으로 "필사적이고 적기를 놓치지 않은 외교정책의 성공"을 들기도 하고 화랑정신을 꼽기도 한다. 『삼국사기』에는 나라를 위해 몸바친 열사의 얘기가 많이 나오는데 장군 같은 지도층이 자식까지 희생시키면서 솔선하여 전투에 임하는 모습들이 그려져 있다.

백제와 황산벌에서 싸울 때다. 전세가 기울자 장군 흠순은 아들 반굴에게 "이 위기를 당해 목숨을 바친다면 충성과 효도가 함께 갖추어지리라" 하였다. 반굴은 곧장 적진으로 들어가 힘껏 싸우다가 죽었다. 또 좌장군 품일의 아들 관창도 겨우 열여섯의 나이에 적진에 뛰어들어 사로잡혔다. 계백이 관창을 보고 "신라를 적대할 수 없겠구나, 소년조차 이러하거늘 하물며 장사들이야 어떠하겠는가" 하고 살려 돌려보내니 관창은 우물물을 움켜마시고 다시 적진에 달려가 계백의 손에 죽었다. 말안장에 달려온 관창의 머리에서 흐르는 피가 옷소매를 적시는데 품일은 "내 아들 얼굴이 살아 있는 것 같구나! 나라일에 죽을 수 있었으니 다행이로다!" 하였다. 군사들이 격정이 치솟아 진격하니 백제 군사가 패하고 계백도 여기서 죽었다.

또 태종때 화랑 김흠운은 전사하여 이름을 남긴 사람들 이야기에 늘 감동하여 눈물 흘리다가 백제와의 전투에서 몸을 바쳤다. 승려인 취도(驟徒)는 백제가 와서 성을 치자 군복을 입고 이름(취도는 빨리 달려가 군졸이 되겠다는 뜻)을 고쳐 적을 향해 나아가 목숨을 버렸다. 그의 형 부과는 문무왕 때 백제로 쳐들어가 당주로서 공로를 세우고 죽었고, 동생 핍실은 신문왕 때 고구려 반란군을 치러 길을 떠나며 아내에게 죽음의 이별임을 알리고 적진에서 죽었다.

진덕왕 때 김유신의 신임을 받고 "위로는 나라를 위하고 아래로는 나를 알아주는 이를 위해 죽으려 한다"며 적진 속으로 들어간 비령자, 아버지의 죽음을 보고 적들 가운데로 달려가 싸우다 죽은 그의 아들 거진, 이에 주인들을 따라 적장에서 죽은 종 합절. 그들의 죽음에 감격한 군사들은 다투어 달려나가 적군 3천 명을 몰살했다.

3대 동안의 화랑이 무려 200여명으로 "그 꽃다운 이름과 아름다운 사적들"은 모두 전기에 실려 있다. 전성기를 지나 쇠퇴기로 접어든 고구려와 백제에 비해 6세기 초에야 국가체제를 완비한 신라는 활기찬 사회분위기로 국운의 확장을 향해 나아가고 있었고 이웃나라들의 위협은 그들을 더욱 결속시켰다.

황산전투에서 죽은 신하 장춘과 파랑은 "백골이 되어서도 나라를 보위코자" 태종의 꿈에 나타나서 내년 5월 소정방이 군사를 거느리고 백제를 칠 것이라고 알려주기도 했다. 문무왕 때 당의 사신이 데리고 들어간 쇠뇌기술자 구진천은 쇠뇌를 만들었으나 화살이 겨우 30보밖에 나가지 않았다. 신라에서 쇠뇌를 만들어 쏘면 1000보가 간다는 소리를 듣고 천자가 사신을 보내 신라의 나무를 구해주고 고쳐 만들도록 했다. 그래도 60보밖에 나가지 않으니 천자가 의심하여 중죄로 위협했으나 끝내 그 재능을 다 발휘하지 않았다.

이렇게 충정으로 뭉쳐진 신라인들은 나당전쟁에서 3만명이 넘는 당군을 멸하고 격전을 치르며 나라의 위기를 넘겼다. 백제와 고구려를 멸망시키고, 신라까지 정복하여 한반도 전부를 그들의 지배하에 두려는 당의 야심을 좌절시켰다. 만주가 빠진, 대동강과 원산만을 잇는 선의 이남지역 통일은 불완전한 것이지만 한국민족의 형성을 위한 토대를 마련했으므로 중대한 역사적 의의를 지닌다.

현 안압지(雁鴨池) 임해전(臨海殿)은 당과의 전쟁중인 문무왕 14년에 궁궐 안에 못을 파고 산을 조성하여 만든 것인데, 전쟁이 끝나고 평화가 오자 19년에 동궁을 짓고 남산성을 증축하였다. 또 왕이 도성을 고치고자 의상(義湘)에게 물었더니 "비록 초야의 띠집에서 살더라도 바른 도를 행한다면 복된 왕업이 장구할 것이지만 비록 사람을 수고롭게 해 궁성을 짓는다 해도 이로울 게 없을 것"이라고 하니 공사를 중지하였다.

왕은 대업을 완수하고 나라를 다스린 지 21년 만인 681년 7월 1일 세상을 떠났다. 그의 충성스런 신하이며 외삼촌이자 제부인 김유신이 죽은 날과 같은 날이다. 시호를 문무라 하고, 신하들은 왕의 유언대로 동해 어귀 큰 바위 위〔東海口大石上〕에 장사지냈다. 왕이 남긴 조서는 이러하다.

"과인이 어지러운 시운과 전쟁의 때를 만나 서쪽을 치고 북쪽을 정벌하여 강토를 평정했으며, 반역자를 토벌하고 협조하는 이를 불러들여 마침내 멀고 가까운 곳들이 평안해졌다. 위로는 조종의 끼치신 사랑을 위로해 올리고 아래로는 부자의 오랜 원수를 갚았도다. 산 자나 죽은 자 모두에게 두루 상을 추증하고 안팎에 고르게 관작을 나누어주었으며, 병장기를 녹여 농기구를 만들고 백성들을 어질고 오래 살도록 이끌었다. 납세를 가볍게 하고 요역을 덜어 집집마다 넉넉하고 사람마다 풍족하니, 백성들은 안도하고 나라 안에는 근심이 없게 되었다. 창고에는 곡식이 산처럼 쌓이고 감옥에는 풀만이 무성하니, 저승에서나 이승에서나 부끄러움이 없다 할 것이며, 상하의 여러 인사들에게도 저버린 바가 없다 하겠다. 그러나 풍상을 무릅쓰다보니 마침내 고질병이 생겼으며, 정무에 애쓰다보니 더욱 깊은 병에 걸리고 말았다. 운수는 떠나가고 이름만 남는 것은 예나 지금이나 한가지이니, 갑자기 명계(冥界)로 돌아간들 무슨 한됨이 있으랴!"

옛날 만사를 아우르던 영웅도 끝내는 한 무더기 흙더미가 되고 말아, 꼴 베고 소 먹이는 아이들이 그 위에서 노래하고 여우와 토끼가 그 옆에 굴을 팔 것이니,

분묘를 치장하지 말고 임종 후 왕궁의 고문(庫門) 밖 뜰에서 서역(西域)의 법식대로 화장하라고 유언한 왕. 문무왕의 대왕암이 있는 양남면 봉길리 앞바다로 향한다. 왕이 생전에 지은 임해전과 사천왕사 터를 둘러보고 감은사지를 스쳐서 푸른 물결을 향해 걸어간다. 당당하고 힘찬 삼층탑 두 개가 마주보고 있는 감은사지엔 아직도 문무왕의 영기가 서린 듯한데 절 기록에는 왕이 왜병을 진압하기 위해 절을 세웠다 한다. 이 사찰은 아들 신문왕이 즉위한 뒤에야 완성됐고, 발굴조사 때 금당 밑에 동쪽으로 난 구멍이 발견되었다. 대왕은 평상시 지의법사에게 "내가 죽은 뒤 큰 용이 되어 나라를 지키고 보호하겠다" 했다니 금당의 특수한 구조는 왕의 화신인 용이 드나들도록 만들어진 것으로 생각된다.

"짐승으로 태어나 용이 되어도 좋겠나이까?"

"내가 세상 영화를 싫어한 지가 오래되었다. 만약에 내가 인과응보의 법에 따라 짐승이 된다면 나의 뜻에 꼭 맞을 것이다."

감은사(感恩寺)는 대왕의 은혜에 감사하는 뜻으로 지어진 이름이다. 신문왕 때 동해 가운데 작은 산이 감은사를 향하여 떠다녀서 왕이 배를 타고 산에 들어가니 용이 옥대를 바쳤다. 선왕이 시켜 보낸 것인데 젓대를 만들어 불자 적병이 물러가고 병이 낫고 장마가 그치므로 만파식적(萬波息笛)이라 하였다. 거센 물결을 잠재우는 젓대란 뜻. 뒤에 혜공왕과 경문왕은 감은사에 행차하여 바다에 망제(望祭)를 지냈다.

살아서나 죽어서나 나라의 거센 물결을 잠재우고자 한 문무대왕. 이런 통치자를 가진 백성들은 복되다. 일제때 개성박물관장을 지낸 고유섭은 경주에 가거든 구경거리로 쏘다니지 말고 문무대왕의 위대한 정신을 기려 대왕암을 찾으라고 기행문에 썼다. 식민지의 탄압 속에서 민족정신이 담긴 문화재를 지키며 그도 문무대왕 같은 영주를 그리워했으리라.

그의 '나의 잊히지 못하는 바다'가 눈에 들어온다. 그가 사모했다는 곳. 나도 사모의 마음으로 일몰의 시각에 대왕암을 찾아가는데 해변 어귀에 들어서자 갑작스런 인파와 소란에 놀란다. 이날이 정월 대보름이라 방생을 하려는 신도들이 단체로 몰려들고 있었다. 인파가 몰리는 데는 으레 그러하듯 오징어, 멸치 등 건어물을 파는 아낙네들과 잡상인들이 줄을 잇고 있어 흡사 장날 같다.

대왕암이 바라다보이는 해변도 설 자리를 찾지 못할 정도로 사람들이 북적거린다. 진을 치고 정월 보름 행사를 하는 스님 염불소리가 금속성 마이크로 울리는데 가까이서 징소리도 들려온다. 군데군데 상을 차려놓고 옛무덤에서 출토된 유자이기 같은 신칼을 든 무당이 남색 쾌자를 펄럭이며 굿을 벌이는데, 상 위의 돼지머리가 대왕암을 향해 코를 치켜올리고 있다.

파도가 밀려오는 바닷가에서 몇사람이 통에 담아온 미꾸라지들을 던지니 갈매기들이 수면 가까이 날며 먹이를 탐지한다. 할머니는 액막이를 한다고 헌옷가지들을 태우는데, 속곳까지 불길 속에 떨어지며 검은 연기를 뿜는다. 바다를 향해 각기 앉은 사람들은 바람막이로 조약돌을 쌓아 촛불을 지키지만 초는 조약돌까지 시커멓게 그슬리고 파라핀 냄새를 온 바닷가에 진동시킨다.

씨네마스코프처럼 펼쳐 있는 풍경은 바닷가에 타오르는 불심이라기엔 너무 무질서하다. 신성한 의식이 아니라 아수라장 같아서 당혹스런 마음으로 대왕암을 바라본다. 뭍에선 행사를 한다고 법석이지만 대왕의 혼이 깃들였을 작은 돌섬엔 수백마리의 갈매기들이 알을 품듯이 내려앉아 하얗게 빛나고 있다.

대왕암이 화장한 뼈를 묻은 장골처인지 뼛가루를 뿌린 산골처인지 아직도 학계의 의견이 엇갈린다. 돌섬 가운데 바닷물이 드나드는 십자형 못이 있고 못 한

가운데 거대한 뚜껑돌이 놓여 있어 인공인지 자연인지 논란이 많다. 그러나 『삼국사기』와 『삼국유사』에도 장(葬), 능(陵), 장골처(葬骨處)라 기록하였으니 바다 가운데 있는 왕릉이라고 해야 하지 않을까.

대왕의 이 수중릉은 세계에서도 유례가 없는 독특한 왕릉이다. 파도치는 바다 가운데에 묘지가 있다니. 문무왕을 장사지낸 후 대왕암 일대는 효성왕·선덕왕 등 왕들과 왕족의 신성한 산골처가 되었다. 서양에서도 북유럽 신화에 나오는 미의 신 발데르처럼 바다에서 죽음의 의식을 치른 예는 있다. 발데르가 죽자 배에 싣고 불을 질러 바다로 보냈다고 한다. 신화는 때때로 실제의 관습을 표현하여 이런 매장형태가 현실에 있었다. 영국 써턴 후에서 발굴된 7세기의 선체 유적은 땅속에 그 모습을 남겨놓았는데 매장실은 배 중앙에 있었다.

순간 배가 불타는 환영이 스치면서 바다 위로 거대한 불꽃이 솟구쳤다. 얼굴로 열기가 뻗쳐와 옆으로 고개를 돌리니 사람 키보다 높이 쌓아놓은 솔가지에 불이 타오르고 있다. 불을 에워싼 사람들은 합장하기도 하고 목에 두르고 있던 스카프를 불길 속에 던지기도 하고 꽃가지를 든 채 불길을 주시하고 있다. 사랑하는 가족이 무사하도록 액이여 멀리 비켜가시라. 발목잡는 악연일랑 불길 속에 사그라지고 나쁜 마음 품은 사귀는 등을 돌리시게.

그것은 생에 대한 두려움이었다. 오늘은 화창하지만 내일 갑자기 불어닥칠지 모르는 태풍 같은 재난에 대한 두려움. 일진을 점치고 피의 재물까지 바치며 나날을 넘겼던 고대인에서부터 내려오던 삶에 대한 공포. 문명이 첨단을 걷는 오늘날에도 역학과 점성술에 매달리며 운명을 캐내고자 하는 존재들의 불안.

꽹과리 소리가 어디선가 울려와 뒤를 돌아보니 상을 차려놓고 굿하는 무녀가 눈에 들어온다. 한 아낙이 그 앞에서 두 손 모아 빌더니 돼지머리 앞에 돈을 얹

문무왕릉 대왕암을 바라보며 정월 대보름 기도를 하는 인파

어놓는다. 문득 깨닫는다. 저건 미신에 현혹된 어리석은 선심이 아니라 위로의 액수라는 것을. 굿을 함으로써 액을 날리고 평안이 온다고 생각하는 고달픈 삶이 받는 위로 말이다. 액운을 피하여 헌옷가지를 태우는 할머니, 골치 아픈 파라핀 냄새를 날리며 하염없이 촛불을 지키는 사람들, 떠들썩하게 굿하고 합장하는 군상들, 모두가 신산한 삶을 위로받고자 나선 가련한 중생이 아닌가.

일몰의 시각이라 바다도 저물어가는데 대왕암은 거대한 바위알처럼 빛난다. 생명의 모체인 바다에서 언제라도 깨어날 듯이. 왜구의 침입을 근심하여 동해구에 장사지내라고 유언한 왕, 죽어서도 용이 되어 나라를 지키고 만파식적을 보내어 나라의 우환을 없애준 왕, 어버이처럼 백성을 사랑한 위대한 왕이기에 이어수선한 후손들까지도 연민으로 지켜줄 것이고, 그것을 믿는 중생들은 정월 보름을 기다려 용당리 바다로 우르르 나섰지.

하늘과 맞닿은 수평선에 배 두 척이 한가로이 떠 있다. 위도 사람들은 정월이면 액을 담은 띠배를 바다에 띄워보낸다는데 나도 마음의 띠배 하나 띄워보낸다. 어느덧 젊음은 가고, 아픈 무릎으로 일몰의 숲에 들어섰으니 액 같은 인연일랑 망각의 바다로 흘러가고 고요만이 달빛처럼 고이게 하소서.

액을 실은 나의 띠배가 어둠의 바다로 흘러가는데 홀연히 들려오는 청아한 젓대소리. 그것은 삶의 거센 물결을 잠재워줄 위로의 만파식적 소리. 젓대소리가 가슴을 흔들어, 선조의 유산조차 지키지 못한 못난 후손들을 대표하여 감은사를 향해 합장하니 두려워 말라고 시무외(施無畏)하는 거대한 오른손이 어둠속에 떠오른다. 대왕의 손인가, 부처의 손인가.

7. 민초들의 꿈에 대하여

노서동 고분군 / 금관총 서봉총 호우총

경주의 수많은 고분 중에 시민들과 가장 가까이 있고 그래서 친근감을 주는 것은 시내에 공원으로 조성된 노서동(路西洞) 고분군일 것이다. 아이들이 방과후 들러 평평하게 깎인 고분 위에서 공을 차며 놀기도 하고, 학생들과 아낙들도 오다가다 들러 한담을 즐기는 서민의 휴식처이다. 지리적 위치뿐 아니라 금관총, 서봉총 등에 고도(古都) 주민들과의 얽힌 이야기가 있어 그야말로 민중의 정서가 살아 있는 유적지라 할 수 있다.

공원 입구에 심어진 몇그루의 배롱나무에 진분홍 꽃이 더미로 피어 있는데 둔덕 위의 무성한 나무가 여름의 정취를 더한다. 오른편 둔덕의 한면은 잘라낸 듯 편편하게 골라서 푯말을 세워놓았다. 일제때 발굴한 금관총 자리다. 1921년에 한 주민이 집을 증축하기 위해 터를 파다가 유물을 발견했고, 소문을 들은 일본 순경이 현장을 찾아가 작업을 중단시키고 발굴조사를 하기에 이르렀다.

목곽의 바닥이 완전히 드러난 상태여서 나흘 만에 발굴조사가 끝났지만 출자(出字)형 신라 금관이 최초로 출토된 성과를 올렸다. 금관과 함께 허리띠, 귀고리, 팔찌 등 두 관(7.5kg)의 금제품이 쏟아져 세상을 놀라게 했다. 장신구류 외에도 무기류, 말갖춤류, 용기류 등 4만여점의 화려한 유물이 출토되어 동양의 투탕카멘묘라 칭하기도 했다.

활 모양 장식이 달린 귀고리, 고구려와의 교류를 보여주는 네 귀 달린 청동항아리, 장식이 일품인 금동제 갑옷 등이 특이한 출토물이다. 화려한 유물로 보아 왕급의 무덤 같지만 묻힌 자가 누구인지 알 수 없으므로 금관이 출토된 이 고분을 금관총(金冠塚)으로 부르게 되었다.

이 금관총의 조사로 인하여 목곽 위에 돌을 쌓아 만든 적석목곽분(積石木槨墳)의 구조와 성격을 처음으로 알게 되었다. 발굴사적으로 중요한 고분이지만

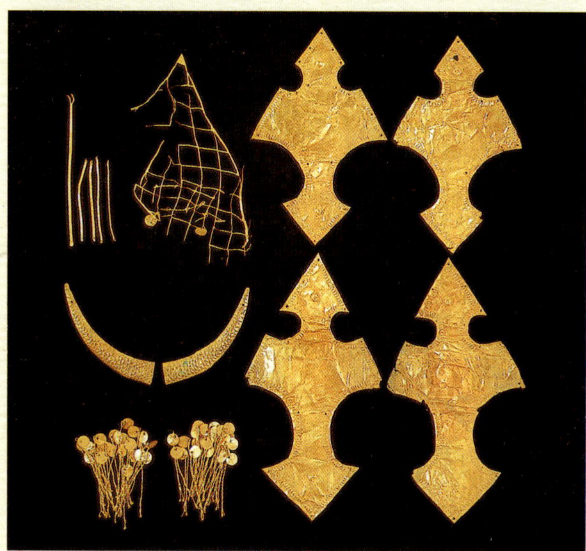

금관총 터/일제시대에 발굴되었고, 출자
(出字)형 신라 금관이 최초로 출토되었
다. 아래는 금관총에서 나온 금제장식.

금관총은 경주시민들이 유물에 대해 애착을 갖게 했다는 점에서도 소중하다. 출토된 유물들을 서울 총독부박물관에 보관하려 하자 주민들이 헌금으로 유물진열관을 지어 1923년 나라에 기증했다. 이 진열관이 모체가 되어 3년 뒤 박물관 경주분관이 설치되고, 현재의 경주박물관으로 이어지게 된다.

금관으로 세인의 이목을 집중시켰던 금관총 유물은 1927년 유물진열실의 자물쇠가 뜯기고 도둑을 당하는 수난을 맞았다. 부피가 큰 금관을 제외한 순금제 허리띠·팔찌 등 금제품을 몽땅 도둑맞은 것이다. 신문들은 1만원 상당의 신라 유물이 도난당했다고 크게 보도하여 또 한번 전국이 떠들썩했다.

이구열(李龜烈)의 『한국문화재비사』에는 경주시내가 발칵 뒤집혔다는 당시의 상황이 생생히 그려져 있다.

'도난당한 순금 유물들이 재빨리 일본이나 어디로 유출되지나 않았을까. 혹은 범인이 단순히 금덩어리로 녹여갖고 있다가 팔아먹으려고 유물의 형태를 짓이겨버린, 최악의 사태나 없을까.' 경찰보다 경주시민들이 더 초조해졌다.

경찰과 박물관측에선 범인이 무식한 보통 도둑일지 모른다는 전제하에 '천수백년 전에 만들어진 금세공품은 아무리 녹여갖고 있어도 요즘의 금과 달라서 금방 알아볼 수 있다'고 헛소문을 퍼뜨렸다. 또 그때만 해도 무덤 속에서 나온 물건을 집안에 갖고 들어오면 반드시 식구 중의 누가 앓거나 변고가 생긴다는 미신이 살아 있었기 때문에 '경찰은 앓는 사람이 있는 집이나 무슨 변고가 있는 집을 특히 주목해서 수사의 손길을 뻗치고 있다'는 유언비어도 퍼뜨려 범인에 대한 심리적인 작전도 폈다. 그러나 모두가 허사였다.

경주로 관광객을 유치하는 데 다시없이 중요한 유물을 영원히 잃어서는 안된다고 생각한 경주번영회가 1000원의 사례금까지 내걸었지만 아무 단서도 잡히지 않고 안타깝게 6개월이 흘러갔다. 그러던 5월 어느날 새벽, 변소를 치러 다니던 한 노인이 경찰서장 관사 앞을 지나다가 흰 백로지로 싼 이상한 보따리를 발견했다. 다가가서 지겟작대기로 찔러보니 찰그락 하는 금속음이 울리고, 종이 한켠으로 황금빛이 번쩍였다. 노인은 퍼뜩 깨달아지는 것이 있어 보따리를 안아들고 경찰서 숙직실 문을 두들겼다. 그것은 바로 도난당했던 순금 유물이었다. 기적 같은 생환이었으나 범인은 끝내 잡히지 않았다. 반지 하나와 순금 장식 몇 점만 갖고 나머지를 경찰서장 관사 문밖에 갖다놓은 채 종적을 감춘 것이다.

헛소문과 심리작전으로 범인을 잡으려 한 것이나, 훔쳐간 유물을 관사 앞에 도로 갖다놓은 도둑이나 당시의 순진한 민심에 웃음이 나온다. 그러나 1956년에도 금관총 유물을 노린 도둑이 있었으니 유물실에 잠복해 있다가 금관을 훔쳐 달아났다. 국보가 도난당한 충격적인 사건이었으나 다행히 모조품이었다. 사건 후 경주박물관에선 신문을 통해 도난당한 금관이 모조품이라고 밝혔지만 도둑은 가짜 금관을 돌려보내지 않았다. 얼마 후 용의자가 잡히고 서천에 묻었다고 자백했지만 모조품은 비에 쓸려내려갔는지 찾지 못했다. 금관총 유물은 이렇듯 두 번의 위기를 넘겼다.

금관총 둔덕을 끼고 안으로 걸어가니 나무 아래 젊은 연인들이 돗자리를 깔고 점심을 먹고 있다. 저만치 앞으론 거대고분 두 개가 오솔길 양편에 작은 산처럼 놓여 있는데, 고분 사이로 멀리 선두산이 보인다. 바로 앞엔 평평하게 돋우어놓은 잔디밭이 펼쳐져 있는데, 서봉총 기념비가 서 있다. 금관총에서 50여미터 떨어진 거리이다. 금관총, 금령총, 식리총 동시발굴에 이어 일본인에 의해 1926년

세번째로 발굴된 고분 자리이다.

고고학자 조유전의 『발굴 이야기』를 보면 서봉총(瑞鳳塚)이 발굴된 경위가 나온다. 경주역에 기관차 차고를 짓느라 용지를 매립할 흙이 필요하게 되자 현재 고분공원으로 가꿔놓은 황남동 일대 고분군 가운데에 있는 밭의 흙을 옮기기로 하고 토목공사를 벌였다. 그 와중에 신라 고분들이 발견됐고, 유물을 수습하면서 다른 토취장을 찾게 된다. 토목공사업자와의 타협의 산물로 노서동에 있는 서봉총이 발굴되는데, 동서 폭 35미터, 남북 길이 52미터, 높이 7미터의 규모를 가지고 있던 이 고분도 이미 봉토가 깎여나가 경작지로 변해 있었으므로 토취장이 된 것이다.

이 무덤을 발굴할 때 스웨덴의 구스타프 황태자가 일본을 방문중이었다. 황태자가 고분을 발굴한 경험이 있고 고고학에 관심이 많다는 것을 안 일본은 신라 고분 발굴현장에 방문하도록 황태자의 일정을 짰다. 일본의 외교적 수단으로 이용되어 국제적인 발굴이 되었던 무덤인데, 이름도 스웨덴의 한자표기 서전(瑞典)에서 서자를 취하고 출토된 금관의 봉황장식에서 봉(鳳)자를 따서 서봉총이라 지었다.

황남대총같이 쌍분이며 적석목곽분인 서봉총에서도 많은 신라 유물이 출토되었다. 여성의 묘로 추정되는 북분에서 봉황 세 마리가 장식된 금관이 나왔고, 십자형 꼭지가 붙은 은항아리[十字附銀盒]에는 명문이 새겨져 있어 관심을 끌었다. ‘延壽元年’의 명문은 신라 고분 최초의 금석문이고, ‘연수’란 연호가 정확히 파악된다면 서봉총이 만들어진 절대연대를 설정할 수 있기 때문이다.

신묘(辛卯)라는 간지에 의해 연수 원년은 451년(눌지왕 35년, 장수왕 39년)이나 511년(지증왕 12년)에 해당되리라 추정하는데, 은항아리의 고구려 제작설을 주장하는 연구자들이 많다. 신라는 법흥왕 23년(536)부터 진덕여왕대까지 연호를 사용했으나 연수라는 연호는 쓰지 않았다. 연수를 고구려 연호로 생각하고, 신라가 고구려의 지배하에 있던 당시 상황으로 보아 연수 원년을 장수왕 39년인 451년으로 추정하고 있다. 고구려 제작설이 맞다면 이 은항아리는 당시 신라에 대한 고구려의 정치적 영향력을 보여주고 있다 하겠다.

서봉총 금관에도 얽힌 이야기가 있다. 당시 발굴을 맡았던 코오이즈미(小泉)가 총독부 평양박물관 관장으로 있을 때, 서봉총 출토 금관을 비롯하여 주요 출토품들을 서울박물관에서 빌려와 특별전시회를 열었다. 전시를 끝내자 그는 직원들과 함께 기생집으로 가서 기녀에게 금관을 씌우고 허리띠와 목걸이까지 걸치게 하곤 술을 마셨다. 이 사실을 개탄한 기사가 당시 신문에 실리고 금관을 쓴 기생의 사진까지 남아 있는데, 주권이 없을 때 민족의 문화유산도 허술하게 취급된다는 것을 알 수 있다. 스웨덴 황태자가 발굴에 참여하여 직접 채집하고, 일본인 박물관장의 추태와 연관된 서봉총 금관은 당시의 식민지 상황을 잘 보여주고 있다.

광복 후 서봉총 금관은 금령총 금관과 서울박물관에 진열되었다가 함께 도난당했다. 다행히 두 개 다 모조품이었지만 일제시대에 발굴되어 출토된 세 개의 금관은 모두 도난당하는 수난을 겪은 것이다.

서봉총 터를 지나 크고 작은 두 개의 고분이 이어진 쌍분 앞으로 꺾어드니 감나무 두 그루가 서 있다. 엉덩이처럼 붙은 두 개의 옛무덤에 가르마처럼 오솔길이 나 있다. 사람들이 오르내려서 저절로 난 길이다. 가끔씩 관리인이 나타니 못 올라가게 하지만 이곳의 고분은 그야말로 시민의 놀이터가 되어서 그대로 내버려두는 것이 낫다. 1500년 전 시신은 이미 흙으로 공기로 돌아갔으니 그저 자연으로 남은 이 둔덕은 살아 있는 사람들이 누려야 한다.

쌍분을 스쳐 안쪽으로 걸어가니 크지 않은 무덤 앞에 쌍상총(雙床塚)이란 푯말이 붙어 있다. 노서동 고분군의 다른 무덤들과 달리 쌍상총과 마총(馬塚)은 석실로 밝혀졌다. 시대가 바뀌면서 묘제도 바뀌었지만 석실분이 그대로 평지에 자리잡았다. 23대 법흥왕부터 산록에 묘를 썼으나 장법은 쉽게 바뀌지 않아 일부는 평지에 남았다. 주류는 선도산 쪽으로 가고 나머지는 적석목곽분이 모여 있는 황남동 부근에 드문드문 흩어졌다.

쌍상총은 한국전쟁 뒤 1953년에 발굴됐는데, 삼국시대의 적석목곽분과는 달리 묘 어귀에서 이어지는 연도로부터 석문을 열고 들어갈 수 있는 신라통일기의 석실분이다. 현실(玄室) 속에 두 개의 시신이 안전하게 놓이도록 윤곽을 판 석단이 있어서 쌍상총이라 한다. 쌍상총 역시 도굴되어 발굴자를 실망시켰으나 "신라인들이 한사람만 묻을 수 있는 석곽목곽분을 버리고 여러 사람을 매장할 수 있는 석실묘를 채용한 초기의 예"로서 학술적 가치가 있다.

고고학자 김원룡은 「유적 조사의 회상」이란 글에서 쌍상총 발굴의 여담도 들려준다. 무덤의 벽 한쪽이 무너져 흙이 가득 찬 석실에서 나무뿌리 썩은 것이 여러 개 나왔는데, 그것이 시민들 사이에 와전되어 큰 구렁이가 나왔다고 선전되었다. 다음날 비가 쏟아져 집 한두 채가 쓸려나가자 왕릉 구렁이가 화를 낸 것이라고 소문이 났고 경찰서장까지 와서 난처한 얼굴을 하였다. 나중에는 구렁이가 용으로 승격되어 신라 용 좀 보자고 달려드는 사람이 적지 않았다고 한다.

"그런 것을 보면 사서에 나오는 고대의 괴이한 사건이란 모두 믿을 수 없는 노릇이다"라고 실증학을 하는 고고학자는 담담히 기록했지만 50년 전에도 '전설의 고향'을 지어낸 서민들의 천진함이 미소를 머금게 만든다.

쌍상총에서 왼편으로 사오백미터 떨어진 공원 귀퉁이엔 호우총(壺杅塚) 터가 평평하게 돋우어져 있다. 바로 뒤로는 도로에 면한 주유소 건물이 있어, 오가는 찻소리가 분주하게 들려온다. 호우총은 해방 뒤인 1946년 한국인에 의해 최초로 발굴된 유적이며 이 사업은 '한국고고학 수립의 첫출발'이기도 하였다.

이때 발굴을 주관한 사람은 김재원 국립박물관장인데, 종전시까지 총독부박물관 주임으로 재직하면서 경성제대에서 고고학을 강의했던 아리미쯔(有光)가 발굴경험자로 남아 기술적인 면에서 발굴을 이끌어갔다. 일제때 발굴은 모두 일본인들 손으로 행해졌고, 해방이 되어 그들이 돌아가자 우리나라엔 한사람의 현장고고학자도 없는 형편이었다.

이 고분을 선정하여 발굴하게 한 것도 아리미쯔였다. 1933년에 이곳에 살던 한 주민이 호박을 심으려고 구덩이를 파다가 순금 귀고리 등 신라 유물 수십점을 발견했다. 그때 현황조사를 한 아리미쯔는 옆에 있는 140호분을 눈여겨보아 두었다. 당시에도 봉토가 거의 깎여 무덤 위에 민가가 들어앉아 있었다는데, 발굴하면서 민가 두 채를 헐어냈다고 기록되어 있다.

보름이 걸린 발굴작업중에 이 무덤의 이름이 된 청동항아리가 발견되었다. 묻힌 사람의 머리 위에 놓여 있던 둥근 청동항아리 밑바닥에 '을묘년국(乙卯年國), 강상광개(岡上廣開), 토지호태(土地好太), 왕호우십(王壺杅十)'이라는 4행 16자의 명문이 새겨져 있었다. 명문에 의하여 이 유물은 고구려 광개토대왕이 죽은 3년 뒤인 415년에 그를 기념하기 위해 만들어진 제기로 추정된다. 또 놀랍게도 글자체가 중국 지린성(吉林省) 지안(輯安)에 있는 광개토대왕 비석에 새겨진 비문과 같았다.

화가이며 서울대 미대학장을 지내고, 육이오 뒤 월북한 근원 김용준(金瑢俊)

호우명문(위)과 광개토대왕비문

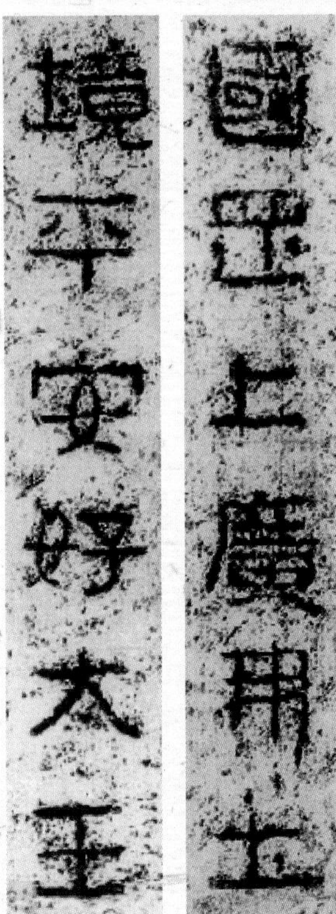

은 당시 화제가 되었던 호우총의 명문에 대하여 "그 웅대한 기상은 보는 사람의 눈을 아찔하게 한다. 글자마다 우렛소리가 들리는 듯하다"고 감탄했다. 또 그는 이 두 금석문의 필자는 같은 인물이고 광개토왕 당시의 이름 높은 서가(書家)임이 확실하다고 단언했다. "모든 고증에 앞서기 전에 나는 대담하게 말하노니 이것이 동일인의 글씨라는 것은 나의 직관의 힘이 틀릴 리가 없다고 믿는다."

그러면 어떻게 하여 고구려의 제기가 신라의 무덤에 껴묻히게 되었을까. 415년 전후의 역사를 더듬어보면 호우는 고구려와 신라의 국가간 교류의 산물로 여겨진다. 『삼국사기』에 의하면 내물왕 37년(392)에 고구려에서 사신을 보내왔고, 왕은 고구려가 장성하다 하여 실성을 볼모로 보냈다. 9년 만에 신라에 돌아온 실성은 다음해에 내물왕이 죽자 왕자가 어리므로 대신들의 추대로 왕위에 오른다. 자신을 볼모로 보낸 내물왕에게 원한을 가지고 있던 실성은 왕이 되자 내물왕의 아들 미사흔을 왜국에 볼모로 보내고 11년(412)엔 내물왕의 아들 복호를 고구려에 볼모로 보낸다. 내물왕의 아들 눌지는 자신을 죽이려던 실성을 시해하고 19대 왕으로 즉위하는데, 다음해(418)에 복호는 박제상의 도움으로 신라로 돌아온다. 호우는 복호가 이때 가지고 온 것으로 보인다. 또 고구려와 관계가 깊은 실성에게 415년에 만들어진 호우가 선물로 보내졌고, 다음해 실성이 피살되면서 호우가 무덤에 함께 들어간 것으로 추정하기도 한다.

광개토왕비에 의하면 경자년(400) 신라성에 들어온 왜구가 고구려 원정군에게 크게 궤멸되었다. 위대한 광개토왕의 군대가 1600년 전 이곳 경주 거리를 메웠다니, 호우총 밑에서 왁자지껄한 말발굽 소리가 들려오는 듯하다. 둥근 청동항아리가 무덤 속에서 나오던 날 광개토왕의 이름은 삽시간에 경주시민들을 흥분시켰다. 신라의 왕릉급 고분에서 출토된 한점의 청동항아리, 출토유물은 이렇듯 역사를 확인해주고 역사를 복원하기도 하니 더없이 귀중한 실증자료라 하겠다.

여름 한낮이라 간간이 금속성 매미 울음소리가 울려온다. 시민들이 군데군데 나무 그늘 아래서 더위를 식히고 있는데, 쌍분을 등지고 두 연인이 호젓하게 앉아 밀담을 나눈다. 한무리의 동네 아저씨들은 소주병을 옆에 놓은 채 화투를 치고 세 명의 중년남자들도 공원 의자에 앉아 잡담을 나누고 있다. 금관총 터 앞에서 할머니 두 분이 그늘 밑에 돗자리를 깔고 앉아 있는데, 모시옷을 입은 한 할머니 모습이 고와서 옆으로 다가갔다. 할머니들은 고분 옆에서 무슨 얘기를 하고 있나.

"인자는 된장도 해마다 못 담그겠더라. 한번 담그면 이삼년은 가데. 안 먹는다 해도 파는 것 사묵을 수도 없고."

"나는 인자 된장 안 담근다. 구찮다. 딸이 갖다주니까 그것만 해도 되거든."

"나는 갖다주는 사람이 없으이 내가 해야지 뭐."

두 할머니는 이어 들깨가루를 풀고 호박잎과 재피를 넣어 끓이는 호박잎국 얘기를 맛나게 했다. 음식 얘기라 귀를 기울이다가 여기가 금관총 터죠? 껴든다. 모시옷을 입은 할머니가 여기서 금관과 순금들이 쏟아져나왔다고 일러주곤 며칠 전 서울서 다녀간 여섯살짜리 손녀 얘기를 한다.

"아를 데리고 공원에 와서 여기에 임금님이 묻혔다고 했더니 하나하나 가리키면서 누구 무덤이냐고 꼬치꼬치 묻데. 그래서 저건 임금님 능이고 작은 건 임금님 아들 무덤이고 옆에 것은 왕비 능이라고 일러줬지. 곡옥이 달린 금관 얘기도 해주고. 그랬더니 그날 밤에 아가 당장 금관 보러 가자고 보채. 박물관에 가자고. 겨우 달래서 다음날 갔더니 월요일이라 문을 닫았어. 요새 아들은 호기심이 많은가봐."

노서동 고분군

경주 외할머니가 보여준 신라 임금님 능은 아이의 가슴에서 잊혀지지 않을 것이다. 외할머니가 들려준 금관 얘기를 회상하다가 아이는 뒷날 작가가 될지도 모른다. 나도 어릴 때 늘 외할머니의 얘기를 듣고 자랐다. 부처님 얘기와 귀신 얘기들…… 도둑맞은 모조금관에 대해 듣고 싶어했더니 할머니는 금관을 훔친 도둑이 같은 국민학교를 다녔던 홍가라고 성까지 기억한다.

"갸 엄마가 아들만 아홉을 낳고 열번째에 딸을 낳고는 죽었어. 엄마가 일찍 죽었지. 어릴 때는 다 문방구 가면 이것도 슬쩍 하고 가게 가서도 사탕 하나 집어내고 하지만, 홍씨 갸는 원래부터 좀 이상했어."

할머니는 홍씨가 잡힌 뒤 모조금관을 서천에 버렸다고 진술한 것까지 정확하게 기억하고 있었다. 나는 고고학자의 발굴기에서 읽었지만, 할머니는 그 시대를 살았던 경주의 증인이었다. 일흔이 채 못된다는 나이지만, 얼굴이 검고 뚱뚱한 옆의 할머니와 대비될 정도로 곱고 지적인 모습이다. 할머니는 이어 경주엔 능말고도 문화재가 깔려 있는데 택시기사들조차 잘 모르고 안내를 제대로 하지 않는다고 아쉬워한다.

제주도는 전설을 관광자원으로 개발했지만 경주는 곳곳이 다 역사와 연관된 장소라며 단석산에 있는 김유신 기도처, 김유신 묘의 진위 여부로 1970년대에 학계에서 일어난 논쟁부터 최근 경마장 발굴지에서 대단위의 숯가마가 나온 것까지 알고 있다. 옛날에 기와집을 그슬리지 않기 위해 숯을 썼다더니 거기서 숯가마가 나와서 증명이 됐다고.

할머니의 지식에 놀라니 옛날 사람이라 중학교밖에 못 나왔지만 책을 좋아해서 늘 읽었고, 그래서 아이들까지 책을 많이 읽었다고 들려주며 주위의 잡초를 뽑는다.

"이런 곳도 제대로 손질하려면 잡초가 씨를 뿌리기 전에 몇년간 계속 뽑아주어야 해. 그러면 잔디가 예쁘게 자리잡지. 나를 시장 시켜주면 잘할 텐데. 전쟁때 피난온 사람들도 왕릉이 있어서 무언가 다르다고 했어. 가까운 안강서는 전투가 심했지만 경주에선 군인도 총 한방 쏘지 않았어."

고분공원을 아름답게 만들려고 시장이 되고 싶다는 할머니. 한국의 원형을 간직한 경주를 지킬 사람은 권력을 탐하는 정치가가 아니라 작은 풀 한포기까지 마음 쓸 줄 알고 옛것을 사랑하는 무욕의 시민이다. 잘살겠다고 안해본 일도 없다지만 좋은 품성을 타고나서인지 모습이 곱기만 하다. 경상도 억양은 있지만 사투리도 거의 쓰지 않는 세련된 할머니는 내가 보아온 여느 경주 토박이들처럼 기품이 있고, 산 역사로서 고도의 정서를 간직하고 있다.

동고동락했던 영감님도 돌아가시고 지금은 노서동의 작은 한옥에서 혼자 살림을 꾸려가는데, 소년가장이나 불우한 아이들을 도우면서 마지막 생을 보내리라는 꿈을 가지고 있다. 여학교 시절 선생님이 고분을 보여주면서 "사람은 죽으면 머리카락 하나도 남지 않지만 유물은 이렇게 남아 후세에 전한다"고 했던 말을 기억하고 있다. 후세에 남기는 건 좋지만 할머니는 이미 화장을 결심하고 자식들에게 부탁해놓았다.

"시집이 기독교였지만 영감도 믿지 않았고, 나도 경주 이씨라서 그런지 기독교가 닿아오질 않데. 불자는 아니지만 땅속에서 오래 썩어가느니 깨끗이 태우고 싶어."

금속성 매미 울음소리가 귀를 서늘하게 한다. 7년째 땅속에서 잠자고 지상에 나와 일주일 내지 이주일간 귀가 따갑도록 모여 울다가 번식만 마치면 땅으로 돌아가는 매미. 오직 번식이라는 목적만 이루는 그 짧은 삶은 어찌 보면 지극히 경제적이다. 천적이 널려 있는 지상에서의 삶이 결코 만만치 않아, 약한 곤충이 선택한 최상의 방법 같기도 하다. 군더더기없는 매미의 생이 단순명쾌하게 느껴진다.

평평하게 깎인 고분 자리를 바라보는 경주 이씨 할머니 얼굴은 담담하기만 하다. 나이를 먹을수록 아집만 강해지는 사람도 있지만 평범한 시민인 이씨 할머니에게서 노년의 아름다움을 본다. 그늘진 쌍분 앞에선 계집아이 몇명이 더위도 잊고 줄을 서서 말타기놀이를 하는데 나도 저렇게 놀면서 찍찍하게 자랐지. 그때 아이는 사십년 뒤를 상상도 하지 못했다. 이젠 살아온 날보다 살아갈 날이 짧으니 묵언하듯 남은 생을 보내고 싶다.

대낮의 열기도 수그러들고 서늘한 바람이 불어온다. 동네 할머니가 지나가며 "여름도 이라다가 금방 간다" 하고 이씨 할머니에게 한마디 던진다. 방아깨비가 눈앞으로 포르르 날아가는데, 풀빛에 묻혀 더이상 보이지 않는다. 밤에 풀벌레 우는 소리를 들으면 아닌게아니라 가을이 문턱에 와 있는 것 같다. 매미소리도 어느날 더이상 들려오지 않겠지. 어디선가 나타난 잠자리떼가 투명한 날개로 햇살을 가르며 허공을 오르내리는데, 곡예를 하는 듯한 재빠른 움직임이 쇠락의 계절을 재촉하는 듯하다.

산처럼 높은 고분으로 아이들이 올라가고 있다. 천오백년이란 세월이 흐르면서 이제는 동네의 동산이 되고 놀이터가 된 무덤. 경주 출신 이근직 교수(경주대 문화재학과)는 고분군이 있는 금척리에서 어린 시절을 보내다가 고분 전공 역사학자가 되었다. 석양 무렵 아이들과 떼를 지어 고분에 올라가 들판을 바라보고, 눈 내리는 겨울이면 고분 위에서 미끄럼을 타던 추억이 거름이 되었다. 신라의 고분을 오르내리는 저 아이들 중의 누군가도 뒷날 역사학자나 고고학자가 되어 노서동 고분공원을 추억하게 될지 모른다.

할머니에게 인사를 하고 걸음을 옮기는데, 작은 느티나무 밑에 박혀 있는 기념비가 눈에 들어온다. 1994년 11월 17일 스웨덴 국왕 칼 구스타프 16세가 서봉총 방문기념으로 이 나무를 심었다고 씌어 있다. 서봉총 발굴 때 참관했던 구스타프 6세의 손자이다. 구스타프 16세는 경주에 와서 고고학자 최정필 교수를 만났는데, 최교수는 서봉총 발굴 때 경주박물관 직원으로 참관했던 최남주씨의 아들이다. 아버지 영향으로 고고학자가 된 것. 아버지 세대의 인연이 아들 세대로 이어진 만남이라 신문에 기사화되었다.

고대에서 현대로, 할머니에서 손녀로, 아버지에서 아들로 이어지면서 흘러가는 세월. 아이들 발길에 가르마가 난 고분 위로 뭉게구름이 흘러간다. 뒤돌아보며 사십년 뒤, 백년 뒤를 생각하니 우리의 인생은 저 구름처럼 흘러가고 산과 언덕, 대지만이 영원한 시간의 주인으로 남누나.

8. 남성적인 것에 대하여

진평왕릉과 신문왕릉

8. 남성적인 것에 대하여

진평왕릉과 신문왕릉

지상에 영원한 것은 없어서 개인사나 나라의 역사를 도표로 그린다면 절정기와 쇠퇴기의 오르내림이 있다. 26대 진평왕대(眞平王代)는 통일의 기운이 막 잉태되기 시작한 상승의 시기이다. 식물로 치면 연록의 잎이 피어나는 물오른 5월의 나무 같다.

진평왕은 진흥왕의 태자 동륜의 아들로 이름은 백정(白淨)이다. 진흥왕의 둘째아들인 진지왕이 재위 4년에 죽자 왕위에 올랐다. 백정은 석가의 아버지 이름이고, 왕비 마야부인은 석가 어머니의 이름이다. 신라왕실이 자신들을 석가족과 동일시하고 있음을 알 수 있는데, 왕은 나면서부터 얼굴이 기이하고 신체가 장대했으며, 식견이 밝아 사리에 통달했다고 한다. 54년간 나라를 통치하면서 수·당과 친교를 맺어 위기를 이겨내고 삼국통일의 기틀을 마련했다.

진평왕 치세 9년 바다로 떠나간 대세(大世)와 구칠(仇柒)의 이야기는 당시 신라사회에 꿈틀거리는 도약의 기운을 보여주는 것 같다. 내물왕의 7대손인 대세는 "이 신라의 산골짜기에 묻혀서 한평생을 마친다는 것은 못 가운데 물고기와 조롱에 갇힌 새가 푸른 바다의 크나큼과 산림의 드넓음을 모르는 것과 무엇이 다를 것인가"라고 생각하고 뗏목을 타고 나가 스승을 찾아 도를 구하고자 구칠과 함께 남쪽 바다로 떠났다. 그후 그들이 간 곳은 알려져 있지 않지만, 그들의 담대한 모험심은 사서에 기록되었다.

진흥왕대에 쟁취한 서해안 해로를 통하여 중국과의 교류가 활발해지자 승려들의 지적 욕구도 높아졌다. 진평왕 7년(585)에 지명(智明)이, 11년에 원광(圓光)이 중국 남조 진나라에 유학가고 고승 담육(曇育)은 수에 들어가 불법을 탐구했다. 지명이 돌아오자 왕은 대덕(大德)으로 삼았고, 원광법사를 성인처럼 받들면서 그의 의복과 약과 음식을 왕이 모두 손수 장만하고 다른 사람이 돕는 것을 허락하지 않을 정도였다.

　진평왕대에 일기 시작한 지식추구에 대한 열망으로 원광 이후부터 서방으로 유학하는 자가 끊이지 않았다 한다. 중 아리나발마가 중국에서 오천축(인도)으로 들어가 나란타 절에서 죽은 후 많은 승려들이 불교에 몸바쳐 중천축국(中天竺國)에서 불교이치를 탐구하였다. 중도에 일찍 죽기도 하고 더러는 생존하여 그 절에 살기도 하였으나 다시 신라로 돌아온 자는 없었다고 한다. 찬미하는 시에 일렀다.

　　천축 하늘은 멀기도 해라 첩첩이 가린 산,

　　기어오르는 저 선비들 가상도 하여라,

　　저 달은 몇번이나 외로운 배 보냈던가,

　　구름 따라 돌아오는 그 누구도 못 보았네.

　승려들이 앞장서 새로운 지식을 추구하는 분위기였으나 적의 침입이 잦아 결코 평화로운 시기는 아니었다. 진평왕 13년엔 남산신성을 쌓고 2년 뒤엔 명활산성을 수리하고 서형산성도 쌓아 국방을 튼튼히했다. 24년엔 백제가 아막성에 쳐들어와 병사들로 하여금 싸우게 하고, 다음해엔 고구려가 북한산성에 침입하니 왕이 친히 군사 1만명을 거느리고 가서 막았다.

　고구려의 잦은 침입을 우려한 왕은 재위 30년 수에 군사를 요청해 고구려를 치고자 했다. 왕이 원광에게 명하여 군사를 요청하는 표문을 짓게 했더니 "자신을 보존하기 위해 다른 이를 없애는 것은 사문(沙門)이 할 바가 아니오나, 제가 대왕의 땅에 살면서 대왕의 물과 곡식을 먹는 바에야 감히 명령을 좇지 않겠습니까"

라며 글을 지어올렸다. 결코 현실을 배제하지 않은 호국불교의 면모라 하겠다.

당시 원광법사는 임금으로부터 백성에 이르기까지 존경받는 지도자 역할을 했는데, 귀산과 추항이 도를 배우고자 원광에게 찾아가 속세의 다섯 가지 계명을 듣는 것도 『삼국유사』에 기록되어 있다. 첫째 충성으로 임금을 섬기는 것이요, 둘째 효도로써 부모를 섬기는 것이요, 셋째 친구와 사귀어 신의가 있음이요, 넷째 싸움에 이르러서는 물러섬이 없는 것이요, 다섯째 생물을 죽이는 데는 가림이 있어야 하는 것이니, 부리는 짐승과 사소한 것들을 죽이지 않음을 말한다.

그후 귀산과 추항은 백제와의 아막성 전투에서 "스승에게 듣기를 무사는 군인이 되어 물러섬이 없어야 한다고 했으니 어찌 달아나겠는가" 하고 적군 수십명을 죽이고 자기 말로 아버지를 탈출하게 한 다음 힘껏 싸우다 죽었다. 여러 군사가 그 모습을 보고 떨쳐나가 공격하니, 말 한필 수레 한대도 돌아간 것이 없었다.

진평왕 33년 백제가 백여일 동안 가잠성을 공격하여 왕이 장군들로 하여금 구원케 하였으나 이기지 못하고 돌아갔다. 가잠성 현령 찬덕은 "성이 위급한데도 구원하지 않으니 의리가 없는 것이다. 의리 없이 살기보다는 의리를 지켜 죽는 것이 낫다" 하고 군사를 격앙시켜 분발케 했다. 싸우다 양식도 떨어지고 봄에 바야흐로 성이 함락되려 하자 찬덕은 왕께서 맡기신 성을 보전하지 못함을 원통해하면서 회나무에 부딪쳐 죽었다.

20여세에 아버지의 공로로 대내마가 되고, 이후 금산당주로 임명된 찬덕의 아들 해론은 한산주 도독 변품과 함께 가잠성을 쳐서 빼앗았다. 이에 백제가 군사를 일으켜 와, 적을 맞아 싸우게 되자 "옛날 내 아버지께서 운명하신 이곳에서 나 역시 싸우게 되었으니 내가 죽을 날이다"라고 말하곤 적진에 달려가 여러 명을 죽이고 자신도 죽었다.

624년에도 백제 군사가 침입하여 여섯 성을 공격하니, 왕이 다섯 부대에게 명령해 구원케 하였다. 적의 기세를 이길 수 없음을 알고 원군은 성 쌓는 일을 하고 돌아갔다. 이에 백제의 침공이 더욱 거세어져 세 개의 성이 항복하였는데, 성을 지키던 눌최가 의기에 복받쳐 "따뜻한 봄의 맑은 기운에는 초목이 모두 꽃을 피우고, 추운 겨울이 되어서는 유독 소나무와 잣나무만이 맨 뒤에 시드는 것이다. 지금이야말로 의로운 장부가 절개를 다해 이름을 드날릴 때이다" 하고 사졸들을 북돋았다. 바야흐로 성이 함락되려 할 무렵, 군사들도 거의 다 죽었지만 모두 구차스럽게 모면할 마음이 없었다. 활을 잘 쏘는 눌최의 노복은 주인 옆에서 활을 쏘아 적을 막다가 적병의 도끼에 쓰러졌다. 이렇듯 원광의 임전무퇴(臨戰無退) 계명은 화랑정신이 되어 뒷날 비령자, 관창, 죽죽 등 많은 화랑들이 나라를 위해 전장에서 목숨을 바쳤다.

신라사에서 가장 빛나는 것을 들라면 많은 사람들이 화랑정신을 꼽을 것 같다. 미모의 낭도 무리가 서로 도의를 연마하고 노래와 음악을 즐기며 산과 강을 찾아 노니는데, 이로 인해 그 사람됨의 옳고 그름을 알아 훌륭한 이를 가려서 조정에 추천하였다는 제도. 세속오계와 의로움 같은 미덕으로 인간성을 연마하고, 문무를 겸비한 인재로서 국가의 번영을 위해 목숨까지 바치며 삼국의 통일을 위해 국력을 배양시켰던 꽃다운 젊은이들.

단재 신채호는 화랑정신을 받들어 "조선이 조선 되게 하여온 자는 화랑이다. 그러므로 화랑의 역사를 모르고 조선사를 말하려는 것은 골을 빼고 그 사람의 정신을 찾음과 한가지인 우책(愚策)이다" 하였다.

3백여년간 2백여명의 화랑이 존재하였다는데 그의 낭도들까지 따진다면 많게는 10만명이 넘는 인원이었을 것으로 학자들은 추측한다. 나라를 위해 큰 공을 세운 화랑들만 기록되어 있지만 초창기인 진평왕대에 양 사서에 이름이 나오는 화랑의 수가 아홉 명으로 가장 많다. 그 가운데 김유신은 원효와 함께 진평왕대에 태어난 역사의 인물이다.

사기에 김유신의 이름이 처음 등장하는 때는 진평왕 51년이다. 왕이 대장군 용춘과 서현, 부장군 유신을 보내 고구려 낭비성을 침공하였다. 고구려 군사들의 기세에 신라 군사가 눌리자 유신은 "옷깃을 흔들어 떨치면 옷이 바르게 되고, 벼리를 들어올리면 그물이 펼쳐진다고 들었다. 내가 바로 그 옷깃이 되겠다" 하고 즉시 말에 올라타 검을 빼들었다. 적진을 향해 곧장 달려가서 세 번을 드나드는데, 그때마다 적장의 목을 베고 적군의 깃발을 뽑아오니 군사들이 그 승세를 타고 나아가 5천명의 목을 베고 성의 항복을 받았다.

김유신은 진흥왕 때 복속된 금관가야의 왕손이다. 할아버지 김무력은 신주도 행군총관으로 백제와 싸워 이겼고, 아버지 서현은 진흥왕의 조카딸 만명과 결합하여 유신을 낳았다. 15세에 화랑이 된 유신은 17세에는 화랑 중 가장 신망있는 자가 뽑히는 국선(國仙)이 되는데, 고구려와 백제와 말갈이 신라땅을 침범하는 것에 의분을 느껴 나라의 환란을 없애리라 일찍이 맹세하였다고 기록되어 있다.

고구려와의 첫전투에서 용맹을 떨치고 문무왕까지 5대 왕을 충정으로 보좌하여 삼국통일을 이룬 명장. 선덕왕 14년 김유신은 백제를 정벌하고 돌아와 집에 들르지도 않고 다시 출전명령을 받아 적을 쳤고, 돌아와 왕에게 보고하다 백제가 쳐들어온다는 급보를 받고 즉시 군사를 조련하여 길을 떠났다. 집안 사람들이 모두 문밖에 나와 기다리고 있었으나 김유신은 돌아보지도 않고 지나가다가 집에서 마실 물을 떠오게 하여 "우리집 물은 여전히 옛맛 그대로구나!" 하였다. 이에 군사들이 "대장군께서도 오히려 이와 같으신데, 우리들이 어찌 골육과 이별하는 것을 한스럽게 여기겠는가" 하고 길을 재촉했다.

선덕왕 치세 말년 16년에 비담과 염종이 군사를 일으켰다. 깊은 밤 큰 별 하나가 월성에 떨어지자 비담이 사졸들에게 "여왕이 패망할 조짐"이라고 말했다. 이에 사졸들이 환호하는 소리를 듣고 왕이 두려워하였다. 이때 김유신이 왕을 뵙고, 길함과 흉함은 정해진 것이 아니라 오직 사람이 불러들이는 바에 달린 것이니 별자리의 변괴 따위는 두려워할 것이 못된다고 아뢰었다.

유신이 허수아비를 만들어 불을 안겨서 연에 실어 날려보내니, 마치 별이 하늘로 올라가는 듯했다. 다음날 사람을 시켜 "지난밤 떨어졌던 별이 다시 하늘로 올라갔다"고 거리에 소문을 내고, 흰말을 잡아 별이 떨어진 곳에서 제사를 올렸다. 이윽고 여러 장군들과 병졸을 독려해 반란군을 공격하고, 달아나는 비담과 그 일족을 추격하여 모두 죽였다.

이러한 충신이라 문무왕 13년 유신이 병에 걸려 임종을 앞두자 왕은 몸소 왕림하여 "과인에게 경이 있음은 고기에게 물이 있는 것과 같으니, 만약 피할 수 없는 일이 있게 되면 이 백성을 어찌할 것이며 사직은 또 어찌할 것인가?" 하며 눈물을 흘렸다. 뒷날 흥덕왕은 김유신을 흥무대왕(興武大王)으로 추봉하는데, 그에 대한 칭송이 끊이질 않아 꼴을 베고 소 치는 아이까지 알게 되었으니 회한 없는 영웅의 생애라 하겠다.

아들 원술이 당·말갈과의 전투에서 패하고 돌아오자 왕에게 베라고 청하고, 죽는 날까지 만나지 않았던 엄격함. 김춘추가 인물임을 알아보고 옷고름을 밟아 집에 데려가서 누이 문희와 맺어준 호방한 기지. 기생 천관의 집에 주인을 데려다준 애마를 단칼에 베고 돌아선 단호함.

사실 천관과의 일화는 고려 의종때 문인 이인로(李仁老)의 『파한집』에 처음 등장한다. 『삼국사기』와 『삼국유사』에는 기록이 없어 사실 여부가 확인되지 않지만 김유신 같은 영웅에게 어울림직한 드라마라 민간전승설화로 전해온 것 같다. 어쨌거나 좋아하는 여인 앞에서 애마의 목을 베고 돌아선 것은 아무나 흉내 낼 수 있는 범상한 행동이 아니다. 심약한 사람은 말꼬리도 못 자를 것 같다.

다시 기녀의 집에 가지 않겠다고 어머니에게 한 맹세를 지키기 위해 개인적 감정을 자를 수 있었으니, 나라의 크나큰 과업을 완수할 수 있었던 것이 아닐까. 어차피 애타는 사랑이라면 김유신의 단호한 결단이 오히려 천관을 부질없는 애착으로부터 해방시켜주지 않았을까. 그리하여 천관은 머리를 깎고 천관사를 세웠다고 한다.

남성적인 것의 대범함, 호방함, 충절의 아름다움을 김유신에게서 본다. 남성적인 것이란 힘의 논리가 지배하는 이 사회의 거친 가부장적 면모도 아니고 "너희들 들어라" 호통치며 조선조의 억압적 윤리를 찬미하는 보수주의자의 모습과도 거리가 멀다. 화랑도에서 볼 수 있는 불굴의 용기, 관용과 의리, 신의 등은 신라인들이 지켜야 한다고 생각했던 인간의 도리로서 세속적인 것을 초월한다.

이러한 화랑사상은 나아가 모든 신라인에게 계승되어 당대 삶의 지침이 되었다. 진평왕대의 설씨(薛氏)는 그녀의 병약한 아버지 대신 군역 나간 가실을 6년이 넘도록 기다렸다. 가실은 사모하는 여인을 얻기 위해 자청하여 헌신한 것인데, 장성한 딸의 혼인을 재촉하는 아버지에게 설씨는 "믿음을 저버리고 약속을 지키지 않는다면 어찌 사람이 할 도리겠습니까" 거절하고 뒷날 돌아온 가실과 혼례를 치른다.

이것은 조선조의 강요된 정조관념과는 다르며, 신의를 중시하는 화랑사상이 일반서민들의 삶에까지 스며든 것으로 보인다. 무열왕 때의 문장가 강수(强首)

도 대장장이 딸과 정을 통하다가 "명망있는 인물이 미천한 여자를 배우자로 삼는 것은 부끄러운 일"이라며 아버지가 좋은 곳에 장가들이려 했지만 두 번 절하고 받아들이지 않았다. "신분이 천한 것은 부끄러워할 바가 아닙니다. 도리를 배우고도 행하지 않는 것이야말로 부끄러워할 바입니다" 하고 미천한 아내를 버리지 않았다.

향가 가운데 낭도 득오가 상사인 죽지랑을 사모하여 부른 「모죽지랑가(慕竹旨郎歌)」와 승려 충담사가 기파랑을 찬모한 「찬기파랑가(讚耆婆郎歌)」가 있다. 같은 남성조차 사모하였던 화랑도를 이상적인 남성상이라고 말해도 덧붙일 것이 없다. 서리조차 아랑곳하지 않는 잣나무 같은 기파랑, 그의 마음을 좇겠다는 충담사의 찬미시를 보자.

열치고
나타난 달이
흰구름 좇아 떠가는 것 아닌가
새파란 냇물 속에
기랑의 모습이 있어라
이로 냇물의 조약돌이
낭이 지니신
마음의 끝을 좇고저
아으 잣가지 높아
서리 모르올 화반(花判)이여

전(傳)진평왕릉으로 가기 위해 보문동 들판으로 들어서니 누렇게 익은 벼들이 물결처럼 시야로 밀려온다. 드문드문 갈색이 섞인 금빛 논밭은 고흐의 들판처럼 타오르고 있다. 너른 가슴같이 풍요로운 들판에 티벳 순례자처럼 오체투지(五體投地)를 하고 땅의 숨결을 들이마시고 싶다. 예전엔 산의 깊이를 좋아했고 들판엔 별 감흥이 없었으나 인도에서 돌아오고부터 들판을 사랑하게 되었다.

억겁의 시간을 거치면서 생명을 키우고 주검을 거두어온 대지. 영글 대로 영근 몸이 무거워 가을 들판에서 벼들이 고개 숙이고 있는데, 어디선가 몰려온 하루살이들이 허공을 맴돌며 눈을 어지럽힌다. 들판에서 순환을 보고 존재의 유한함을 확인하면서 일순 마음을 비운다. 농부가 벼를 베듯이 추수의 신이 언젠가 내 삶을 거두어들일 텐데, 인간적인 모든 감정 희로애락도 한낮의 짧은 꿈이리.

논 가운데 솟아 있는 고분이 둔덕 같지만, 나무로 에워싸여 왕릉임을 이내 알아볼 수 있다. 능의 초록잔디는 아직 물들지 않았으나 여름에 하얗게 깔렸던 개망초는 이미 지고 흔적도 없다. 능을 휘돌아보니 남향에 상석(床石)과 혼유석(魂遊石)이 설치되어 있다. 혼이 노닌다는 돌의자는 조선시대식이다. 경주 김씨들이 제사지낸다고 근래에 세운 부속물인데, 돌이 현대 것이고 혼유석도 능에 너무 바짝 붙어 있어 고분의 분위기를 여지없이 깬다.

신라 왕들이 경주 김씨라 하더라도 왕릉은 나라의 문화재가 아닌가. 전문가의 자문도 구하지 않은 채, 나라 문화재에 1500년 뒤의 후손들이 마음대로 첨가하고 설치할 수 있는 것일까. 한국은 아직 씨족사회이다. 그 많은 종친회들.

왕릉 앞으로 보문들이 시원스레 펼쳐져 있다. 서쪽으론 선도산이 보이고 왼편으론 낭산과 남산이 보인다. 산 위로 떠오른 해가 하강하면서 스러지는데, 왼편 하늘에선 반달이 배처럼 천천히 흘러간다. 일몰의 아늑한 들판을 바라보니 즐겨

전 진평왕릉

는 모짜르트 피아노협주곡 20번 로망스가 귓가에 떠오른다. 피아노와 오케스트라가 화답하는 듯한 서정적인 2악장이 들판의 황금물결을 쓰다듬는 듯하다. 제비들은 음표를 떨치듯 빠른 날갯짓으로 서편을 향해 날아가고, 벼를 베던 농부는 일을 마치고 논둑길을 걸어간다.

어느 답사기의 저자는 이 드넓은 보문들에서 통일기의 힘찬 기운을 느낄 수 있다고 감격했지. 석양이라 힘차다기보다 평화롭게 느껴지는 들녘에 서 있으려니 하늘이 진평왕에게 내렸다는 금빛 옥대가 허공에 펼쳐지는 듯하다. 유목민의 풍습에서 비롯됐다는 신라의 허리띠는 고대의 왕이 사제 역할을 할 때 사용한 듯한데, 교외에서 지내는 제사나 종묘에 지내는 제사 때 왕이 이 옥대를 사용했다고 기록되어 있다.

62개의 옥장식이 달렸다는 진평왕의 옥대는 황룡사 장륙존상, 구층탑과 함께 신라의 세 가지 보물로 받들어진다. 고구려 왕이 신라를 치려다가 나라를 지켜주는 세 가지 보물 이야기를 듣고 중단했다고 자부할 만큼 신라인들은 이 옥대를 귀하게 여겼다. 박물관에서 신라 금제 허리띠를 보면 하늘이 내렸다는 진평왕 옥대의 찬란함을 능히 상상할 수 있다. 세 가지 보물은 세월이 흐르면서 역사의 풍파에 사라지고 이제는 황룡사 빈터만 남았을 뿐이다.

절에 거동하여 돌사다리를 밟다가 돌 세 개를 부러뜨렸다는 거구의 왕. 사냥을 몹시 좋아했다는 진평왕과 충신 후직의 이야기가 전해온다. 이찬 김후직(金後稷)은 "사냥이란 안으로는 마음을 방탕하게 하고 밖으로는 나라를 망치는 것"이라고 거듭 간했으나 왕은 멈추지 않았다. 그러나 후직은 포기하지 않았다. 임종때 아들에게 "내 해골을 대왕이 사냥 다니시는 길 옆에 묻어다오"라고 일렀다.

하루는 왕이 사냥을 가는데 "가지 마소서" 하는 소리가 아득히 들려오는 것 같았다. 왕이 돌아보며 어디서 나는 소리인가 물으니 따르던 이가 "후직의 묘입니다" 하고 아뢰었다. 왕은 죽어서도 그치지 않는 후직의 충성에 눈물 흘리고, 죽는 날까지 다시는 사냥을 하지 않았다.

왕릉 앞으로 바라보이는 낭산엔 딸 선덕왕의 능이 있다. 진평왕은 맏딸 덕만(德曼)에게 왕위를 물려줌으로써 한국사에 최초의 여왕이 등장한다. 성골만 왕위에 오를 수 있는 골품제 때문이었지만, 당시 교류했던 일본의 스이꼬(推古) 천황도 여왕이었다. 권력집단의 이익에 따라서 왕위가 물려지지만 여기서 여왕의 왕위계승 가능성을 암시받았으리라 추측하는 학자도 있다. 아무튼 왕의 결단도 한몫 했다면, 딸을 왕으로 밀어줄 만큼 담대하고 식견이 넓은 아버지 같다.

남성적인 것에도 긍적적인 면과 부정적인 면이 있다. 신라인들이 숭상했던 용기와 신의 등은 긍정적인 면으로, 힘이 앞서는 권력의지와 지배욕 등은 부정적인 면이다. 한국사에서 남성의 긍정성이 가장 승화된 시대가 신라였고, 따라서 여성들이 가장 자유로웠던 시대도 신라이다. 진정 남성적인 것은 여성적인 것을 받쳐주고, 지배하지 않으며 조화를 이룬다. 남성적인 것의 아름다움이 화랑을 통해 최고로 승화되었던 시대에 선덕여왕과 진덕여왕은 덕치를 이룰 수 있었다.

『삼국사기』에는 진평왕을 한지(漢只)에 장사지냈다고 기록했다. 그렇다면 보문동이 옛 한지인가? 이곳이 진평왕릉으로 지정된 것은 1730년이다. 족보의 간행과 이에 따른 조상숭배로 11개의 왕릉을 추가할 때인데, 지금 보문동 일대가 한지(閑地)로 불렸기 때문이다.

보문동 일대는 예전부터 북천물이 자주 범람하여 분황사에서 명활산성까지 오리수(五里藪)를 만들었던 곳이다. 경주 읍성을 보호하고자 조성했던 방수림이라 농사를 지을 수 없고 물을 대지 못하는 한지가 되었다. 즉 노는 땅을 말하는데, 한지(漢只)와 발음이 같아서 이곳의 고분이 진평왕릉으로 지정되었다. 원래 한지(漢只)란 신라 육부의 한기부(漢祇部)를 가리키며 경주 북쪽에 있다.

왕릉 자락에도 호석(護石)과 지석(支石)이 몇군데 드러나 있다. 지석은 호석이 무너지지 않도록 하는 받침돌로 무열왕릉부터 보이는 구조이다. 그러므로 전진평왕릉을 무열왕 이후의 고분으로 추정하기도 한다.

능에서 보이지는 않지만 서쪽 맞은편에 효소왕이 아버지 신문왕을 위해 세운 황복사지탑이 있다. 의상이 황복사에 머물 때 제자들과 탑돌이를 하면 매양 발자국이 허공에 떴다는 전설 같은 이야기도 『삼국유사』에 실려 있는데, 성덕왕 때 그 탑을 열고 사리장치를 넣었다. 전진평왕릉 위치가 무열왕계 중대(中代) 왕실과 연관된 유적을 향하고 있어 신문왕릉으로 추측하는 연구자도 있다. 신문왕의 장사지가 낭산 동쪽이라는 기록과도 다르지 않고 또 전신문왕릉을 효소왕릉으로 보고 있기 때문이다. 왕릉의 주인공을 추적하다보면 미로를 헤매는 것 같다.

전신문왕릉(傳神文王陵)은 선덕여왕릉이 있는 낭산을 지나 배반들이 굽어보이는 낮은 산록에 자리잡고 있다. 담장까지 두르고 능원을 조성하여 왕릉의 위용을 보이는데, 거대한 봉분 아래에 반듯한 돌을 다섯 단으로 쌓고, 사다리꼴 받침석을 호석이 무너지지 않도록 일렬로 기대놓았다. 적당히 배치된 돌받침 숫자는 44개이며, 남쪽의 받침석에 새겨진 '門' 자 표시로 보아 입구가 장치된 횡혈식(橫穴式) 석실분임을 알 수 있다. 여태 보던 능들과 형식이 다르지만 33개의 받침석을 배치하고 십이지를 세운 성덕왕릉의 앞단계이다.

학자들은 이 능을 옛기록에 비추어 효소왕릉으로 보고 있다. 이곳 왕릉 북쪽에 분황사가 있는데 『동경잡기』에 효소왕릉이 분황사 남쪽 분남리에 있다고 기록되어 있다. 조선조 성종 때의 유학자 김종직의 문집에도 그가 경주에 와서 들렀던 '효소왕묘'에 관한 기록이 있다. '유유운부반석상(唯有耘夫飯石床)'이란 문장으로 왕릉에 석상이 있음을 알려주는데 전신문왕릉 앞에 제사음식을 놓는 큰 석상이 있다.

왕릉 앞의 산업도로를 건너면 주춧돌과 당간지주가 남아 있는 망덕사 터가 있다. 망덕사 동쪽에 효소왕을 장사지냈다는 양 사서의 기록으로도 이곳이 효소왕릉임이 확실시된다. 효소왕릉이 전신문왕릉으로 알려진 것은 1730년 이후인데, 경주 김씨들이 왕릉을 새로 추가할 때 망덕사지를 발견하지 못했기 때문이다.

전신문왕릉은 통일 이후 봉분으로 현존하는 최초의 왕릉이다. 여기가 효소왕릉이라면 신문왕릉은 어디에 있을까. 미술사학자 강우방은 황복사지 삼층석탑에서 동편으로 250미터 지점을 신문왕릉으로 추정한 바 있다(「신라 십이지상의 분석과 해석」『원융과 조화』). 금당지라고 조사된 건물 기단부에 십이지상 조각이 무질서하게 배치되어 있었는데, 모든 능묘의 조각처럼 입상이고 김유신 묘의 십이지상과 같은 문복을 착용하고 있으며 규모가 커서 능에 조각된 것으로 보았다.

또 탑에서 동쪽으로 약 250미터 떨어진 곳에서 십이지상이 새겨지지 않은 탱주 열두 개를 확인했다. 무덤 호석에 쓰여진 기본 석물들이 이곳에 산재하는 셈이다. 이들을 종합하여 복원해보면 김유신 묘보다 약간 큰 51미터 가량의 능둘레가 산출된다. 이 석물들은 약 20미터 범위 내에 둥글게 배치되어 있어서 다른 곳에서 옮겨왔다고는 볼 수 없고, 탑에서 북동쪽으로 약 50미터 떨어진 논길 곁에는 능 앞에 세우는 석상편(石床片)이 박혀 있다.

단 이 십이지상에 성덕왕릉 십이지상 대좌(臺座)가 그대로 보이고 초기 십이

전신문왕릉/이 왕릉은 실제로는 효소왕의 무덤으로 추정된다. 왼쪽 사
진에서 보듯이 거대한 봉분 아래 돌을 다섯단으로 쌓고 호석이 무너지지
않도록 사다리꼴 받침석을 기대어놓았다. 삼국통일 후 나타난 새로운 무
덤 양식이다.

198

지상의 강하고 단순한 특징이 있어 성덕왕릉과 같은 8세기 중엽에 제작된 것으로 보았다. 경덕왕이 아버지 성덕왕의 왕릉을 완비하고 다시 할아버지 신문왕의 능을 완비한 것이 아닐까 추측하는 것이다.

이곳이 신문왕릉 터라면 봉분은 어디로 갔을까. 1300년의 세월 동안 무슨 일이 일어났는지 알 수는 없지만, 봉덕사와 천림사 등도 북천의 범람으로 건물이 있던 유지(遺址)가 없어졌다. 북천에서 멀지 않은 추정 신문왕릉도 이렇게 봉토가 스러지고 석물들이 흩어진 것이 아닐까 하고 추정자는 상상한다.

문무왕의 맏아들인 신문왕은 국가체제를 정비하고 신라에서 전제왕권을 확립한 왕으로 평가된다. 전제왕권이 구축될 수 있었던 요인으로, 첫째 무열왕 문무왕 부자의 집념과 노력에 의해 통일의 대업이 달성되면서 무열왕계의 권위가 고양되고, 둘째 통일 전후시기에 왕권강화에 걸림돌이 되는 일부 유력한 중앙귀족을 제거한 점, 셋째 통일전쟁 기간중 맺어지기 시작한 지방세력과의 연계를 한층 강화함으로써 그 지지기반이 확대된 점, 넷째 집사부 중심으로 정치체제를 개편하고 유교적 정치이념을 도입 강화함으로써 관료제가 발달한 점을 들기도 한다. (이기동「한국고대의 국가권력과 종교」)

신문왕은 즉위한 해에 왕비 김씨의 아버지 흠돌의 반란을 계기로 과감하게 귀족세력을 숙청하는데 "잔가지와 잎사귀 하나까지 철저히 찾아내 모두 처단"하고 교서를 내려 사방에 알린다. "과인이 보잘것없고 박덕한 몸으로 높은 왕업을 이어받아 지키느라 끼니마저 거르고 새벽에 일어나 밤늦게 자리에 들면서 여러 중신들과 함께 나라를 평안하게 하고자 했더니, 어찌 상중(喪中)에 수도에서 반란이 일어날 줄 생각이나 하였으랴!"

얼마 뒤에는 역모 사실을 알고도 일찍이 고발하지 않은 이찬 군관(軍官)을

추정 신문왕릉터/미술사학자 강우방이 추정한 신문왕릉터. 황복사지 삼층석탑 동쪽의 보문들 가운데 있는 이 터엔 무덤 호석에 쓰인 석물들이 흩어져 있다. 멀리 긴 산 능선 오른쪽 끝에 전신문왕릉이 있다.

"이미 나라를 걱정하는 마음이 없고 또한 공무에 충실할 뜻을 저버린 것"이라 처형하고, 아들 하나도 스스로 목숨을 끊게 한다. 교서에 신문왕의 분노와 결단이 잘 나타나 있는데, 이러한 추진력으로 지방조직을 9주(九州)로 정비하고 군제를 개편하여 왕권을 강화했다.

신문왕 때도 고구려의 잔류세력 설복이 보덕성에서 반란을 일으켜, 핍실과 영윤이 목숨을 바치게 된다. 핍실은 태종때 승려로서 싸우다 전사한 취도의 동생이요, 영윤은 계백과의 황산벌전투에서 용감하게 적진에 들어가 죽은 반굴의 아들이다. 이것으로 통일전쟁에 따른 전투는 종식된다.

효소왕릉이라고 믿으면서도 능원에 서서 신문왕에 대해 생각하니 어떤 사실이 머리에 한번 주입되면 최면에 걸린 듯 따라가나보다. 조선조 때 개인 왕릉연구서를 남긴 화계 유의건도 "모(某) 왕릉이 모(某) 왕의 것이 아닌 경우에 미안하지 않겠는가" 하고 회의했지만 효소왕은 신문왕의 아들이니 혼령이 불평할 것 같진 않다. 태종 무열왕 이후 중대(中代)의 마지막 혜공왕까지 무열왕 직계자손이 왕위를 이어가는데, 추정 신문왕릉, 문무왕 때 세워진 사천왕사, 망덕사 등이 부근에 있으니 역사가 한공간에서 목걸이처럼 꿰어진다.

왕릉의 지대가 약간 높은 편이라 사방으로 산들이 보인다. 소금강산, 낭산, 선도산, 남산이 병풍처럼 왕릉을 둘러싸고 있다. 불국사 방향으로 뻗은 도로 맞은편에는 망덕사지가 있는데 삼국통일기에 당나라와 싸우면서 지은 절이다.

당이 신라와 함께 고구려를 친 뒤, 장차 신라를 치고자 계획하니 문무왕이 알아채고 군사를 동원하였다. 당 고종은 김인문을 불러 "우리 군사를 청하여 고구려를 멸하고도 우리를 해치려는 것은 무슨 까닭이냐?" 꾸짖어 옥에 가두었다. 당이 50만 군사를 조련하여 신라를 치고자 하였는데, 이때 의상(義湘)법사가 당나라에서 인문을 찾아가 그 일을 알게 되었다.

의상이 곧 귀국하여 사실을 알려주자 왕은 염려하여 신하들과 방어할 계책을 의논했다. 한 신하가 명랑(明朗)법사에게 물어볼 것을 권하여 명랑을 찾으니 낭산 신유림에 사천왕사를 지으라고 일러주었다. 이때 이미 당나라 군사들이 신라 바다를 순회하고 있는지라 명랑법사는 임시로 절을 만들어 신상을 꾸려놓고 비밀술법을 썼다. 당과 신라가 싸우기 전이었으나 풍랑이 크게 일어나 당나라 배가 침몰하니 뒤에 절을 고쳐 지어 사천왕사(四天王寺)라 했다.

그 뒤 671년 당나라 군사가 다시 쳐들어왔으나 배들이 그전처럼 침몰했다. 이에 당 고종이 인문과 함께 옥에 갇혀 있는 박문준을 불러 비법을 물었다. 문준은 "신라가 삼국을 통일하고 그 은덕에 보답하고자 천왕사를 지어 황제의 만수무강을 축복하느라고 법석(法席)을 오랜 동안 열었을 뿐입니다" 하고 말했다. 고종이 기뻐하며 그 절을 알아보도록 사신을 보내는데, 왕이 소문을 듣고 따로 천왕사 맞은편에 새 절을 지었다. 이 절이 망덕사(望德寺)이다. 뇌물을 받은 당나라 사신이 "신라가 새 절에서 황제의 장수를 빌 뿐"이라고 황제에게 한 말을 따라 지은 이름이다.

망덕사란 이름에는 살아남아야 하는 약자의 절박함이 당의(糖衣)로 위장되어 있다. 강적을 물리치기 위해 종교의 힘까지 동원했던 신라인들, 한 개인처럼 나라도 역사를 이어가기 위해 어떻게든 풍파를 이겨내야 하는 것이다. 배반동 논가운데 묻혀 있는 망덕사지에는 몇개의 주춧돌과 당간사지만 남아, 예나 지금이나 힘겨운 생존의 모습을 무심하게 보여준다.

문득 만파식적(萬波息笛)이 떠오른다. 삶의 거센 물결을 잠재우는 신이한 피리. 신문왕 때 동해 가운데 한 작은 산이 감은사(感恩寺)를 향하여 왔다갔다하여, 왕이 배를 타고 그 산으로 들어가니 용이 검정 옥대를 바쳤다. 대가 낮에는 둘이 되었다가 밤에는 하나로 합쳐져서 왕이 그 까닭을 물었다. 용이 대답하기를 "비유하자면 손뼉을 치는 것과 같은 것으로, 이 대도 마주 합한 연후에 소리가 나는 것입니다. 지금 선대 임금이 바다의 용이 되시고 유신공도 다시 천신이 되어 두 성인의 마음이 합하매 이와 같은 큰 보물을 나를 시켜 바치는 것이외다. 이 대를 가져다가 젓대를 만들어 불면 천하가 화평할 것입니다" 하였다.

왕이 돌아와 그 대로 젓대를 만들어 간직하였는데, 이 젓대를 불면 적병이 물러가고 병이 낫고 가뭄에는 비가 오고 장마가 개고 바람이 자고 파도가 잦아졌으므로 '거센 물결을 잠재우는 젓대〔萬波息笛〕'라 이름지어 국보로 일컬었다.

효소왕 때 화랑 부례랑은 무리를 거느리고 유람의 길을 떠나다가 도적들에게 붙들려갔다. 가장 친한 안상이 뒤를 추격하였는데, 놀란 왕이 사람을 시켜 알아보니 고방 속에 있던 가야금과 젓대가 없어졌다. 얼마 뒤 낭의 양친이 백률사 관세음상 앞에서 기도하니 갑자기 두 보물이 향탁 위에 놓이고, 낭과 안상이 와 있었다. 잡혀가서 목자로 일하는 낭 앞에 가야금과 젓대를 손에 든 사람이 나타나 구해준 것이었다.

두 쪽으로 갈라진 젓대를 타고 두 사람이 돌아왔다는 말을 들은 왕은 낭에게 벼슬을 주고 백성들의 납세를 3년간 면제했다. 얼마 뒤 혜성이 두 번이나 나타나자 일관이 "젓대의 상서로움에 대하여 작위를 봉하지 않은 까닭이외다" 하였다. 이에 젓대의 이름을 '수없이 거센 물결들을 잠재우는 젓대'라는 뜻으로 만만파식적(萬萬波息笛)이라 하였더니 혜성도 사라졌다. 뒤로도 영험이 있는 이적이 많으나 너무 복잡해서 쓰지 않는다고 『삼국유사』의 저자는 사정을 밝혔다.

『삼국유사』에 장황하게 기록된 만파식적에 대해서 많은 학자들의 연구가 있었다. '무열왕권의 정당성과 신성성을 상징하는 보물' '태평성대를 가져다준 성왕(문무왕)과 성신(김유신)의 이성동심(二聖同心)의 결과로서 군신간의 조화와 합심 강조' '소리로써 천하를 화평하게 한다는 유교정치이념적인 예악사상' 등으로 말해진다. 이러한 학문적 분석을 떠나 현대인의 단순한 시각으로 보자면 만파식적은 고대인들의 천진한 꿈 자체이다. 당의 20만 대군까지 물리치고 삼국을 통일한 문무왕과 김유신이 용을 시켜 보내준 옥대라니. 만파식적엔 위대한 두 영웅의 혼령에게라도 의지하여 신산한 삶을 극복하고자 한 신라인들의 원(願)이 담겨 있는 듯하다.

전장에 나가서도 나라를 위해 목숨을 아끼지 않았던 화랑도들, 용기와 의로움을 추앙하며 진정한 사나이가 되고자 했던 신라인들도 삶의 거센 파도 앞에서는 인간의 한계를 느꼈나보다. 그리하여 대가 두 쪽으로 합쳐져야 소리가 나듯이 문무왕과 김유신 같은 두 혼이 합쳐져 더욱 강해진 젓대의 힘이 그들의 삶을 평화롭게 관장하리라 믿고 싶었는지 모른다.

강인함 뒷면의 이 소박한 갈망은 신라인들을 인간적으로 보이게 한다. 약함이 없는 강함은 자신조차 부러뜨리니, 남성적인 것과 여성적인 것이 대의 두 쪽처럼 공존해야 만파식적이란 꿈도 가질 수 있고 남자와 여자의 공동 삶이 더욱 조화로워지지 않을까.

9. 아름다움에 대하여

성덕왕릉과 경덕왕릉

9. 아름다움에 대하여

성덕왕릉과 경덕왕릉

"아름다운 것은 어렵다."

이것은 라틴어에서 나온 격언으로 아름다운 것은 힘이 든다, 명품은 공이 든다는 말과 같다. 세계적으로 손꼽히는 명품들이 각 나라 박물관과 지구 곳곳에 기념비적인 건축물로 남아 있지만 그중에서 타지마할 하나만 떠올려도 아름다움의 어려움, 아름다움을 완성하기까지의 공과 희생을 공감할 수 있으리라.

잘 알려진 대로 타지마할은 무굴제국의 황제 자한이 죽은 아내 뭄타즈를 위해 지은 영묘이다. 인도뿐 아니라 중앙아시아에서 온 2만여명의 노동자들과 유럽의 장식가들도 참여하여, 세계에서 가장 아름다운 건축이라는 타지마할을 22년 만에 완성했다. 지상의 것 같지 않은 이 고결한 건축물을 바라보노라면 단지 한 지아비가 아내에게 바친 사랑의 물증이 아니라 결집된 시대의 영감(靈感)이 헌사로서 신에게 바쳐진 것임을 알게 된다. 건축가와 장인들은 뭄타즈를 위해서가 아니라 그들에게 쏟아지는 영감의 관리자로서 혼신을 다했을 뿐이다.

후세에 다시는 이와 같은 것을 만들지 못하도록 장인들의 손목을 잘랐다는 전설 같은 이야기도 타지마할이 완성되기까지의 어려움을 추측하게 한다. 세계의 불가사의로 꼽히는 만리장성이나 피라미드, 고흐 같은 예술가의 고통스런 삶까지 명품이 나오기까지의 희생을 상기시키는데, 우리에게도 석가탑이나 에밀레종 같은, 명품에 얽힌 전설적인 이야기가 있다. 실패를 거듭하자 끓는 구릿물에 아이를 넣어 완성했다는 성덕대왕신종.

나라에서 큰 종을 만들려고 쇠를 시주받는데, 가난한 한 어미는 시주할 것이 없었다. 가진 것이라곤 안고 있는 어린아이밖에 없는지라, 탁발 나온 스님에게 아낙은 "이 어린것밖에 아무것도 없어요" 하고 무심히 말했다. 드디어 그간 모은 쇠로 종을 만들었는데 거듭하여 깨어지는 소리가 났다. 이에 일관(日官)이 어린아이를 넣으면 좋은 소리가 나리라 하였다. 이 말을 들은 스님이 아낙을 찾아가 사정을 얘기하니, 아낙은 눈물을 삼키며 아이를 내주었다. 어린아이는 끓는 쇳물에 던져졌고, 완성된 종을 치자 에밀레 에밀레, 어미를 부르는 구슬픈 소리가 울렸다.

전설과는 달리 이 종은 경덕왕이 아버지인 성덕왕의 공덕을 기리고 왕실과 국가의 번영을 기원하려는 목적에서 계획되었다. 그러나 왕은 뜻을 이루기 전에 죽고, 그 아들대인 혜공왕 6년(771)에야 완성되었다. 처음엔 봉덕사에 있었는데, 봉덕사가 수몰된 뒤 세조 6년 영묘사로 옮겼으며, 다시 봉황대에 종각을 짓고 보호되다가 지금은 경주박물관에 자리잡고 있다.

1997년 신종의 무게가 밝혀졌는데, 약 3만근이었다. 처음엔 12만근의 구리를 모았을 것이나, 20년에 걸쳐 만드는 사이에 여러번의 실패로 구리의 손실이 컸으리라 보고 있다. 그만큼 공이 들었음을 알 수 있다. 또 성분을 분석한 결과 인(燐)이 들어 있지 않았다. 중학교 때 국사선생은 종을 만드는 데는 인이 필요하니 에밀레종의 전설은 과학적이라고 말했다. 그는 그 전설을 사실로 받아들였나 보다.

종신에는 앞뒤에 명문이 있다. 앞면에는 종을 만든 목적, 성덕대왕의 치적, 주조에 참여한 사람들 등을 명기하고 있다. 경덕왕의 효심에서 비롯되긴 했으나 이 신종 역시 그 시대정신에서 탄생했으니, 이는 종에 새겨진 명문으로도 감지할 수 있다. 첫구절은 이러하다.

무릇 지극한 도는 형상의 바깥을 포함하므로 그 근원을 볼 수가 없으며, 대음(大音)은 천지 사이에 진동하므로 들어도 그 울림을 들을 수가 없다. 그러므로 부처님께서 중생의 근기(根機)에 맞추어 설법하는 방편가설(方便假說)을 열어 진리의 깊은 가르침을 관찰하게 하고, 신령스런 종을 내걸어 성불할 수 있는 오직 하나의 길인 일승(一乘)의 원음(圓音)을 깨닫게 하려 한다.

미술사학자 강우방의 논문에 의하면 원음이란 원효의 『대승기신론소(大乘起信論疏)』에 아홉 번이나 나오는 단어다. 원효는 원음의 뜻을 다음과 같이 풀이하고 있다.

진리의 소리가 시방(十方)에 두루하여 근기가 성숙한 정도에 따라 들리지 않은 곳이 없기 때문에 원음이라고 한다.

신라 왕들은 이상적인 통치자인 전륜성왕이 되려고 했으며 불교의 진리로써 나라를 통치하고자 했다. 미술사학자의 감탄대로 "세계 어느 나라도 이렇게 그윽하고 깊은 소리를 진리의 원음으로 삼아, 그 소리를 듣고 깨닫게 하려는 위대한 야심을 가진 민족은 없으리라. 위대한 악기이자 위대한 미술품은 이 종이 세계에서 오직 하나다."

박물관에 들어서면 오른편의 종각에 매달려 있는 성덕대왕신종이 눈에 들어온다. 이끌린 듯이 종각으로 다가가니, 둔중하면서 우아한 형태의 종이 성물(聖物)처럼 허공을 채우고 있다. 상대 위의 용조각은 꿈틀거리는 듯하고 잡음을 없애는 기능을 하는 음통이 대〔竹〕처럼 솟아 있다. 당초문 사이에 연꽃 문양을 배열하고 끝을 곡선으로 처리한 하대도 그지없이 아름답다. 비신에 부조된 비천은 만다라화에 싸여 천의를 날리며 더 높은 진리를 향해 헌화하는데, 월명의 「도솔가」가 입속에서 흘러나온다.

> 오늘 이렇게 산화가(散花歌) 부를 제
> 뽑히어 나온 꽃아 너희는
> 참다운 마음 시키는 그대로
> 저 도솔천의 부처님 모시어라

겹연꽃으로 부조된 당좌(撞座)는 세월을 알려주듯 닳아 있다. 당좌를 칠 때마다 종소리가 수만 연꽃이 피어나듯 번져나갈 것 같다. 둥글게 말려 겹겹으로 피어난 연꽃 모양이 무릉도원에 피어오르는 구름 같기도 하다. 문득 종소리가 울리는데 에밀레, 슬픈 소리가 아니라 우렁차고 맑은 소리가 천지에 진동하는 듯하다. 종소리는 비어 있는 종신을 휘돌아 용이 내뿜는 정기(精氣)인 양 허공으로 퍼져 혼탁한 세속으로 스며든다.

종 위에 날아온 새 한마리는 우렁찬 소리에 놀랄 만한데도 음미하듯 자리를 지키고 있다. 새의 평상을 깨지 않을 정도로 법열의 종소리가 아름답기 때문이리라. 1970년에 경주로 답사여행 온 미대생 서른 명이 이 종소리를 듣곤 모두가 한동안 입을 떼지 못했다고 인솔한 조각가가 감탄했지. 명문에 씌어진 대로 "형상은 산이 솟은 듯하고 소리는 용의 소리 같았다." 칠 때마다 물결처럼 번져나가는 진리의 종소리는 나의 번뇌가 덧없는 것이라고 일러주는 듯하다. 종에 새겨진 명문을 다시 외어본다. 모든 중생들이 지혜의 바다에서 함께 파도치다가 세속을 벗어나서 아울러 깨달음의 길에 오르소서.

사람과 신이 함께 힘을 모아 진기한 그릇이 모습을 이루었다. 능히 마귀를 항복시키고 물고기와 용을 구제할 만하다. 위엄이 동방에 떨치고 맑은 소리는 북쪽 봉우리에 울렸다. 듣는이나 보는이가 모두 믿음을 일으켜 꽃다운 인연을 진실로 씨뿌렸다. 원만하게 빈 속에 신기한 몸체가 바야흐로 성인의 자취를 드러내었다. 영원히 큰 복이 되고 항상 장중하리라.

한림랑 급찬 김필오가 왕명을 받들어 짓고, 대조 대내마 요단이 쓰다.

대력 6년 세차 신해(771) 12월 14일

성덕대왕신종을 보러 박물관에 갔다가 강우방 관장과 함께 성덕왕릉에 가다. 평소 선생의 철학적인 미문을 좋아하여 애독자로 자처해왔고, '한국고대조각사의 원리'라는 부제가 붙은 저서 『원융과 조화』를 읽고 십이지상이 있는 성덕왕릉에 동행해줄 것을 청했다. 몇년에 걸려 쓴 성덕대왕신종에 관한 논문을 마무리하고도 석달 동안 무려 스무 번이나 고쳤다는 미술사학자. 그것은 학자로서의 성실과 책임감이기도 하지만, 예술적으로나 사상적으로 완벽한 에밀레종(그는 민중의 정서가 묻어 있는 이 이름으로 부르기를 좋아한다)을 만든 사람들의 갸륵한 정성에 보답하려는 마음에서였다.

6월이라 들판은 짙은 초록인데, 비라도 올 듯 날이 흐리다. 차창을 바라보던 선생이 가뭄을 걱정하며 무심히 말한다.

"옛날 왕들은 가물거나 하면 신하를 모아 친히 정사와 형벌의 잘잘못을 물어듣곤 했다는데……"

"반찬 가짓수도 줄이구요. 민심을 살피며 작은 것에서 실천하니, 요즘 위정자보다 훨씬 엄격하고 더 통치자다워요."

신라사회는 개인적으론 자유분방한 생활을 했으나 공적인 면에선 기강이 엄격했던 것 같다. 진평왕 때 축성된 남산신성(南山新城)에 관한 기록으로 근래까지 발견된 여덟 개의 비가 있는데, 그중 하나엔 성을 쌓을 때의 서약내용과 공사 책임자들의 직위와 이름이 새겨져 있다.

신해년 2월 26일에 남산신성을 만들 때 법에 따라 만든 지 3년 이내에 무너져 파괴되면 죄로 다스릴 것을 널리 알려 서약케 하였다.

『삼국유사』에 나오는 효소왕시대의 죽지랑(竹旨郎) 이야기도 의로움을 중시했던 당시 사회분위기를 보여준다. 죽지랑이 부산성의 창고지기로 임명된 부하 득오를 만나러 떡과 술과 화랑 137인을 데리고 찾아가니 득오는 익선의 밭에서 일하고 있었다. 죽지랑이 득오를 대접하고 함께 돌아가고자 익선에게 청하였으나 익선은 승낙하지 않았다.

때마침 관리 간진이 벼 30석을 성안으로 운반하다가 죽지랑이 아랫사람을 소중히하는 마음을 어여삐 여겨 익선에게 벼 30석을 주면서 죽지랑의 청을 들어주라고 권했다. 익선은 거절하다가 다시 다른 이의 말안장까지 받고 나서야 승낙했다.

화랑의 통솔자인 화주(花主)가 이 말을 듣고 그 추함을 씻어주려고 익선을 잡았는데, 익선이 도망가니 아들을 잡아 동짓달 못에 목욕시켰다. 아들은 얼어죽었고, 이 말을 들은 왕은 익선이 사는 모량리 사람으로서 벼슬하는 이들은 모두 파면하고 중이 되지 못하게 하였다. 동방에서 이름 높았던 원측법사도 모량리 사람이었기 때문에 중의 벼슬을 주지 않았다 한다.

내동초등학교 가까이서 내려 철길 쪽으로 걸어가자 철길 건너 숲 어귀에 자리 잡은 왕릉이 눈에 들어온다. 전효소왕릉(傳孝昭王陵)이다. 능 둘레가 50미터라니 작지는 않지만 낮은 제단만 놓여 있는 평범한 무덤이다. 신문왕의 맏아들로 삼국통일기 왕의 능이라기엔 너무 수수하다. 효소왕릉은 망덕사 동쪽에 있다는데, 이곳은 남남동 방향으로 약 20리 떨어진 곳이라 기록과도 맞지 않는다고 선생이 지적한다. 효소왕 이름으로 지정된 이 고분의 진짜 주인공은 누구일까.

왕릉에 세워진 표지판엔 "왕으로 있는 동안 별다른 업적이 없었다"고 부언해 놓았다. 쓸데없는 말을 썼다며 선생이 고개를 내젓는다. 여기뿐 아니라 삼릉 표지판에도 별 치적이 없다고 씌어 있다. 『삼국유사』엔 효소왕의 태자시절이 잠깐 비치는데, 신문왕에게 용이 검은 옥대를 바쳤다는 소문을 듣고 태자 이공(理恭, 효소왕)이 달려가 치하하는 대목이 있다. 태자는 옥대에 달린 장식들이 진짜 용이라고 말하며 옥 장식 하나를 따서 개울물에 담갔는데, 즉시 용이 되어 하늘로 올라가니 그 못을 용연이라고 이름지었다 한다.

이 기사는 효소왕의 영특함을 나타내는 듯하지만 『삼국사기』에 기록된 11년간의 재위기간에 큰 공사는 없었다. 기록할 만한 큰 일이 없었다는 것은 무사평온했다는 말일 수도 있다. 업적이란 눈에 보이는 실적을 말하는 것일까? 사회를 위해 일한 공적을 말하는 것이라면 수긍이 되지만 현대인의 실적주의로 고대역사를 소개하는 것이 우습다.

전효소왕릉을 지나서 오솔길을 따라가니 양편의 넓은 면적에 넝쿨식물이 번식해 있다. 무릎 정도의 높이인데, 가녀린 줄기들이 빛을 찾느라 안테나처럼 허공에 뻗어 있다. 풀줄기에 흙빛깔 곤충이 붙어 있어 들여다보니 허물이다. 여섯 개의 다리로 잎을 움켜잡고 애벌레가 성충이 되는 우화(羽化)를 하느라 등이 갈

214

라져 있다. 7년째 땅속에서 잠자고 지상에 나온 매미 애벌레의 허물이다. 벌써 매미가 나오다니. 미물들이 생명을 불태우는 여름의 아름다움을 숲에서 느낀다.

안으로 들어서자 힘찬 돌사자가 방문객을 기다리듯 웅크리고 있고, 난간이 둘러진 왕릉이 시야에 들어온다. 난간 안쪽엔 처참하게 목이 잘린 채 십이지상이 배치되어 있는데, 신상(申像, 원숭이상)은 박물관으로 옮겨졌고 유상(酉像, 닭상) 하나만 온전하게 자리를 지키고 있다. 돌사자는 능 사방으로 배치되어 있고 전방 왼편엔 문인석이 서 있다. 세월에 마모되어 턱 아랫부분이 부서졌으나 활 같은 입술 선과 팔자수염의 멋진 곡선은 여전하다. 문인상 얼굴은 한국인 같지 않은데, 학자들은 괘릉의 문인석처럼 서역인으로 추정하고 있다.

왕릉을 등지고 석상 앞에 서서 맞은편 들녘을 바라보면 비석을 세웠던 돌거북이 파손된 채 놓여 있다.『삼국사기』에는 경덕왕 13년에 성덕왕의 비를 세웠다는 기사가 나온다. 거기다 능의 양식이 호석에 사다리꼴 받침석을 기대놓은 효소왕릉(傳신문왕릉)의 양식에서 한단계 발전한 것이라 성덕왕릉임이 확실시된다.

33대 성덕왕은 효소왕의 동생이며 신문왕의 둘째아들이다. 수십차례 사신을 보내어 당과 집중적인 교섭을 벌였으며, 재위 36년간 전제왕권하의 극성기를 누렸다. 비정된 왕릉 중 처음으로 십이지상이 장식된 성덕왕릉은 회랑과 난간까지 갖추어 통일신라의 완비된 능 형식을 보여주고 있다.

그러나 이 왕릉제도는 성덕왕이 죽은 뒤 효성왕 당대에 이루어진 것이 아니라 경덕왕대에 추가되어 완비되었다. 경덕왕이 아버지인 성덕왕을 위하여 능에 비석을 세운 것도 사후 18년 만이다. 이 왕릉제도도 오랜 세월을 거쳐 완성되었을 것이다. 호석에 세운 서른 개의 삼각형 받침석을 보아도 처음부터 십이지상을 계획하지 않은 것을 알 수 있다. 한칸 걸러 혹은 두칸 걸러 십이지상을 배치할

성덕왕릉의 십이지상/삼국통일 이후 성덕왕릉에 처음 배치된 십이지상. 목이 잘린 채 자리를 지키고 있다.

성덕왕릉의 돌거북/성덕왕릉 맞은편 들녘에 돌거북이 파손된 채 방치되어 있다. 왼쪽은 돌거북의 발 부분. 아들 경덕왕이 성덕왕 사후 18년에 세웠다.

성덕왕릉

생각이었다면 받침석은 스물네 개나 서른여섯 개라야 한다.

강우방 선생이 논문 「신라 십이지상 분석과 해석」을 발표한 것은 20년 전이다. 그땐 비웃음(?)을 샀다지만 성덕왕릉이 경덕왕대에 완비되었다는 추정은 이제 합리적인 학설로 자리잡아 왕릉연구의 지침이 되고 있다. 선생이 받침대 옆 구석자리에 놓인 목 없는 십이지를 가리킨다.

"처음부터 십이지상을 계획했다면 받침석과 받침석 사이의 가운데에 안정감 있게 배치했겠죠. 이를 염두에 두지 않은 호석 구조 때문에 십이지상의 배치가 크게 방해를 받았어요. 거의가 구석에 치우쳐 배치되어 있어요."

"그런데 왜 경덕왕대에 이런 능 형식이 출현했을까요?"

"정치적 영향이 가장 큰 요인이라고 할 수 있어요. 고대로 올라갈수록 정치와 문화예술은 관계가 밀접해지는데, 고대미술사에선 사회·경제·정치의 여러 배경이 중요하게 등장해요. 경덕왕은 지배체제의 확립을 위해 왕실 전제권의 강화와 정비를 시도한 왕이에요. 십이지상의 배치와 장식으로 왕릉도 위용을 보이려 했어요. 경덕왕대는 신라문화의 독창적 요소가 가장 크게 발휘된 시기이기도 한데, 이런 능 제도는 왕권이 무너지고 신라왕조가 해체되기 시작하는 흥덕왕대에 이르기까지 이어져요. 흥덕왕 이후 십이지상이 장식된 왕릉으로 전(傳)진덕왕릉이 있지만."

성덕왕릉의 유상(酉像)은 몸을 당당히 젖히고 시선을 멀리 두고 있다. 신라 십이지상의 이러한 수직자세는 당의 십이지인형처럼 죽은 자를 공대하는 자세가 아니라 도전적이고 과시적이다. 십이지상 자세에서도 전제왕권 확립을 과감하게 수행하던 당시의 모습을 볼 수 있다는 것이다. 또 왕릉에 둘러진 난간과 회랑은 인도의 스투파를 닮았다. 부처의 뼈를 봉안하는 성소인 스투파. 신라의 십이지묘는 그러한 스투파의 외형을 모방함으로써 왕은 곧 부처라는 관념과 절대왕권의 강화를 최대한 표현하려 했다는 것.

십이지에 대한 관념은 이집트, 그리스, 중국 등 동서양에 걸쳐 광범위하게 퍼져 있다. 그것이 동물로 형상화된 것은 중국의 한대 이후이며, 조각의 한 주제로서 확립된 것은 통일신라 때였다. 당에선 작은 크기의 십이지인형이 방위신이라는 상징적 의미로 무덤 안에 부장되는데, 신라에선 이와 같은 관습을 크게 벗어나 능 외부에 독립된 조각으로서 표현된다.

또 성덕왕릉, 경덕왕릉, 괘릉 등의 십이지 복장은 불교의 사천왕 복장과 일치하고 있다. 당에서 받아들인 십이지상에 불교의 것을 혼용한 셈인데, 십이신장(十二神將)과 사천왕 같은 불법수호의 자세를 왕권보호의 자세로 탈바꿈하여 표현하였다. 사천왕상 등의 자세에 얼굴만 십이지동물로 바꾸어 능에 배치하는 것은 대담한 변형이며, 이로써 당시의 정치적 상황과 호국불교의 관계를 확인해볼 수 있다. (강우방 『원융과 조화』)

"직접적인 불교적 표현에서 이탈했지만, 신라인들은 다른 불교조각 이상으로 세심한 주의를 기울여 십이지상을 조각했고, 표현이 매우 다양하여 가히 십이지 미술이라는 독특한 분야를 산출했어요. 신라문화의 강한 일면이란 바로 신라문화가 밑바탕으로 가지고 있는 변모의 능력이라고 할 수 있어요. 우리 민족예술의 독창성이죠."

"역사는 진보한다지만 한국은 문화적으로 오히려 후퇴한 것 같습니다. 물신을 섬기는 현대인들은 심성이 파괴되어, 삼국사기 삼국유사에서 보는 한민족과는 전혀 다른 사람들 같아요. 왜 이렇게 우리를 잃어버렸을까요."

"유교가 사람들의 감성을 억제했어요. 신라 토우를 봐요. 얼마나 익살스럽고 생명력이 가득한지. 천진무구한 마음에서 샘솟는 생명력은 불교가 들어오면서 신라 불상에 그대로 전해지고, 조선조에서도 불상과 분청사기에 나타나요. 이렇듯 민족문화의 원형은 영원한 것이라 할 수 있어요. 우리 민족문화와 예술의 원형은 신라시대에 확립되었고, 경주는 한국의 정치·사상·종교·예술 등 민족문화의 고향이라 할 수 있어요. 우리의 원형을 알기 위해 지난 시대의 삶과 문화를 알아야 하지만 현대인들은 그것을 자기 삶과 별개의 것으로 생각해요. 일반적인 가치가 권력과 돈에 집중되어 있기 때문인 것 같아. 서민에서 엘리뜨까지 이 생각이 깔려 있으니 사회에 혼란이 와요.”

우리의 원형을 추적하기 위해 신라를 알아야 하고, 신라를 알기 위해선 역사와 불교를 알아야 한다고 선생은 강조한다. 물론 심미안도 갖추어야 한다. 삼국시대 불상 하나를 파악하기 위해서 그는 인도를 거슬러 공부했고, 15년 전 불국사에 관한 논문을 쓸 때 한학기 동안 불교 공부만 했다. 불교가 무엇인지 어렴풋이 아는 데만 10년이 걸렸다.

경주박물관장으로 부임한 다음날 박혁거세의 탄생지인 나정으로 가서 아침 햇살을 맞으며 이천년의 침묵 속에 서 있던 사람. 출퇴근길에 분황사의 호젓한 뜰을 거닐고, 황룡사의 불상대좌를 징검다리처럼 디디며 행복에 취하는 사람. 평범한 논밭 밑에 고스란히 숨겨져 있는 신라 천년의 삶의 흔적인 집터와 담. 옛길, 기와와 그릇 쪼가리도 정겹다. 매일 보는 정경이지만 아침과 저녁의 빛이 다르니 삼라만상이 시시각각 다르게 보인다. 폐허의 미는 기우는 햇빛에 무상을 절감케 하지만, 고색 짙은 첨성대에서 바라보이는 내물왕릉, 계림, 신월성이 겹치는 아침의 신비한 풍광은 그의 마음을 열리게 한다. 발걸음마다 구도가 달라지는 모습에 격정을 억누르지 못하는 탐미주의자.

경덕왕릉/신라 문화의 절정기를 이루었던 경덕왕의 능엔 진달래가 한창이다. 왕릉 뒤로 남산 고위봉이 보인다.

"그 뭐라고 형언할 수 없는 아름다움에 취해 매일매일 비틀거리는 나의 발걸음이여!"

강우방 예술론 『미술과 역사 사이에서』에는 경주에 대한 그의 가이없는 사랑이 오롯이 담겨 있다. 미를 전도하며 미의 순교자가 되리라는 미술사학자. 근원적인 것을 찾아 젊은날부터 경주로 향했고 반생 동안 불상을 연구해왔는데, 육순의 맑은 얼굴이 북위 불상을 닮았다.

경덕왕릉이 있는 내남면 부지리는 신라시대에 사량부(沙梁部)에 속했다. 신라에서 두번째 권력집단이 살았던 곳으로 말기의 최치원도 이곳에서 살았다. 지금은 경주시 외곽이라 가는 길도 한산한데, 야산 어귀에서 솔숲을 따라 10여분 올라가면 경덕왕릉이 나온다. 대개 평지에 위치한 신라 왕릉에 비해선 지대가 높은 편이나 시야가 트여서 전망이 좋다. 왕릉 앞에 앉아 오른편을 바라보면 남산

경덕왕릉 십이지상(왼쪽)과 사천왕상/성덕왕릉과 경덕왕릉 등의 십이지 복장은 불교의 사천왕 복장과
일치한다. 불법수호의 자세를 왕권보호의 자세로 탈바꿈하여 표현하였다. 사천왕상은 감은사지 출토
사리장치 외함의 그림.

에서 가장 높은 고위봉이 솟아 있다. 『삼국사기』엔 모지사(毛祇寺) 서쪽 산에 장사지냈다고 기록되어 있지만 모지사가 어디인지는 알 수 없다. 언덕이라고 할 만한 데가 여기밖에 없어서 경주 김씨들이 200년 전 이곳을 경덕왕릉으로 지정했다.

이 왕릉도 십이지상과 돌난간으로 장식되어 있다. 남향에 배치된 말을 비롯하여 도드라진 이마에 장난스럽게 웃고 있는 원숭이, 눈을 매섭게 치켜뜬 닭, 입체적인 두상이 위엄을 드러내는 용, 코가 강조된 돼지 등 동물들의 표정이 살아 있는 듯하다. 천의(天衣)의 굴곡도 유려한데, 신체는 굴곡이 없어 직립상이다. 십이지가 성행하던 시기의 양식과 후기의 양식이 섞여 있다는 점에서 강우방은 9세기 전반의 왕릉으로 추정한다.

35대 경덕왕은 태종 무열왕으로 시작되는 신라 중대(中代)의 마지막 전제군주로서 전제왕권 확립을 위한 2대 개혁을 단행했던 왕이다. 재위 16년에 전국의 땅이름을 한자로 바꾸었고 18년에 관제(官制)를 개혁하였다.

『삼국사기』를 보면 경덕왕은 두 차례나 일본 사신의 접견을 허락하지 않았다. 이로써 경덕왕의 강한 일면을 엿볼 수 있지만, 충언엔 귀를 기울일 줄 아는 군주였던 것 같다. 재위 15년 상대등 김사인은 근년에 자주 나타나는 천재지변으로 시국정치의 잘잘못을 극론했으나 왕이 가상히 여겨 받아들였다 한다.

또 총애하던 이순이 갑자기 세속을 떠나 왕을 위해 단속사(斷俗寺)를 창건하고 승려로 살았는데, 왕이 풍악을 좋아한다는 소문을 듣고는 궁궐 문으로 찾아왔다. 그는 주색을 탐닉해 나라를 망하게 한 걸(桀)과 주(紂)의 이야기를 하면서 "엎어진 수레바퀴 자국이 앞에 있으니, 뒤따르는 수레는 마땅히 경계해야 할 것입니다" 하고 충언하였다. 왕이 깨달은 바가 있어 곧 풍악을 그치게 하고 며칠째 그가 말하는 오묘한 도리를 들었다.

『삼국유사』엔 경덕왕이 삼월 삼짇날에 깨끗하게 생긴 중을 마다하고 누비옷에 벗나무통을 지고 가는 충담스님을 맞아들이는 기사가 있다. 남산 삼화령의 미륵세존께 차를 올리고 돌아가는 충담에게 왕은 "나도 차 한잔 얻어먹을 연분이 있는가" 하고 충담이 달여 바치는 향기로운 차를 마신다. 또한 왕이 "백성들이 편히 살도록 다스리는 노래를 나를 위하여 지으라" 청하니 충담은 「안민가(安民歌)」를 지어 바쳤다. "아아, 임금답게 신하답게 백성답게 할지면 나라가 태평하오리다."

형인 효성왕으로부터 왕위를 이어받은 뒤 아버지 성덕왕의 비를 세우고 능을 완비했으며 성덕대왕신종을 계획했던 효자. 전제주의 왕권의 절정기이자 또한 신라문화의 절정기를 이루었던 왕. 능의 수호신 십이지상과 분황사 약사 거불. 50여만근의 거대한 황룡사 종과, 신라예술의 대표적인 걸작이며 성덕대왕신종과 함께 통일신라 삼보인 불국사와 석굴암도 경덕왕 때 완성되었다.

석굴암과 불국사는 경덕왕대의 중시(中侍) 즉 재상이던 김대성(金大城, 『삼국사기』엔 金大正으로 표기)에 의해 세워졌다. 『삼국유사』에 의하면 대성은 전생에 모량리의 가난한 여자 경조의 아들로 부잣집에 품팔이를 다녔는데, 보시받으러 온 흥륜사 중에게 그가 일삯으로 받은 밭을 시주하고 얼마 뒤 죽었다. 대성이 죽은 날 재상 김문량의 집에 하늘로부터 "모량리의 대성이 너의 집에 태어나리라"는 외침이 울렸는데 그 뒤 과연 아이가 태어나 대성이라 이름지었다.

아이가 장성하여 사냥을 좋아하더니 하루는 토함산에 올라가 곰 한마리를 잡았다. 산마을 밑에서 묵은 그날 밤 대성의 꿈에 곰이 나타나 원망하니 대성은 놀라 깨어났다. 그 뒤부터 사냥을 금하고 곰을 잡았던 자리에 장수사란 절을 세웠

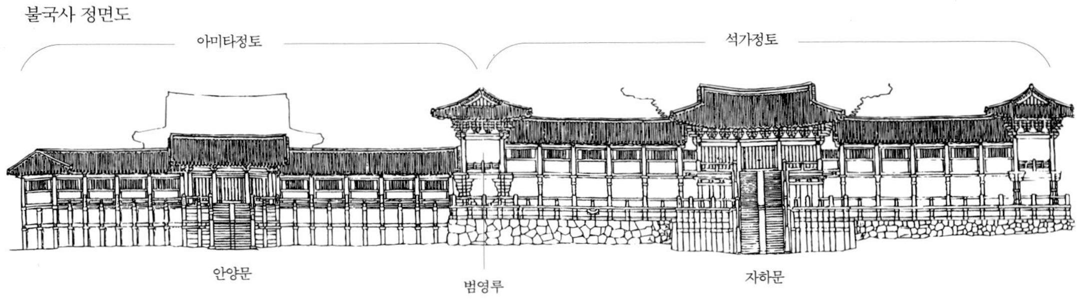

는데, 이로 마음에 감동되는 바가 있어 양친을 위하여 불국사(佛國寺)를 세우고 전생의 부모를 위하여는 석불사(石佛寺, 지금의 석굴암)를 세웠다. 이 전설 같은 이야기로 미루어 불국사와 석불사는 김대성의 효심이 동기가 되어 세워졌음을 알 수 있다.

경덕왕대 751년에 기공된 불국사는 혜공왕 9년(774)에 김대성이 죽은 뒤 나라에 의해 완성되었다. 20년이 넘는 세월이 소모될 만큼 대규모 공사였던 불국사와 석불사는 당대의 심오한 불교사상과 장인들의 혼이 깃들여 있어, 모든 위대한 작품들처럼 최초의 동기를 뛰어넘었다. 자라들이 바위 위에서 볕바라기를 하는 연못을 지나 천왕문을 지나면 토함산이 오른편 숲 위로 솟아 있고, 계곡물이 흐르는 돌다리를 지나면 소나무 가지가 드리운 청운교와 백운교가 시야에 다가선다. 조선 선조때 왜병의 침입으로 80여동의 목조건물은 다 불탔으나 석가탑·다보탑과 함께 석조구조는 오늘날까지 남아 불국토로 가는 길을 열어주고 있다.

정면에서 보면 일자로 펼쳐진 건물은 크게 두 구역으로 나눌 수 있다. 서른세 개의 푸른 구름다리〔青雲橋〕 하얀 구름다리〔白雲橋〕를 밟고 자하문을 통하여 들어서면 양편에 장중한 다보탑과 힘차고 기품있는 석가탑이 서 있고, 정면에 석가모니불을 모신 대웅전과 그 뒤편에 무설전(無說殿)이 있다. 강우방의 구분에 따르면 법화경을 근거로 한 이 구역은 석가정토이다. 범종각이었던 범영루 왼편에 있는 연화교와 칠보교를 건너 안양문으로 들어서면 아미타불을 모신 극락전이 나온다. 이 구역은 아미타정토. 석가모니가 머물고 있는 대웅전이 현실세계를 상징한다면 극락전은 사후세계이다.

석가정토의 면적은 1072평으로 473평의 아미타정토보다 훨씬 넓고 또 범영루, 청운교, 백운교 등 전면의 건물들은 앞쪽으로 돌출되어 있다. 아미타정토보다 석가정토를 의도적으로 강조했음을 알 수 있다. 석가정토 구역이 아미타정토 구역보다 석조구조가 한단계 높게 조성되어 2층으로 보이는 것도 그러하다.

왜 신라인들은 아미타정토보다 석가정토를 높게 만들었을까?

아미타신앙은 통일신라 때 대중 속에서 성행했다. 모든 중생이 나무아미타불을 단 한번만 염불해도 쉽게 속세의 고통에서 벗어나 다시 태어날 수 있는 행복의 땅, 극락세계가 바로 아미타정토이기 때문이다. 이에 비해 화엄사상은 스스로 깨치는 자력신앙을 제시하고 있으며, 심오하여 대중이 접근하기 어려웠다. 불국사에서 석가정토를 아미타정토보다 더 넓게 더 높게 또 구조를 장엄하게 건축한 것은 극락세계보다 우리가 사는 현실을 더 중시했기 때문이다. 당시 성행하던 아미타신앙보다 불교가 본래 지향하는, 정각(正覺)한 석가모니의 세계를 강조한 것이다. (강우방『미술과 역사 사이에서』)

석가모니는 열반에 들면서 "나에게 의지하지 말고 내가 설한 진리와 네 자신에게 의지하라"고 했다. 석가는 스스로 노력해야 깨달음에 이를 수 있다는 올바른 길을 제시했으며, 불국사 건축은 이러한 가르침을 극명히 보여주고 있다는 것. 신라인들은 현실세계를 부처의 나라로 만들겠다는 생각에서 불국사를 세웠는데, 사각난간에 팔각하늘과 상륜부를 얹은 다보탑도 아집과 독선에 사로잡힌 중생이 정진함으로써 모서리가 떨어져나가고 팔각으로 원형으로 원만한 깨달음에 이르는 과정을 보여주고 있다.

『삼국유사』에는 불교가 들어오고부터 왕에서 승려, 백성에 이르기까지 신라인의 종교생활이 그려져 있다. 선덕여왕시대의 양지스님이 영묘사의 장륙상(丈六像)을 빚어 만들 때 온 성중의 남녀가 진흙을 나르며 노래를 불렀다는데, 나라 전체가 종교적 열망에 휩싸여 있었다.

특히 경덕왕대엔 많은 승려 이야기들이 나오고, 불교가 성행한 시대상을 엿볼 수 있다. 열두살에 머리를 깎고 육신을 학대하는 참회방법으로 정진하니 지장보살과 미륵보살이 교법을 내렸다는 진표 율사, 그가 계법을 받은 줄 알고 소들도 율사 앞에서 무릎을 꿇고 울었고, 섬과 섬 사이에 고기들이 다리가 되어 그를 물속으로 맞아들여 설법을 들었다. 경덕왕도 이 소문을 듣고 율사를 대궐로 맞아들여 보살 계율을 받았다.

용장사에 살던 유가종(瑜伽宗) 시조인 대현은 언제나 미륵불 주위를 도는데, 석불도 역시 대현을 따라 얼굴을 돌렸다. 대현이 왕의 부름으로 비가 오기를 기도하여 우물물이 샘솟게 하니, 법해는 화엄을 강설하고 바다를 기울여 동악을 잠기게 했다.

두 개의 해가 나타난 괴변을 「도솔가」를 불러 사라지게 한 월명스님, 포천산에서 염불하며 극락을 구한 지 몇십년 만에 인생이 무상하다는 이치를 설교하며 유해를 벗어던지고 사라진 다섯 중, 왕이 불러 공양을 드리고 사람을 시켜 바래다주었더니 절문에 들어서자 숨어버리고 다시 세상에 나타나지 않았다는 실제사의 중 잉여.

승려뿐 아니라 백성들의 불심도 하늘을 감동시켰는데, 아리따운 사연은 이러하다. 경덕왕시대 한기리의 한 아이가 다섯살 때 갑자기 눈이 멀었다. 그 어미가 아이를 안고 분황사로 가서 천수대비 앞에서 아이를 시켜 노래를 지어 빌었더니 드디어 눈을 뜨게 되었다. 찬미하는 시구(詩句)처럼 "보살님의 자비로운 보살핌이 없었던들 버들꽃 피는 봄 헛되이 보낼 것을."

강주(康州, 지금의 진주)의 신도 수십명이 극락으로 가고 싶은 뜻을 가지고 미타사를 세웠는데, 계집종 욱면이 주인을 따라 절에 가서 마당 복판에 서서 염불을 하였다. 주인이 매일 곡식 두 섬씩을 하룻저녁에 다 찧으라고 하니 계집종은 초저녁에 이것을 다 찧어버리고 절로 와서 밤낮없이 염불을 하였다. 그는 노끈으로 두 손바닥을 꿰어 마당 좌우에 세운 말뚝 위에 매어 합장하고, 양쪽에서 이를 흔들게 하여 자신을 격려하였다. 이때 공중에서 불러 이르기를 "불당에 들어와 염불하라" 하였다.

계집종은 불당에 들어가 기도에 정진하다 집 대들보를 뚫고 솟아나와 부처님 몸으로 변하여 나타났다. 불당에는 지금도 그 구멍자리가 있다는데, 찬미하는 시에 일렀다.

서쪽 이웃 옛절에는 불등이 밝은데,
방아 찧고 절로 가면 밤도 이경(二更)이네.
한마디 염불마다 성불할 것을 기약하매,
손바닥을 뚫어서 노끈 꿰니 형체를 잊었도다.

부처님은 자력으로 깨달음을 얻으라지만 미욱한 중생에게 그것이 만만한 일이겠는가. 자력으로 못하면 욱면처럼 한결같은 불심으로 정진해야 하니, 더 높은 곳을 향한 그 지성(至誠)이 아름답다.

진실한 것은 아름답다. 선한 것은 아름답다. 성스러운 것은 아름답다. 초월은 아름답다. 아름다움이란 말 속엔 진실과 선, 사랑, 성스러움과 초월, 이 모든 것들이 들어 있다. 아름다움은 결코 우리의 감각을 자극하는 외적인 것이 아니라 영혼의 샘에서 흘러나오는 정수(淨水)와 같은 것이다.

군더더기 하나 없이 필연만 남은 쎄잔느의 그림, 어떤 고통의 길도 더럽힐 수 없을 듯한 로댕의 대리석 발, 마음을 평정시키는 우주적인 바흐, 세속을 벗어나게 하는 라비 샹카르의 시타르 연주, 신에게 바치는 재물처럼 장엄한 은(殷)·주(周)의 청동기, 일본 호오류우지(法隆寺)의 정신적인 쿠다라관음, 지상적인 것이 다 걸러진 삼국시대 반가사유상.

이러한 예술작품은 미의 결정체 같아서 우리를 감동시키고 예술을 받들게 만든다. 서정주의 시는 우리에게 영원성을 보여주고, 박경리의 『토지』는 도도한 인생의 강에 합류하도록 만든다. 강운구의 사진 「용대리 농부」의 흙 같은 손은 성상(聖像)처럼 보는이의 마음을 정화시키며, 조세희의 제3작품집 『침묵의 뿌리』에 나오는 어느 문장은 한 작가의 아름다움을 고스란히 전해주어 잊을 수 없다.

내가 "참 근사하다!" 감탄하며 읽는 부분은 법전 앞쪽에 있다. 그것은 정말 근사해 그 부분의 말들을 읽을 때 나는 아름다운 음악을 함께 떠올리고, 몇해 전부터 보기 힘들어진 민들레 꽃씨의 예쁜 비행모습을 갑자기 대하게 되는 착각에 빠진다. 이른바 자유권적 기본권과 사회적 기본권의 보장을 국민에게 약속하는 부분이 바로 그것인데, "모든 국민은 인간다운 생활을 할 권리를 지닌다"는 문장은 큰 감동을 주는 부분 가운데서도 압권이 아닐 수 없다.

법전을 읽은 적이 없어도 "모든 국민은 인간다운 생활을 할 권리를 지닌다"는 문장은 누구나 알고 있을 것이다. 흔히 들어와서 너무 익숙하고 그래서 지나치기 쉬운 말인데, 조세희는 인간의 기본권리를 확인시키는 이 문장에서 아름다운 음악을 떠올리고 민들레 꽃씨의 예쁜 비행을 보는 듯이 감동한다.

그것은 삶의 평등에 대한 작가의 신념이며 약자에 대한 사랑, 인류애이기도 한데, 이 당연한 문장을 "정말 근사하다"고 감탄하는 사람이야말로 아름다워라. 인도에서 파리떼처럼 달라붙는 거지들에게 나는 그들의 게으름을 탓하고 염증을 느꼈건만, 그는 법전에서 "국가는 사회보장의 증진에 앞장서야 한다는 것, 생활능력이 없는 국민은 국가의 보호를 받는다"는 확약까지 읽으며 기본적 인권이 지구에서 실현되기를 소망하는 것이다.

문학의 근본이 휴머니즘이라고 할 때 조세희는 근본에 가장 가까이 있는 작가이다. 『난장이가 쏘아올린 공』을 쓰지 않았더라도 이 문장만으로도 그는 사상의 아름다움을 보여준 대가이다.

또다른 아름다움을 만나러 길을 떠난다. 사람이든 작품이든 본질에 가까울수록 아름답다. 세상에 현자만 있는 것이 아니어서 헛것에 현혹되기도 하지만 진실이 아닌 것, 선이 아닌 것은 갈등을 주므로 이내 알아챌 수 있다.

아름다움은 결코 갈등을 주지 않는다. 갈등은 나를 분열시키고 심성을 파괴하니 갈등을 주는 모든 것을 사탄처럼 피하라. 아름다움은 결코 분열을 꾀하지 않고 나를 고양시키며 우주와 조화하도록 만드니 아름다움을 추구하라. 내 비록 아름답지 않더라도 본질과 멀고먼 추(醜)를 거울로 삼아 추에서 벗어나게 되길, 그리하여 생의 마지막 순간에라도 번데기의 잠에서 비상하는 본질의 나비가 되기를.

아름다움에 대해 생각하며 석굴암으로 향한다. "인류의 역사를 바꾸어놓은 석가의 깨달음을 가장 완벽하게 표현"하고 있다는 석굴암 본존불, 한국미술품 가운데 가장 위대할 뿐 아니라 세계적으로도 이와 견줄 것이 없다고 말해지는 민족의 유산. 석굴암 어귀에 들어서면 계곡 아래로 문무대왕릉인 대왕암과 동해가 펼쳐진다. 바다 위로 솟은 해가 석굴암을 비추면 석가여래의 지혜의 빛이 무명(無明)을 깨뜨리듯 사방을 밝혔을 터인데 지금 석굴암은 보존이라는 명분으로 누각을 씌워놓고 유리로 막았다.

자연광선이 차단된 석굴이지만 둥근 어깨를 드러내고 항마촉지인(降魔觸地印)을 취하고 있는 석가여래의 모습이 눈부시다. 슬그머니 눈길을 돌리니 주실 앞 벽면 양쪽에 불법수호신 금강역사상이 조각되어 있다. 위협하듯 치켜든 주먹, 눈을 부릅뜨고 이빨을 드러낸 채 입을 벌린 모습은 분노를 나타내고 있지만 날리는 옷깃은 거대한 새의 깃털 같고 인체의 선은 단순하고 힘차면서도 부드럽다. 미끈하게 처리된 발도 격조를 보이는데, 전신에 휘도는 청정한 기(氣)가 악을 물리칠 듯하다.

본존불이 있는 주실의 둥근 벽면엔 십대제자상과 보살상이 조각되어 있다. 부처님 설법을 듣기 위해 모인 회중(會衆)의 광경을 나타낸 것이라 한다. 석가의 그늘 아래 고뇌와 희열의 표정으로 서 있는 늙은 구도자들의 모습이 더없이 인간적이다. 온갖 풍상을 겪고 삶의 기름기가 다 빠져나간 제10상(목련존자라고 알려져 있다)의 소탈한 늙은이 모습은 경건하기까지 하다. 인간이 이룰 수 있는 정신의 최고봉에 도달한 각자(覺者), 위대한 석가를 가까이 뵈며 설법을 듣고 제자가 되었으니 그들은 좋은 시대에 태어났고 선택받은 사람들이다.

232

주실의 중앙 벽면엔 본존불에 가려 보이지 않던 십일면관음보살상이 있다. 십일면이 조각된 관을 쓰고, 연꽃 위에 서 있는 모습이 황홀하게 다가서는데 산능선 같은 눈썹과 긴 눈, 살풋 미소를 머금은 얼굴은 소녀 같다. 몸에 드리운 천의는 너무나 섬세하여 손에 잡힐 듯하고 옷자락을 쥐고 있는 손에도 피가 통하는 듯하다. 달빛 같은 광배로 관(冠)에 조각된 십일면의 표정도 살아 있는 듯한데, 인간에게 내재한 수많은 모습을 상징한다. 눈에 보일 정도로 입자가 거친 화강암에 저토록 유려한 모습을 어떻게 조각했는지 옛 장인의 솜씨가 놀랍기만 하다.

원형의 주실 중앙에는 정각상을 한 본존불이 대좌에 앉아 있다. 거대한 빛을 조형으로 표현했달까, 숭고하면서 자비로운 모습은 한 조각가의 말처럼 아름다움을 넘어선다. 정신의 불꽃이 장미송이처럼 피어 있는 나발(螺髮, 부처의 머리카락), 지평선이 어린 듯한 명상에 잠긴 긴 눈, 중생들의 고통을 품어줄 듯한 대범하고 원만한 어깨, 오른손은 선정인(禪定印)을 하고 왼손은 무릎에 걸친 채 검지를 약간 들어 땅을 가리키는데, 중생이 부처가 되는 정각(正覺)의 순간이다. 이 고요한 법열이라니. 한 서양 학자가 아시아의 빛이라고 격찬하더니, 바라만 보아도 빛의 물결이 가슴으로 밀려드는 듯하다.

눈부셔서 문득 천장을 올려다보니 세 조각으로 안치된 덮개석이 눈에 들어온다. 『삼국유사』에도 "대성이 큰 돌 한개를 다듬어 석불을 안치할 탑뚜껑을 만드는데 갑자기 돌이 세 토막으로 갈라졌다. 대성이 통분하여 잠도 들지 않고 있던 차에 천신이 밤중에 강림하여 다 만들어놓고 돌아갔다"는 기사가 있다. 천신이 도왔다고 할 만큼 석불사는 인간의 한계를 넘나든 기적 같은 작품이다.

예술은 흔히 시대를 반영하고, 위대한 예술의 배후에는 그것을 꽃피게 한 위대한 시대가 있다. 불국사와 석불사가 탄생한 8세기 중엽 통일신라는 전쟁이 끝나고 평화가 도래한 정치적 안정기였다. 물자가 풍부했고 당을 통해 세계를 배웠다. 전쟁에 발산하던 에너지를, 선조를 위해 원찰(願刹)을 짓거나 건축공사를 하고 종교생활과 예술에 쏟았다. 여유에서 문화가 나온 혜택받은 시기여서 민족의 역량이 총집중되었다.

『삼국유사』엔 경덕왕 때 당나라 대종이 재인바치들이 만든 '만불산(萬佛山)'을 받고 탄복하는 기사가 나온다. 침단목을 조각하여 구슬과 옥으로 한길 남짓 되는 높이의 가산(假山)을 만들고 그 가운데에 무수한 부처를 모신 작품을 보고 당의 대종은 "신라의 재간은 하늘의 솜씨이지 사람의 재주가 아니다" 감탄했다.

이러한 하늘의 솜씨가 꽃피어 석불사까지 만들어졌으니 경덕왕대는 "한국문화의 고전양식이 확립된 문화의 황금기였고, 종교와 미술뿐 아니라 사상, 문학, 과학, 수학 등 모든 분야가 고도로 발달한 시기였으며, 기술 또한 완벽하여 우리나라 미술사에서 가장 아름다운 미술품을 남겼다"고 말해진다.

그러나 절정에도 끝이 있다. 인간사에 영원한 것은 없으니 절정은 곧 쇠퇴를 의미한다. 경덕왕의 아들 혜공왕대에 여섯 차례 귀족의 대란이 일어나고, 나라가 혼란에 빠진다. 반란을 진압하고 혜공왕을 살해한 상대등 김양상이 왕위에 오르면서 무열왕계 중대(中代) 왕실은 막을 내리고, 무력에 의한 왕위쟁탈전이 벌어지는 신라 하대(下代)로 진입하는 것이다.

10. 영혼에 대하여

괘릉과 흥덕왕릉

10. 영혼에 대하여
괘릉과 흥덕왕릉

천년도 넘는 세월이 흐르면서 신라의 왕릉들은 자연과 어우러져 제각기 독특한 분위기를 만들었다. 서역인(西域人)으로 알려진 무인상(武人像)이 배치된 괘릉과 흥덕왕릉도 이국적인 분위기로 방문자에게 휴식을 주는 아름다운 능으로 꼽힌다.

외동읍에 있는 괘릉(掛陵)의 이름은 전에 작은 연못이 있어 돌 위에다 관을 걸어놓고 흙을 쌓아 능을 만들었다는 속설에서 붙여졌다. 탱석에 조각된 십이지신상과 봉분 둘레에 설치한 돌난간으로 통일신라의 왕릉임을 알 수 있다. 무인상, 문인상 등 석물이 완비되어 있고 제작술이 탁월한 점으로 신라시대의 현존하는 분묘 중 으뜸이라고 일제시대의 『조선고적도보(朝鮮古蹟圖譜)』에도 수록되어 있다.

이 능은 임진왜란 이후에 발견되고, 일제때까지도 문무왕릉이라고 전해져왔다. 문무왕을 수중에 장사지냈다는 속설이 있고, 삼국을 통일한 영주에게 걸맞은 호화로운 능이었기 때문이다. 그러나 1930년대부터 괘릉 가까이 있는 숭복사지(崇福寺址)에서 비편이 여러차례 발견되고, 최치원의 비문에 의하여 지금은 38대 원성왕릉으로 인정되고 있다. 『삼국사기』에서는 원성왕(元聖王)의 유언대로 관을 봉덕사 남쪽에서 불살랐다고 하였으나 『삼국유사』에는 왕릉이 토함산 서쪽 곡사에 있고 최치원이 지은 비문도 있다고 기록하여 사실과 일치한다. 곡사는 당시의 숭복사로, 최치원의 비문에 의하면 숭복사의 전신인 곡사(鵠寺)는 경문왕의 비 숙정왕후 외조부 되는 파진찬 김원량이 세운 절이다. 원성왕의 왕릉을 조영하면서 이 절터를 지목하니 절은 원래의 자리를 내주고 말방리에 있는 현재의 자리로 옮겨 다시 세웠다.

36대 혜공왕 때 반란군을 진압하고 선덕왕(宣德王, 김양상)이 왕위에 오르자 반

괘릉

240

란군을 함께 평정한 공로로 김경신은 상대등이 되었다. 내물왕의 12대손인 경신은 선덕왕이 죽자 왕위에 올라 원성왕이 되는데 사서를 보면 그는 왕이 될 운명을 지니고 있었다.

이찬 김주원이 수석 재상으로 있을 때 경신은 각간의 지위로 그의 차석에 있었다. 하루는 꿈에 머리에 썼던 두건을 벗고 흰 갓을 쓴 채 손에 12현금을 잡고 천관사 우물 속으로 들어갔다. 점쟁이가 악운이라고 해몽하여 걱정하고 있을 때 여삼이 찾아와 알기를 원하니 꿈 얘기를 들려주었다. 여삼은 길한 꿈이라면서 "흰 갓을 썼다는 것은 면류관을 쓸 조짐이며 천관사 우물에 들어간 것은 대궐에 들어갈 조짐이외다" 하였다.

얼마 뒤 선덕왕이 죽자 아들이 없으므로 신하들은 김주원을 왕으로 세우고자 했다. 주원의 집은 개천 북쪽에 있었는데 때마침 큰비가 내리는 바람에 알천물이 불어나 주원이 건너오지 못했다. 어떤 이가 "임금의 지위에 나아가는 것은 사람이 도모할 수 없는 것이니, 오늘 폭우가 쏟아지는 것은 하늘이 주원을 왕으로 세우려 하지 않기 때문이 아닐까" 하고 경신을 천거했다. 순식간에 의견이 일치하여 경신이 왕위에 올랐는데 좋은 꿈이 들어맞은 셈이다. 이로써 원성왕은 사람의 성공과 실패에 관한 운명을 알게 되었으므로 「신공사뇌가(身空詞腦歌)」라는 노래를 지었다 한다.

운명은 이렇게 횡재처럼 주어지기도 하지만, 알천이 불어나 왕이 되지 못한 주원은 운의 도움을 받지 못했다. 그렇다고 하늘을 원망하랴. 투정은 부질없는 것이다. 김주원의 아들 헌창은 아버지가 왕이 되지 못한 것을 한하여 41대 헌덕왕 때 웅천주 도독으로 있으면서 군사를 일으켰으나 성이 함락당하자 자살했다. 헌창의 아들 범문도 3년 뒤 반란을 일으켰으나 죽임을 당하였다. 이렇듯 한(恨)

이 가문의 몰락을 가져왔으니 운 앞에 인간은 무력하다. 어떤 자는 자빠져도 코가 깨지고 어떤 자는 넘어져도 떡시루에 코를 묻는다. 자기 복과 운은 보이지 않는 어떤 법칙으로 운행되고 있는 듯하니 인간은 순명하면서 계속 시시포스의 돌을 굴릴 수밖에.

괘릉으로 가는 길은 은사인 조각가 최종태 선생과 동행했다. 석굴암을 보러 해마다 경주에 오시지만 이번엔 내가 전화를 드려 뵙고 싶다고 청했다. 능을 오가며 지난날을 돌이켜보니 쓸잘데없는 인연도 많았지만 선생처럼 아름다운 영혼과의 만남도 있어서 위로받을 수 있었다.

그림을 그리려면 좋은 것을 그려야 한다고 생각하는 사람. 밀레가 순박한 농부를 소재로 택했듯이 초봄 같은 소녀상을 만들어온 조각가. 소녀가 가장 깨끗하다고 생각되어 근원적인 모습의 소녀상을 끊임없이 만들어왔다. 요즘은 왠지 바다가 좋아 자주 그리는데 무한한 것, 영원한 것에 대한 일깨움이 있기 때문이란다.

대학때 선생을 만났으니 강산이 변할 만큼 세월이 흘렀다. 칠순이 가까워오지만 은발을 넘기며 소탈하게 웃는 모습은 아이 같은 영혼만이 갈 수 있는 경지이다. 야윈 체구의 식물성 모습에 눈만 날카롭게 빛나던 젊은 시절의 선생은 고뇌하는 예술가상이었다. 내 생애 처음 만난 예술가에 대한 존경심으로 어려워하다가 가까이 다가간 것은 훨씬 뒤의 일인데, 나는 선생의 삶을 지켜보면서 여러가지 깨달음을 얻었다.

자리에 앉는 순간부터 일어설 때까지 조형에 대한 얘기만 하는 사람. 미대시절 조각가 김종영과 화가 장욱진 두 스승을 만나고, 오직 스승 집만 오가며 조형 세계를 추구한 사람. 공연한 인간관계나 실리에 얽혀 정신을 낭비한 적도 없고,

본질에 다가가기 위해 소상(塑像)을 깎으며 "지워도 지워도 다시 살아남는 비순수여! 사탄아 물러가라!" 절규했던 조각가. "내 안에 자유를, 내 안에 평화를" 갈구하며 암석을 손으로 캐듯이 일해온 구도자. 그는 자유를 찾는 방법으로 끊임없이 '커트'했다. 취하면 예속당하므로.

조각가로서의 선생의 삶을 한 문구로 표현한다면 '낭비 없는 생'이다. 낭비 없는 삶이란 현자의 삶이다. 2년 전 펴낸 수상집 『나의 미술, 아름다움을 향한 사색』에서 정작 그 자신은 "일편단심 예술이라는 것을 한다고 곁가지 웬만큼 쳐내고 매진한다고 한 것인데, 내 속이 지금 이토록 허전한 것을 보면 필시 내 인생은 실패작이었다"고 말하지만.

선생의 그 독백을 들으니 "내 인생은 실패작이었다"고 말할 사람은 나였다. 헛된 인연들에 휘말려 무의미한 괴로움으로 생을 낭비한 어리석음. 성자는 나면서 알고 현자는 배워서 알고 어리석은 자는 배워도 알지 못한다더니 현자 가까이서도 나는 준엄한 생을 방기하고 미혹 속에 똬리 틀고 지새웠다. 뒷날 자서전을 쓴다면 필시 '낭비의 생'이라 제목을 달리라.

현자는 타고나는 것인가? 얼마 전 『월든』을 다시 꺼내 읽고 선택받은 현자의 영혼에 대해 깊이 생각했다. 소로우(Thoreau)는 일찍이 "우리의 인생은 사소한 일들로 흐지부지 헛되이 쓰여지고 있다"고 깨닫고 28세의 젊은 나이에 숲으로 들어가 『월든』을 남겼다. 옮긴이가 적절하게 뽑아놓은 소로우의 잠언은 새삼 가슴을 친다.

내가 숲속으로 들어간 것은 인생을 의도적으로 살아보기 위해서였다. 다시 말해서 인생의 본질적인 사실들만을 직면해보려는 것이었으며, 인생이 가르치는 바를 내가 배울 수 있는지 알아보고자 했던 것이며, 그리하여 마침내 죽음을 맞이했을 때 내가 헛된 삶을 살았구나 하고 깨닫는 일이 없도록 하기 위해서였다. 나는 삶이 아닌 것은 살지 않으려고 했으니, 삶은 그토록 소중한 것이다. 그리고 정말 불가피하지 않은 한 체념의 철학을 따르기는 원치 않았다. 나는 인생을 깊게 살기를, 인생의 모든 골수를 빼먹기를 원했으며, 강인하고 스파르타인처럼 살아, 삶이 아닌 것은 모두 때려엎기를 원했다.

5월도 말경이라 능원에 들어서니 초여름의 열기가 끼쳐온다. 입구에서 걸어가 능을 향해 서면 무인상과 문인상, 두 쌍의 돌사자가 좌우에 배치되어 어느 능원보다 화려하고 위엄이 서려 있다. 맨 앞에 서서 방문객을 맞는 무인상은 허리를 튼 자세로 한손엔 무구(武具)를 들고 한손은 주먹을 움켜쥐고 있다. 절 입구에 서 있는 사천왕상처럼 위협적으로 보이는데, 움푹 들어간 큰 눈과 곱슬거리는 턱수염, 머리에 두른 띠로 보아 이란인이라 생각해도 무리가 없을 듯하다.

동적인 무인상에 비해 정적인 문인상의 얼굴은 콧대가 높진 않으나 날카로우며 눈은 가늘고 길다. 엄숙하게 다문 입 위의 팔자형 수염과 턱 전체를 덮고 있는 가지런한 구레나룻도 이국의 용모이다. 이 석상을 '스텝의 변이'로 불릴 만큼 우수한 문명을 가졌다는 위구르인 혹은 소그드인으로 추정하는 학자들이 있다.

신라의 문화는 고신라시대부터 스키타이계의 북방성을 지닌 서역풍이 강했고 통일 이후에도 이런 성격은 여전했지만 사산왕조 이란문화가 좀더 짙게 반영되어 있다. 7세기 중엽 당이 서돌궐을 복속시킨 것을 계기로 소그드인이 직접 당과 교역하기 시작하였고, 이 무렵 아랍에 밀려 패망한 수천명의 이란계 왕족들이 중국으로 피난와서 수도 장안에는 강한 호풍(胡風)이 불었다. 중국에서는 이

괘릉의 무인상/원성왕의 능 괘릉에 배치된 이국적 용모의 무인상은 이란인으로 추정된다.

란인들을 호인(胡人)이라고 했다. (권영필『실크로드 미술』)

왕릉에 석인(石人)을 세우는 묘제는 중국에서 비롯된 것이다. 당과 빈번히 인적 교류를 하고 있었던 만큼 신라의 왕릉에도 자연히 석인이 등장했다. 당 고종과 측천무후가 합장된 건릉에는 말, 사자, 낙타 등 동물들과 주변국가에서 온 객사(客使)로서 장례에 참여한 존장 61인의 조각이 서 있다. 높지 않은 산 하나 전체가 황제의 능이라 규모를 따를 수도 없지만, 신라 묘제에서도 무인상과 문인상이 좌우로 배치된 것은 괘릉과 흥덕왕릉뿐이다.

무인상과 문인상을 둘러보고 선생은 조각에 생동감이 있다고 평한다.

"잘 만들었어. 형체가 당당해. 그런데 왜 외국인을 무덤 수호자로 세웠을까."

"당군(唐軍)에 있던 서역인 부대의 용맹성이 알려져서 그 상징으로 서역인이 세워졌다는 설도 있고, 처용설화에서 서역인의 이국적 용모가 귀신을 물리치는 벽사적(辟邪的) 역할을 했듯이 이란인에게 이런 역할을 맡겨 능의 수호자로 삼았다고 보기도 하구요. 귀족계급의 반항에 대한 왕권강화 측면에서 볼 수도 있고, 또 8세기대의 신라는 국력이 가장 신장되었을 때라 국제적으로 객사를 받아들일 입장이었다는 거죠."

『삼국유사』권2 원성대왕편에 당나라 사신이 하서국(河西國) 사람 둘을 데리고 서울에 와서 한달 동안 머물렀다는 기사가 나온다. 본래 하서지방은 타림분지의 동서교통 요충지인 오아시스지대를 말한다. 『삼국유사』에서 말하는 하서인을 위구르인이나 소그드인으로 추정하는 학자도 있는데, 그들의 이국적 용모가 괘릉의 인물상을 제작하는 자극제가 된 것이 아닌가 생각하기도 한다.

신라의 북방문화로도 알 수 있듯이 경주는 지금의 한국보다 훨씬 국제적이고 외국인에 대해서도 개방적이었던 것 같다. 『신라·서역교류사』(무함마드 깐수)에 의하면 중세 아라비아 사학가이며 지리학자인 알 마끄디시는 966년에 펴낸 『창세와 역사서』에 "신라에 들어간 사람은 그곳의 공기가 맑고 부가 많으며 (…) 주민의 성격 또한 양순하기 때문에 그곳을 떠나려고 하지 않는다"고 기록했다. 중세 아라비아의 세계적인 지리학자 알 이드리시의 저서에도 "그곳(신라)을 방문한 여행자는 누구나 정착하여 다시 나오고 싶어하지 않는다"고 했다.

나는 선생에게 문화교류에 대한 화제를 꺼내면서 새해에 여행한 시안(西安)에서 신라를 보았노라 말했다. 시안박물관의 '비림(碑林)'에서 무열왕릉에 처음 등장한 비신의 전신들을 보았고, 건릉박물관의 부장용 호인도용(胡人陶俑)에서 용강동 고분 출토 호인토용과 괘릉의 석상을 연결할 수 있었다.

"외래적인 요소가 섞이면서 문화가 다양성을 갖는 것 같아요. 당의 장안에 호풍이 불자 이란인들의 포도주가 유행했고 이란 여자 같은 풍만한 미인형이 인기를 끌면서 적당히 살찐 양귀비가 미인으로 꼽히죠. 조각이나 그림에서 풍만한 여자들이 등장하고. 당에서 유행했던 이란의 사산조 문양인 연주문과 쌍조문은 신라 와당과 석조물에 장식되구요.

하지만 당 시대에도 부장용 서역무인상은 더러 있지만 능원에 세운 무인상은 없다니, 괘릉의 무인상은 당제의 전형도 아녜요. 당의 인형 중에도 이마에 띠를 두른 것이 거의 없다는데, 이마띠는 고대 사산왕조 이란 귀족들의 징표라고 해요. 그래서 신라인들이 당시 이란인들을 직접 보고 이러한 용모를 정확히 표현했다고 생각하기도 해요. 신라의 독자적인 호인상이라는 거죠. '신라인들은 실크로드의 당사자다운, 이국정취에 대한 남다른 감각의 소유자'로 말해지기도 하는데 그런 포용성에서 석굴암도 나오고 통일 뒤 8세기에 문화가 찬란하게 꽃피지 않았을까요."

우리는 석사자를 지나 능 앞으로 갔다. 높이 약 6미터의 봉분을 돌난간이 에워싸고 있고, 그 사이에 부채꼴 판석을 깔아 회랑을 만들었다. 봉분 아랫부분은 호석으로 둘렀는데, 두 칸 건너서 하나씩 무복을 입고 무기를 든 십이지신상이 부조되어 있다. 선생이 원숭이상을 들여다보더니 사실적인 옷주름을 가리킨다.

"도식화되어가는데 양감이 있고 중후해. 저 옷주름을 봐. 그리스 양식이잖아. 저것이 간다라 양식으로 발전하고 인도, 서역을 거쳐 중국에서 신라로 이어져. 2300년 전 역사가 묻어 있어."

"이 능에 둘러져 있는 난간, 회랑을 보세요. 인도 산치에 있는 스투파와 같잖아요. 당에선 방위신의 상징으로 묘의 부장용 십이지인형을 만들었지만 신라에선 능 외부에 조각하고, 중국 것과 불교적 내용을 혼용하여 십이지상 미술이라는 독특한 장르를 만들었어요. 강우방 선생은 '생활문화로서의 북방문화가 지성문화로서의 중국문화와 종교문화로서의 인도문화의 표현을 빌려 성립된 예술형태가 신라문화에서 나타난다'고 말해요. 이것이 신라문화가 밑바탕으로 가지고 있는 변모의 능력이라고 해요."

"불교는 인도에서 발생해서 중국을 거쳐 들어왔지만 불상조각은 한국에서 가장 찬란하게 꽃피고 완성돼. 금동미륵반가사유상은 아름답다는 말조차도 넘어서. 석굴암 조각은 인간 능력의 한계점까지 도달된 형태야. 인간의 한계, 그 선을 넘나드는 자유와 통쾌함을 함께 보는 거지. 그런 걸 보면 희망과 용기를 얻어. 좋은 그림을 보면 왠지 힘이 생기고 기쁨을 얻잖아. 이 두 가지가 내가 본 것 중에 가장 좋은 모습이야. 저런 좋은 사람을 만들어야겠다는 생각이 들어. 그건 훌륭한 사람일 거라고 생각돼, 인간으로서 최고의 품성에 도달한. 참아름다움은 성스러움의 경지에까지 이르러야 되는 것이 아닐까."

그는 그림 그리는 삶이 여행자와도 같다고 생각한다. 덜 좋은 곳에서 더 좋은 세계로 한발 한발 나아가는 도보여행자. 내가 서 있는 곳을 알기에 때로는 비참해지기도 하지만 오늘은 더 좋은 곳으로 한발짝 진행하고 있다는 것을 확인할 때 기쁨을 느낀다. 한치 앞도 보이지 않을 때가 있지만 고개를 들고 멀리 지평선을 찾는다. 뭉게구름이 자유롭게 흘러가는 하늘——그 아래 지평선과 맞닿아 있는 바다. 바다가 좋아서 화면 속에 끝없이 그리는데, 하늘과 바다가 맞닿는 한줄기 수평선은 무한과 영원에 대한 그리움을 일깨워준다. 그는 거기서 빛을 본다. 초월에의 갈망.

플라톤은 영혼의 정화에 따라 인간을 9등급으로 나누었다. 권리는 평등해야 하지만 인간은 결코 평등하지 않다. 영혼의 카스트가 있다, 영혼의 급이라는 것이. 영혼의 급이 같아야 친구도 되고 부부가 되는 것이 아닐까. 신분상승을 하기 위해 의사가 됐다는 사람을 보았지만 사회적 신분은 상승할 수 있어도 영혼의 신분은 상승할 수 없다. 육적인 자아에서 벗어나, 끊임없이 고뇌하며 높은 것을 향해 나아가지 않고서는.

"마음의 평정, 깨끗함의 성취"를 위해 전쟁을 하듯이 일해온 예술가. 영원한 것에 도달하고자 보이지 않는 길을 맨손으로 더듬어 나섰던 구도자. 무인상이 지키는 능원을 오월의 대기를 마시며 영혼의 브라만과 거니니 삶이 아름답게 느껴진다. 영혼의 급이 낮은 사람은 삶의 바닥을 보여주고, 영혼의 급이 높은 사람은 나를 상승시킨다. 진화되지 않은 탁한 영혼과 깨달음으로 다가가는 고귀한 영혼. 그러므로 조각가는 좋은 사람을 만들고, 우리는 상승하기 위해 현자와 아름다운 영혼을 추구하며 삶을 낭비하게 하는 쭉정이를 가려내야 한다.

내가 지나온 곳은 쭉정이의 마을이었나? 그럴지라도 여행자는 내일을 향해 길을 떠난다. 회한에 젖을 시간도 없지 않은가. "내가 이르러야 할 궁극적인 목적지는 내 안에 있다"는 걸 알지만 지금보다 좋은 곳을 찾아 한발 한발 나아가리. 길을 방해하는 잡초를 치면서.

나도 스승처럼 외쳐본다. 사탄아, 물러가라! 남루한 육의 옷을 벗고 빛과 같은 영혼을 찾아 다시 길을 떠나리니 나 자신보다 위대한 것이 없이는 살 수가 없네. 초여름의 따가운 햇살도 마다않고 선생과 나란히 능 옆에 앉아 그가 좋아하는 고흐의 편지 한 구절을 외운다.

저 높은 곳에 있는 별들과 무한을 분명하게 느끼는 것
저 위에 있는 그 무엇인가의 존재
저 무한을 향한 동경
나 자신보다 더 위대한 것이 없이는 살 수 없음.

42대 홍덕왕(興德王)의 능은 안강에 있다. 원성왕의 태자 인겸의 아들로 39대 소성왕, 41대 헌덕왕의 친동생이다. 『삼국유사』에선 형인 헌덕왕과 함께 조카 애장왕을 살해했다고 하였으나 『삼국사기』에는 그러한 기록이 없다. 홍덕왕이 죽은 뒤 피로 물든 왕위쟁탈전이 벌어지고 신라의 말기적 현상이 나타나는데, 경주 외곽 안강의 송림 속에 자리잡은 고요한 이 능원에도 쇠잔한 기운이 스며 있는 듯하다.

햇빛을 향한 경쟁 때문인지 용틀임하듯이 뻗어올라 하늘을 가린 소나무숲을 나서면 초록의 능원이 눈부시게 펼쳐진다. 초여름이라 발이 묻힐 만큼 잔디가 무성하다. 능은 송림에 에워싸여 있는데 왼편 소나무숲에 비를 세웠던 받침돌인

흥덕왕릉/장화왕비와 함께 묻힌 능으로 기록으로 전해오는 신라의 왕릉 중 유일하게 합장을 했다.

돌거북이 손상된 채 방치되어 있다. 이 주위에서 '興德'이라고 씌어진 비편을 발견하여 이곳이 전해오는 대로 홍덕왕릉임을 증명하였다.

홍덕왕릉의 양식은 능 전방 왼편에 능비를 세운 것 외엔 괘릉과 비슷하다. 능원 좌우로 무인상과 문인상, 석수 한쌍씩 배치되고 돌난간이 둘러져 있는 왕릉 네 모서리에는 각각 돌사자가 놓여 있다. 원성왕릉인 괘릉보다 40여년 뒤에 만들어졌으나 무인상은 어깨가 왜소해지고 힘이 빠졌다. 문인상도 괘릉의 석상에 비해 당당한 양감이 사라지고 퇴보한 기운이 있다. 이것이 석수(石手)의 개인적인 능력 차이일까.

무덤의 탱석에 부조된 십이지신상도 도식화되고 자세가 경직되어 있다. 중후한 괘릉의 십이지신상에 비해 평면적이며, 옷자락의 휘날림도 좌우 양쪽에 똑같이 처리되어 장식적이다. "이처럼 장식성이 강하고 정신상이 약화되고 형식적으로 흐르는 것은 또한 9세기 중엽 조각의 양식적 변화를 반영하는 것"이라 하기도 한다.

조형의 밀도는 생활의 밀도이며 현세를 살아가는 자세의 치열도와 비례한다. 생활에 진실성이 결여되면 형태는 허술해지고 그 생활이 치열하면 형태가 단단해진다. (…) 좋은 나무에서 좋은 열매가 열린다. (최종태 『예술가와 역사의식』)

삼국통일 뒤 8세기 중엽에 불국사와 석굴암 등 예술이 찬란하게 꽃피지만 중대(中代) 말 혜공왕대에 일어난 몇차례 귀족의 대란은 전제주의 왕권의 쇠퇴를 가져온다. 선덕왕(宣德王)이 왕위를 쟁탈함으로써 하대가 개막되는데, 이때부터 신라가 멸망하는 935년까지 약 150년 사이에 적지 않은 수의 왕이 내란에 희생될 만큼 사회가 불안정했다. 나라가 서서히 기울어가자 예술도 현실을 반영하여 함께 쇠퇴의 길을 걷는다.

흥덕왕은 재위 3년 장보고(張保皐)의 청원을 받아들여 지금의 완도에 청해진(靑海鎭) 설치를 허가했다. 당나라에서 군중소장이 되었다가 귀국한 장보고는 "중국을 두루 다녀보니 우리나라 사람들이 노비가 되어 있는지라, 바라옵건대 저에게 청해를 지키게 하신다면 도적들로 하여금 우리 백성을 중국으로 약탈해 가지 못하게 하겠습니다" 하였다. 청해는 신라 바닷길의 요충지로, 왕이 장보고에게 군사 일만명을 주니 이후로는 바다에서 우리나라 사람들을 사고 파는 일이 없어졌다는 기록이 있다.

흥덕왕이 장보고에게 해적 퇴치를 명한 것을 비범한 결단이라 말하는 역사학자도 있는데, 사신 대렴이 당에서 차나무 씨앗을 가지고 오니, 왕이 지리산에 심게 하여 이때부터 크게 유행했다고 한다. 또 왕은 9년에 진골귀족들의 사치를 규제하기 위해 색복(色服), 수레, 가옥에 이르기까지 제한령을 공포하여 일종의 사회개혁을 시도했다. 사치금지령을 내릴 정도로 상류사회가 물질을 추구하니, 그만큼 사회정신이 해이했던 것을 짐작할 수 있다. 왕은 재위 11년 만에 죽었는데 비편에 보이는 예순살이라는 나이가 흥덕왕의 수명으로 추측된다. 왕의 시신은 유언에 따라 장화왕비의 능에 합장되었다.

흥덕왕의 첫째부인 장화왕비는 왕이 즉위한 해에 죽었다. 왕비는 소성왕의 딸이니 조카가 되는 셈인데, 왕은 왕비를 잊지 못해 즐거움을 멀리하였다. "외짝 새에게도 제 짝을 잃은 슬픔이 있거늘, 하물며 의좋은 배필을 잃었는데 어찌 차마 금방 장가들겠는가" 하고 시녀도 가까이하지 않았다고 한다. 다음해 다시 부인을 맞았지만 죽어서도 장화왕비와 함께 묻혔으니 지극히 사랑했나보다.

기록으로 전해오는 신라 왕릉 중 유일한 합장묘이고 애틋한 사연이 있어서 능원도 아늑해 보인다. 봉분엔 노란 씀바귀꽃이 피어 있고 숲에 자잘한 노란 꽃들과 연보랏빛 지칭개가 고개를 내밀고 있다. 네 잎의 노란 꽃은 줄기를 꺾으면 애기똥처럼 노란 즙이 배어나와서 애기똥풀이라 불리는 들꽃이다. '항상 밝고 깨끗하며 구속감이 없는 꽃.' 나도 스승처럼 꽃을 예찬하리. 자연에는 구속감이 없다. 진화되지 않은 어떤 것, 진화되지 않은 영혼만이 구속감을 준다.

금불초, 금방망이, 벌노랑이 등 봄에는 노란 들꽃이 많은데, 눈에 띄기 위해서이다. 사람이 꺾으라고 잎을 펼치고 있는 것이 아니라 나비와 벌이 오도록 하기 위해서다. 곤충들이 꽃가루를 묻혀가야 번식하므로 빛깔은 생존이다.

식물이나 동물 세계에서 관심은 오직 종족보존이라 하지만 인간들은 생물에 자신을 곧잘 투사한다. 『삼국유사』에도 '흥덕왕과 앵무새' 기사가 실려 있다. 사신이 당나라에서 앵무새 한쌍을 가지고 왔는데 곧 암놈은 죽고 홀로된 수놈이 구슬프게 울어댔다. 왕이 사람을 시켜 거울을 그 앞에 걸도록 하였더니 새가 제짝을 만난 줄 알고 거울을 쪼았다. 그건 제모습인지라 수놈은 슬프게 울다가 죽었는데, 사실은 알 수 없으나 왕이 노래를 지었다고 한다. 장화왕비에 대한 그리움 때문에 이런 얘기가 만들어진 것일까.

신화가 가르쳐주는 바에 따르면 결혼은 분리되어 있던 한쌍의 재회라고 한다. 태초에 둘이 합쳐진 것 같은 인간이 있었는데, 신들이 이것을 둘로 갈랐다. 그러자 갈라진 것들은 끊임없이 그 짝을 찾아 원초적인 합일상태를 회복하고 싶어한다고. 그래서 인간은 지금도 원래의 반쪽을 찾아내는 일에 평생을 전력한다는 것이다.

254

『위대한 만남』(이덕희)이란 책을 보면 자신의 반쪽을 찾는 여러 유형들을 역사적 인물 속에서 발견할 수 있다. 무용의 신으로 칭송되는 바슬라프 니진스끼의 춤을 본 많은 사람들은 "니진스끼와 같은 시대에 살고 있는 행운"을 신에게 감사하고 싶은 심정이었다고 고백하는데, 뒷날 니진스끼의 처가 된 로몰라도 그 가운데 한사람이었다.

헝가리의 국민적 여배우의 딸인 로몰라는 열일곱살 무렵 '발레 뤼스'(Ballet Russes, 러시아발레단)의 니진스끼 춤을 본 후, 지구끝까지라도 그를 따라다니겠다는 결심을 한다. 그녀는 우선 발레 뤼스의 유명한 남성 댄서를 소개받아 곧 친구가 되고 니진스끼에 관한 정보를 입수했다. 또 배우수업을 중단하고 무용가가 되기 위한 야심을 키우면서 전단원의 스승 체께띠 옹에게 접근하여 선물과 아첨으로 노스승의 마음을 사로잡았다. 그의 조언으로 니진스끼의 보호자이며 남색가인, 예술적 통합의 천재 디아길레프까지 회견하여 발레 뤼스와 함께 여행할 수 있는 허락을 얻어냈다.

발레 뤼스가 최초의 남미 순회공연을 떠나게 되었을 때 로몰라는 정식단원도 아니면서 체께띠의 추천으로 공연단에 끼일 수 있었다. 운명조차 그녀의 편이어서 니진스끼를 늘 외부와 격리시키는 방해꾼 디아길레프도 유럽에 남았다. 디아길레프와 떨어져 홀로 있게 된 니진스끼는 호화여객선 선상에서 디아길레프와의 관계가 전적으로 잘못되었음을 성찰한 끝에 수도승이 되어버리고 싶은 갈망에 사로잡혔다. 결코 동성애자는 아니지만 디아길레프를 거부하지 않았고 그럴 수도 없었던 니진스끼는 자신의 역할에 대해 늘 윤리적 저항을 느끼고 있었다.

이같은 절망에 빠져 있을 때 로몰라가 그의 앞에 나타난 것이다. 남미로 향하는 여객선 속에서 니진스끼는 자신의 숭배자인 로몰라와 잠깐 대면하고 다음날

청혼했다. 로몰라의 직관이 결실을 보게 됐는데 이들의 결혼생활은 지극히 행복
했다.

"내게는 바슬라프가 진정한 반려요 벗이며 오빠이자 남편이며 연인이었다. 그
는 나의 모든 기분과 온갖 사념이며 욕망을 전부 이해할 수 있었다. 예술에서와
마찬가지로 사랑에서도 그는 의심없이 거장이었다."

천의 얼굴을 지닌 배우이며 연극에서 도달할 수 있는 최고의 마력을 상징하는
이름 엘 레오노라 두제. 파시스트시대의 가장 다산적인 작가요 정치적 지도자이
기도 했고, 여성을 사랑하는 데 특출한 천재가 있어서 그의 시선에 붙들린 어떤
여성도 그 눈의 '금속성 광채'에 저항할 수 없었다는 가브리엘 다눈찌오. 다섯
살 연상인 두제는 다눈찌오를 만났을 때 삼십대 중반의 여성으로서 이미 여러번
의 사랑을 체험한 터였지만 다눈찌오의 창조적 활력, 자신의 천재를 자각하는
환희, 압도적인 자기중심주의에 놀라고 매혹당했다.

두제 속에서 다눈찌오는 '신성한 베아트리체'를 발견했고, 다눈찌오 속에서
두제는 이딸리아 연극의 수준을 끌어올려줄 위대한 '자신의 시인'을 발견했다.
다눈찌오도 두제를 위하여 희곡을 썼다. 두제는 여기에 열광적으로 참여했지만
그의 모든 작품들은 실패였다. 관객들은 다눈찌오의 작품 속에서 두제의 천재가
소모되고 있음을 느꼈지만 다눈찌오의 천재에 대한 두제의 신뢰는 맹목적이어
서 그의 작품에만 바쳐진 하나의 극장을 세울 것을 꿈꾸기까지 했다.

그러나 파국은 예정된 듯 다가왔다. 다눈찌오는 위대한 시인이기는 해도 충실
과는 거리가 먼 인간이었다. 두제는 연인의 새 비극을 과다하게 연습하다 쓰러
졌지만, 다눈찌오는 개막일 연기를 거부하고 다른 여배우에게 이 배역을 주었
다. 다른 여성과의 숱한 연애사건에 대해서도 그를 용서했지만 예술가로서의 그

녀를 모욕한 이 배신을 두제는 결코 용서하지 않았다. 이로써 10년에 걸친 관계가 끝나는데, 다눈찌오와의 만남은 운명적인 것이었지만 두제에게 허다한 고통을 가져다준 인생의 긴 사건이었다. 물론 그 고통조차 위대한 두제의 내면을 더욱 심화시키고 예술을 빛나게 했겠지만.

태초에 두 쪽이 합쳐진 완전한 인간은 부처나 예수 같은 성자일 것이다. 종교인처럼 자신의 부분을 신이나 깨달음 등 더 높은 곳에서 찾고자 하는 사람도 있고 혼자로서 자족하는 사람도 있지만, 대부분의 사람들은 잃어버린 반쪽을 찾는데 인생의 많은 정열을 쏟고 여기서 문학의 소재가 되는 숱한 드라마가 생긴다. 그 과정에서 일어나는 연애나 어떤 관계가 결코 좋은 결실을 맺는 것은 아니어서 소모적이거나 파괴적일 수도 있다.

신화학자 캠벨(Campbell)은 결혼은 연애와 아무 상관이 없는 것이라 말한다. 이른바 연애라는 것은 상대방에 대한 절망과 함께 끝나지만 결혼은 영적인 동일성을 인식하는 일이라고. 결혼이 잃어버린 반쪽의 만남, 그 상징이라면, 두 사람이 영적 동일성을 느낄 수 있을 때 진정한 반쪽이 된다는 것은 분명하다.

인간들은 흔히 육체의 결합을 상대에 대한 소유로 생각하지만 영적인 동일성을 계시처럼 인식할 때에야 서로가 서로에게 속함을 느끼고 반쪽 찾기는 비로소 완결된다. 그림자처럼 붙어다니던 연인들이 하루아침에 얼음 같은 표정으로 등 돌리고, 10년을 함께 산 부부도 칼같이 갈라서니, 육체는 소유와 거리가 멀고 집착할 것이 못된다. 열번 동침했다고 내 여자가 될 수 있다고 생각한다면, 백번 동침했다고 지옥까지도 같이 갈 내 남자라고 생각한다면 인생의 장님일 뿐. 「애나벨 청 스토리」에서처럼 육체는 열 시간 동안 251명과도 동침할 수 있다.

태어나서 일생 동안 숱한 이성을 만나고 부질없는 인연에 얽히기도 하지만 숙명의 짝은 오직 한사람이 아닐까. 카사노바라 할지라도 가슴에 품고 있는 제 영혼의 반려는 한 여자이리라. 잃어버린 반쪽이란 하나밖에 없으니까. 연애와 결혼을 통해서도 영적 동질성을 느끼는 반쪽을 만나지 못할 수 있거니와, 손 한번 건네본 적 없고 먼발치서 산처럼 바라보았던 어떤 모습이 제 영혼의 짝임을 불현듯 깨닫기도 한다. 무의식 속에 오랜 세월 유적처럼 묻혀 있던 진실은 세월의 지층을 벗기고 스스로 드러난다.

들꽃이 피어 있는 왕의 무덤가에서 영혼의 합일에 대해 생각하다가 능 앞으로 융단처럼 펼쳐진 풀밭을 보니 탱고를 추고 싶다, 「탱고 레슨」의 주인공들처럼.

"I don't want violence. I don't want broken heart. I don't want dramas." 소리치던 파블로처럼.

거리에서 탱고의 애절한 멜로디에 끌려 탱고공연을 보고, 댄서인 파블로에게 레슨을 받는 영화감독 샐리. 탱고 레슨을 받다가 "무신론자이지만 마음은 유태인"인 샐리와 "댄서이고 유태인"인 파블로는 서로에게 동질감을 느끼고 가까워진다. 사랑의 감정이 끼여들면서 갈등이 생기는데, 상처의 과거를 반복하기 싫어서 거리를 두고자 했던 파블로도 샐리가 자기 작업에 빠져들자 왜 그들이 만났는지 확인하고자 한다.

두 사람은 유태인 회당에 함께 갔다가 거리를 배회하는데, 파블로는 유태회당에서도 소속감을 확인하지 못하고 유태인의 느낌을 갖는다는 게 도대체 어떤 것인가 자문한다.

"유태회당은 어쩐지 어색해요. 물론 교회보다는 낫지만. 프랑스는 어딘지 낯설고 여기도 이젠 고향 같지 않아요. 두려워요. 마치 뿌리를 잃은 느낌이에요. 어디로 와서 어디로 가는지 모르겠어요. 아무 흔적 없이 사라질까 두려워요."

"그래서 우리가 만난 거예요."

파블로와 포옹한 채 샐리는 자신들이 분리되었던 반쪽임을 노래로 들려주는데, 두 사람은 지구끝까지라도 붙어갈 듯 거리에서 탱고를 춘다.

당신은 어디서 오셨나요
땅인가요, 아니면 물
불인가요, 아니면 공기
춤을 출 땐 확실해져요
오래 전부터 당신을 안 듯한 느낌
당신은 나
나는 당신
하나는 하나
그리고 하나는 둘——

격정을 예의로 무장하고 둘이면서 하나인 듯 추는 춤, 하나이면서 둘인 듯 추는 춤. 내 영혼의 아니무스와 함께 추는 춤, 탱고.

흥덕왕릉에 오면 탱고를 추고 싶다.

II. 여성적인 것에 대하여

노동동 고분군/금령총 식리총 봉황대

11. 여성적인 것에 대하여

노동동 고분군/금령총 식리총 봉황대

　바람 한점 없이 따뜻한 날씨가 봄날 같더니 갑자기 기온이 내려가 코트를 꺼내 입었다. 한해의 마지막 달이며 상점에 새해 달력이 걸리기 시작했으니 겨울이 깊어가리라. 한산한 거리를 한산한 마음으로 목적지도 없이 걷는다. 볼일이 없는 것은 아니지만 중요한 것이 아니니 서두를 이유도 없다.

　벌써 한해가 가다니 빨리 흘러간 시간 앞에 망연해진다. 전에는 시간이 고여 있는 것 같아 동물처럼 긴 겨울잠을 자고 다시 태어나듯 봄을 맞으며 시간을 생략하고 싶었다. 세월이 화살 같다는 말을 실감한 것은 삼사년 전부터인데, 시간이란 화살이 저 혼자 내달려 나는 표적을 잃은 궁사처럼 보이지 않는 화살을 허공에서 찾고 있는 것 같다. 실감할 수 없는 시간. 나이도 그렇게 더해가지만 시간을 잡고 싶은 마음은 없다.

　나이를 먹는다는 것이 두려웠던 때도 있었지. 한해가 다 갈 무렵, 거리에 크리스마스 캐럴이 울려퍼지면 까닭도 없이 가슴이 저렸다. 거둔 것도 없이 또 이렇게 시간의 강물에 떠밀려가는구나, 하고. 젊음에 집착한 적은 없으나 빈 헛간 같은 가슴에 나이만 쭉정이처럼 쌓인다면 무의미하다고 생각했을 뿐이다.

　현실과 시간 앞에 의연할 수 있는 법을 가르쳐준 것은 경주의 고분들이다. 1500년이란 세월 동안 이지러지고, 싹을 품으면서 생물들을 키우고 자연이 된 고분들. 묻힌 자의 욕망과 회한도 육신과 함께 스러지고 부장품들만 불멸의 꿈처럼 세월의 지층에 박혀 있는데, 고분 곁을 지나다니며 기다림을 배울 수 있다.

　경주에서 가장 큰 고분, 봉황대가 있는 노동동(路東洞) 고분군으로 향한다. 시내에 있어서 늘 지나다니지만 맞은편에는 노서동 고분군이 있고 남쪽으로 길 하나만 건너면 대능원이라 이 일대가 신라때 왕족과 귀족들의 묘지였음을 알 수 있다. 고분의 분포는 여기서 멈추는데, 이 시기부터 왕도(王都)의 제도가 정비되고 중국식 도시계획이 실시되어 더이상 평지에 묘를 만들 수 없게 되었다고 보고 있다.

거대한 봉황대와 함께 노동동 고분군으로 묶인 금령총과 식리총은 봉토가 깎인 채 터만 남아 있다. 일제때 일인들에 의해 발굴된 이 두 고분의 사연도 조유전의 『발굴 이야기』에 실려 있다. 터를 파다가 우연히 유물을 발견하고, 전문가도 아닌 사람들에 의해 '감자 캐내듯' 발굴된 금관총은 학술적으로 성과가 미흡했다. 이에 금관총 발굴 종사자들은 또다른 신라 무덤을 발굴하여 조사할 필요를 느끼다가 3년 뒤인 1924년 사이또 조선총독이 경주를 순시하자 발굴을 건의하여 총독의 지원을 받았다.

당시 노동동 민가 사이에 있던 금령총에서도 금관총에 이어 두번째로 금관이 출토되었다. 금관을 비롯하여 금제 허리띠, 백화수피로 만든 관모, 금구슬, 금귀고리, 금팔찌, 금반지 등 금제품과 금동제 신발, 큰칼, 마구류 등 많은 양의 유물이 쏟아져나왔다. 자작나무 껍질로 만든 관모는 가까이 모여 있는 금관총, 호우총, 식리총뿐 아니라 천마총과 황남동 109호분, 황오리 33호분에서도 출토됐는데, 그 재료의 산지가 시베리아와 백두산 부근이라 북방적 색채가 짙다.

출토품 중 다리 달린 배 모양의 토기와 말을 탄 기마인물형 토기가 특이한데, 기마인물형 토기는 신라 토기로서는 처음으로 국보(제91호)로 지정되었다. 금관총처럼 대단한 유물들이 나와서 왕이나 귀족층의 무덤으로 추측되지만, 주인공을 밝힐 수 있는 명확한 단서가 없어서 능이라고 붙일 수 없었다. 금령총(金玲塚)은 금관에 금방울 한쌍이 달려 있어서 붙여진 이름.

금령총의 금관 역시 서울박물관에서 전시할 때 도둑을 맞았다. 범인은 잡히지 않았지만 다행히 진품은 금고 속에 있었다. 사회가 안정되지 않았던 광복 후여

기마인물형 토기/금령총에서 출토되었으며, 신라의 토기로는 처음으로 국보로 지정되었다.

서 박물관에서 모조금관을 제작해 일반에 전시한 것이다.

금령총 뒤편에 있는 식리총은 금령총과 동시에 발굴되었다. 높이가 3미터 정도인 금령총보다 더 큰 고분이지만 기대했던 금관은 나오지 않았다. 이 무덤 구조 역시 금관총·금령총과 같은 적석목곽분이며, 순금귀고리, 은허리띠 장식, 금동제 신발, 칠기그릇, 마구류 등 많은 유물이 나왔다. 무덤 이름은 '금동으로 장식된 신발' 즉 식리(飾履)가 출토되어 붙여진 것. 금관총, 금령총, 호우총 등에서도 출토된 이 금동신발은 장례용으로 만들어진 특수용품 같다. 두껍게 도금한 은판 세 개로 만들어지고, 연화문과 새 문양 등이 정교하게 세공된 식리총의 금동신발은 타의 추종을 불허하는 가작으로 평가받고 있다.

이 찬란한 금빛 신발을 신고 망자는 어디로 가는가. 한 인디언이 아들을 죽음의 길로 보내며 쓴 시 「죽음의 신발」에는 "이 괴로운 길로 다시는 돌아오지 마라"는 구절이 있다. 허공을 밟는 자만이 신는, 밑창에 화려한 구슬장식이 달린 모카신을 바치면서도. 그러나 고대의 한국인들은 좀더 낙천적인 듯 내세로 가는 걸음을 위해 새와 꽃 등 지상의 아름다운 것들을 문양으로 심어 신발을 무덤에 넣어주었다.

일본인에 의한 조사였지만 금령총과 식리총은 한국에서 정식으로 발굴된 최초의 신라 무덤이며 최초로 위령제가 바쳐졌다. 발굴조사중 불교유적 순례를 위해 경주에 온 일본 호오류우지의 노스님이 발굴조사단의 초청으로 묻힌 자의 혼백을 위로하는 법회식을 가졌다. 무덤은 묻힌 자의 집이라, 유택이 헐리게 되어 놀랐을 혼백에게 사과하고 위로하는 의식이다. 지금도 발굴을 시작할 땐 위령제를 드리는데, 혼백을 존중하는 노인들 중엔 무덤을 발굴한 뒤로 경주에 비가 잘 오지 않는다고 믿는 사람이 있다. 혼백도 천년이나 유택에 머무를 것 같진 않지

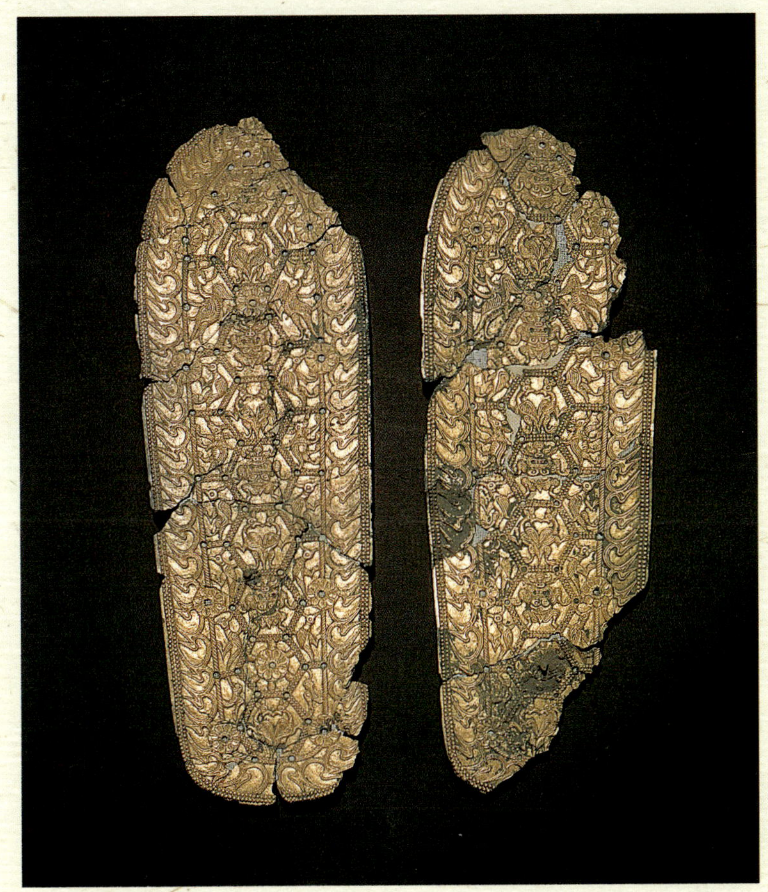

식리총 금동신발/인디언들은 '이 괴로운 길로 다시는 돌아오지 마라'고 기원했지만 고대의 한국인
들은 한결 낙천적이어서 내세로 가는 걸음을 위해 찬란한 금빛 신발을 넣어주었다.

만, 선조들의 꿈이 묻혀 있는 고분은 후세들에게 고스란히 유산으로 남겨지는 것이 바람직하다.

시내 노동동에 산처럼 솟아 있는 봉황대는 단일 고분으로는 경주에서 가장 큰 고분이다. 높이 22미터의 고분엔 1500년의 세월이 흐르는 동안 느티나무와 오동나무가 고목으로 자랐고, 이제는 남학생들이 가방을 옆구리에 끼고 오르내리는 야산 같은 쉼터가 되었다. 10월엔 느티나무가 검붉게 물들다가 황색으로 변하면서 고분과 함께 가을 태양 아래 타올랐다. 겨울이라 지금은 잎도 벌써 떨어지고 앙상한 가지만 드러낸 채 본질로 서 있다.

몇그루의 고목을 품고 있는 이 거대한 고분에 누가 묻혔을까. 위용을 드러내는 크기로 보아 왕이나 그에 버금가는 귀족의 무덤으로 여겨지지만 주인은 밝혀지지 않았고 오랜 옛날부터 봉황대(鳳凰臺)로 불려왔다. 이 이름에는 그럴듯한 전설이 살아 있는데, 신라의 멸망과 연관되어 있다.

신라 말기, 나라가 기울어갈 즈음 풍수지리설이 크게 유행했다. 그때 한 풍수(風水)가 왕건 앞에 와서 "신라의 서울은 지형이 배 모양과 같아서 언젠가는 좋은 바람을 타고 다시 일어설 수 있을 것입니다. 신라를 다시 일어서지 못하게 하려면 신라 서울의 배를 침몰시켜야 합니다. 소신에게 맡겨주십시오"라고 아뢰었다. 왕건이 허락하니 풍수는 신라 임금 앞에 나타나 이렇게 말했다.

"신라 서울의 지리는 봉황의 둥지처럼 생겼기 때문에 천년 동안 크게 영화를 누렸습니다. 그러나 이제는 때가 지나서 봉황이 둥지를 버리고 다른 곳으로 날아가려 하고 있습니다."

나라가 기울어가고 있는지라 신라 임금은 걱정이 되어 "그렇다면 봉황을 붙잡아둘 방법이 없는가?" 물었다. 이에 풍수가 "봉황새 둥지같이 생긴 서울 장안에 둥글둥글하게 큰 알을 많이 만들어놓는다면 봉황은 알을 두고는 다른 곳으로 떠나지 못할 것입니다" 하였다.

임금은 그럴듯하여 곧 많은 사람들을 동원시켜 경주 한가운데 둥글둥글하게 흙을 쌓아 산더미 같은 알을 수없이 만들어놓았다. 풍수가 볼 때 이것은 떠나가는 배 위에 많은 짐을 싣는 격이었다. 풍수는 알 모양이 가장 많이 만들어진 미추왕릉 부근의 밤나무숲에 우물을 파놓고 고려로 도망갔다. 이것은 배 밑바닥을 뚫어놓은 격이었으니 그후로 신라는 영영 일어서지 못했다고 전한다. 여기서 봉황이라는 것은 시내에 수없이 많은 고분을 가리키는 것으로, 이때부터 경주사람들은 고분을 봉황대라 불렀다고 한다.

이 전설은 고분들이 거대한 알같이 놓여 있는 경주의 특이한 풍경에서 만들어진 것 같다. 박혁거세와 주몽, 석탈해와 수로왕이 탄생한 알. 시조의 난생설화를 간직하고 있는 알의 자손들이라 천마총에 부장한 토기 속에는 계란을 넣어두었다. 새로운 탄생을 기원하며. 봉황에 얽힌 전설에는 모성적인 것에 구원의 희망을 거는 고대인들의 심정이 나타나 있다. 평지에 알처럼 놓인 경주의 둥근 고분들이 왜 그토록 편안하게 느껴지는지 알 것 같다. 여성적인 것, 생명을 품고 거두어들이는 속성이 여성적인 것이기 때문이다.

봉황대를 지나다니며 가끔씩 저 산 같은 무덤 속을 상상하곤 한다. 저 안에 누우면 얼마나 고요할까. 생기(生氣)의 신선한 흙냄새만 맡으며 여름에는 서늘하게 겨울에는 따뜻하게 지내겠지. 보르헤스가 말했던가. "세월의 흐름에 따라 모든 인간은 기억이란 무거운 짐을 지고 살아가는 운명을 갖고 있다"고. 산 같은 무덤 속에서 기억의 괴로운 짐도 내려놓고 아름다운 추억만 과자처럼 꺼내 먹는다면 좋지 않겠는가.

망횡대

부처님 말씀에 싫은 사람은 만나서 괴롭고 사랑하는 사람은 헤어져서 괴롭다는데, 무덤 속이라면 싫은 사람도 더이상 보지 않아 좋고, 사랑하는 사람은 긴긴 잠속에서 만나리. 매미 애벌레처럼 육신이 졸아들 때까지 오직 평화의 긴 꿈을 꾸며.

사람 생각은 비슷한가보다. 고고학자 김원룡의 수필에도 고분 속의 죽음을 상상하는 장면이 그려져 있다. 1970년대에 일본 아스까의 타까마쯔(高松) 고분에서 고구려 복식을 한 궁녀도가 발견되어 조사하러 갔는데, 고고학자들은 한사람씩 석곽 속에 들어갔다. 특별히 만들어진 흰 작업복을 입고 들어간 석곽은 누우면 위아래로 공간이 약간 남고, 앉으면 머리를 조금 수그려야 할 크기였다.

나는 그 안에서 길게 누워보았다. 이상야릇한 기분이다. 그대로 영원히 누워 있고 싶은 평화가 있는 세계다. 왁자지껄하는 20세기로 나가지 말고 그대로 여기서 잠들고 싶은 기분이었다. 많은 고분에 들어가보았지만 무덤 안에 송장처럼 누워보기도 처음이고 그렇게 죽고 싶다고 생각한 적도 처음이었다. 젊었던 고고학도도 이젠 심신이 피로하고 인생의 허무를 느끼는 모양이다. 나는 우리 조상들이 밟은 아스까의 옛 흙이 묻은 그 작업복을 기념으로 얻어서 돌아왔다. 그 옷은 나의 연구실에 걸려 있다. 그것은 고분에 집착하며 살아온 나를 해탈의 길로 끌어주는 기념물처럼도 보인다.

바람이 차가워서 봉황대가 마주보이는 '테라스'로 들어간다. 커피를 마실 수 있는 경양식집인데 봉황대가 한눈에 들어오는 창가 자리에 앉는다. 고분을 좋아하는 내게 이보다 더 좋은 장소가 없다. 단 한번도 부를 욕구한 적이 없지만 이

봉황대 주변/봉황대 꼭대기에는 아이들이 올라가 있고, 왼쪽의 얕은 원형인 금령총과 앞쪽의 식리총이 보인다.

럴 땐 봉황대 앞의 넓은 땅을 가진 '테라스' 주인이 부럽다. 뜨거운 커피를 마시며 손을 녹이려니 FM에서 「전람회의 그림」이 흘러나온다. 보통때는 젊은이들 취향의 팝송이 울리지만 지금은 한산한 시각이라 라디오를 틀어놓았나보다.

무쏘르그스끼가 죽은 화가 친구의 전람회에서 본 그림의 이미지를 작곡한 작품인데 내게도 유디나와 호르비츠가 연주하는 두 장의 CD가 있다. 전에는 록으로 편곡한 곡도 곧잘 들었다. 고전음악을 편곡한 것 중 가장 성공적이라고 생각되는데, 원고마감에 쫓겨 절에서 글을 쓸 때 그곳에 들른 시인 친구에게 테이프를 틀어 들려주기도 했다.

「전람회의 그림」을 들으며 시인을 생각한다. 10년도 전 나는 일 관계로 그를 자주 보았다. 우리는 그룹처럼 지기들과 어울려다니면서 생일파티도 조촐하게 열고 서로의 작품을 읽고 감상을 말하기도 하면서 우정을 나누었다. 그의 생일엔 내가 케이크를 사서 인사동의 작은 식당에 들고 갔는데, 케이크는 작은 것이었다. 저녁을 먹을 것이고, 또 케이크를 남기지 않기 위해 작은 것을 골랐던 것이다. 남으면 옆사람에게 나누어주어도 좋았을 테지만 생각이 미치지 못했다. 거기다 초도 다섯 개 가지고 갔다. 그날 모인 사람이 다섯 명이어서 너의 생일을 나의 생일로 생각하듯 각자의 초를 다섯 개 켜리라 생각했던 것이다.

그러나 그것이 그의 마지막 생일이었다. 궁정 같은 케이크에 스물아홉 개의 초를 휘황하게 밝히지 않고 다섯 개의 초를 가난하게 켜고 지상의 마지막 생일을 보내게 하다니. 신전에 성화를 켜듯 시인의 고달팠던 전생애 앞에 경건하게 불밝혀야 했건만 작은 케이크와 다섯 개의 초는 지금까지도 가슴을 아프게 한다.

영혼이 아름다워서 소중한 사람이 있다면 주저없이 사랑하고 최선을 다해야 한다. 혼탁한 세상의 산소이며 어둠속에 빛을 들고 온 어린 왕자 같은 존재이므로. 이러한 아름다운 영혼들이 없다면 세상은 절벽처럼 캄캄하지 않을까. 사람이 절망이 되기도 하지만 박노해 시인의 말대로 '사람만이 희망'이므로.

며칠 전 서랍을 정리하고 옛 편지들을 태우려다 재야운동가였으며 시인인 비비아나의 옛 편지를 읽고 소중한 친구를 찾으려 했다. 젊은날 실과 바늘처럼 함께 고뇌하고 기쁨을 나누었던 친구. 영혼의 동질감을 느끼며, 연인처럼 그리워했던 친구. 몇년 전에도 친구는 한 여류시인과 동석하고 나서 "우리와는 같은 유의 사람이 아닌 것 같아요" 했다. 친구 말이 맞았다. 시인이라고 다 같지 않다. 비비아나 같은 사람은 없다. 너무 밀착되어서 휴식을 필요로 했고 각자 삶에 버거워하며 한동안 찾지 않았으나, 진실을 위해 운동가의 험난한 길을 가면서도 결코 잃지 않던 그의 여성적인 온유함과 고결한 품성을 나는 사랑했다. 그는 나의 자유를 사랑했고 우리는 늘 자연 같은 사람이 되고 싶어했다.

차라리 요즘엔 구름으로 하얗게 하늘가를 흐르든가 바다의 물방울이 되고
싶어요. 이사도라의 애인은 그네에게 "당신은 자연이라고, 자연과 가장 어울
리는 사람"이라고 그런 말을 했대요. 내게도 '자연'이란 말을 해주는 사람이
없을까. 먼저 자연 같아져야 하겠죠. 맞아요. 지식 나부랭이, 사회적인 신분,
나르씨즘에 취한 사람들, 이즘의 노예들, 이런 껍데기 같은 것들 다 싫어요.
나도 한땐 묘하게 영웅주의에 빠져 있었지만 지금은 헛되게 생각될 뿐이에요.
우리 역사에 전봉준 같은 이는 스스로 영웅인 줄도 몰랐던 순수한 진짜 영웅
이죠. 그런 사내의 혁명성은 완벽한 진실이에요. 언젠가 이 남자를 시화해보
고 싶어요. 보리냄새, 풀냄새 나는 사내예요. 지적인 혁명가가 아니라 자연인
그대로예요.

우리 시대는 언젠가 필연적으로 혁명을 치르게 될 것 같아요. 많은 모순들
을 극복하려면 그 방법이 아니고는 불가능해요. 나는 민주화나 통일 아니고는
근본적인 사회변화는 어렵다고 늘 믿고 있어요. 이런 시대 속에서 작가는 무
엇을 해야 하는가. 많이 생각하고 있어요. 절실한 걸 쓰면 된다, 역시 내 결론
은 이거예요. 그대나 내가 느낀 진실을 옮기면 된다예요. 역시 문학은 메시지
가 아니라 예술이기 때문에 정 강하게 실천을 하려면 온몸으로 부딪쳐서 깨어
져야 하겠죠.

별건 아니지만 내 경험으로 봐도 기자시절에 투쟁한 것, Y에서 격렬하게 싸
운 것은 내 자아를 부수었고 그 파괴를 통해 진실을 맛보았어요. 나는 여자들
이 사회운동을 많이, 제대로 해야 한다고 생각해요. 우리들의 의지가 자유로
워지려면 싸움밖에 없지요.

그대가 좋은 소설 쓰기 위해 노력하는 것, 나는 알아요. 좋은 작가가 될 거

예요. 그대가 진실을 찾는 과정으로 연애에 몰입하는 것도 나는 좋아해요. 우리는 그런 면에서 참 닮았어요. 너무 개성이 강해 충돌하는 것도 우린 사랑해야 해요. 외로움을 잘 타는 기질, 자존심이 센 것. 파격적인 걸 좋아하는 것── 생각하면 닮은 점이 많군요.

이젠 석경이가 남이 아니고 내 분신처럼 여겨져요. 내 얼굴, 내 인생의 아픔을 보듯이 그렇게 보지요. 그러노라니 한때는 애증에도 시달렸고, 극복해보려고 애썼지요. 인생의 반고비에 올라서서 생각해보니, 님처럼 너무 사랑했기 때문에 미워했고 질투도 했고 극복해보려고 애쓴 몇사람이 있었어요. 어머니, 함석헌 선생님, K신부님, 그리고 석경이. 내 존재를 뿌리째 흔들어놓았던 님들. 내 문학세계에도 영향을 가장 많이 미쳤지요. 인정에 약한 나 자신을 본다는 것이 때때로 너무 슬퍼요.

보고 싶어서 전화를 정말 열번도 더 했어요. 그때마다 없었어요. 속상하고 외롭고 그랬지요. 전번에 엽서 보냈는데 보았는지 궁금도 하고. 꼭 연락해요. 기다릴게요. 날씨가 너무 좋아서 막 떠나고파요. 좋은 날 이루세요. 만날 때까지 안녕!

1984년 9월 29일
영희

벗에게

버지니아 울프를 읽던 참이었지요. 오늘 편지 받고 어찌나 반갑던지. 전화 받고 집에 내려왔는데, 어머니가 그냥 보고 싶어 그랬대요. 물론 건강도 예전에 비해 뚝 떨어지셨어요. 마른 껍질 모양으로 변한 엄마를 옆에서 지켜봐야

하는 게 진짜 아픔이지요.

건강이 나쁘다니 걱정이네요. 그대 말대로 우리 자아 탓이죠. 난 가끔 나가 텅 빈 들길을 걷곤 합니다. 고향은 예나 지금이나 여전하군요. 섬진강은 아직도 못 가서 옆에다 두고도 그립군요.

내주쯤에 서둘러서 서울 올라가면 연락하고 집에 갈게요. 막 주거지를 옮기고 나면 그리 어설프고 막막했던 기분이 내게도 되살아납니다. 우린 어차피 외롭게 고되게 갈등의 세계를 거치면서 살아갈 사람들 아니겠어요. 내 서러움과 죽음과도 같은 날들은 차마 글로 다 쓸 수가 없지요. 살아남는다는 게 힘드는군요. 안녕.

추신: 오즈강에 투신하는 버지니아 울프를 오늘에사 이해할 수 있군요.

1984년 10월 27일

우리는 찬란한 젊은날들을 왜 그토록 처절하게 보냈을까. 무엇이 그토록 우리의 삶을 힘겹게 했을까. 사람들은 흔히 작가가 자기 이야기를 쓴다고 생각하지만 "내 슬픔과 죽음과도 같은 날들", 진정한 내면의 이야기를 쓰기는 힘들다. 작가는 자신이 말하고자 하는 주제를 언어로써 연출하는데, 이것은 객관화를 필요로 하는 작업이며, 고통까지 객관화하자면 극기의 강을 수없이 건너야 하기 때문이다. 하루끼 말대로 어떤 체험이 인생을 뒤흔들 정도로 압도적이었다면 그것을 구체적인 문장으로 바꾸는 과정에서 심한 무력감에 사로잡히는 것이 아닐까. 작가 친구 Y도 "정말 내 얘기는 못 써"라고 말했다.

모든 개인의 삶은 그 사회와 연관되어 있다. 개인의 고통 또한 그가 속한 사회와 연관되어 있다면 작가는 전체 삶을 점검하기 위해서 자기 고통에 칼을 대야

한다. 자기 시신을 해부용으로 의과대학에 기증하듯 자신의 영혼을 해부용으로 세상에 내놓게 될 것이다.

세 명의 남학생이 봉황대 철책을 넘고 안으로 들어간다. 맞은편의 노서동 고분군은 시민들의 휴식처 노릇을 할 수 있을 만큼 넓어서 사람들이 자주 애용하지만 지금은 겨울이라 고분군에도 발길이 뜸하다. 고등학생인지 대학생인지 구별할 수 없지만 남학생들은 고분 안으로 들어가 담배부터 피운다. 대학생이라면 방학을 했지만 남학생끼리 몰려다니니 고등학생 같다. 노서동 고분군에도 이따금씩 들러보면 학생들이 떼지어 오고, 중년남자들도 끼리끼리 둘러앉아 화투치는 장면을 심심치 않게 볼 수 있다. 동네 아주머니들도 같은 여자끼리 모여 있다. 젊은 연인들을 빼곤 남자들은 남자들끼리, 여자들은 여자들끼리 모여 노는 것이 보편화되어 있다.

한국인에겐 너무나 익숙한 풍경이지만, 10년 전 한국에 살았던 이딸리아인 마리아는 내게 한국의 남녀유별 풍조에 대해 물었다. 왜 남자들은 퇴근 후 남자들끼리 술집에 가는지, 커피숍이며 시장엔 왜 여자들끼리 다니는지. 서양에선 가족단위나 연인끼리 다니고, 어디서건 남녀가 자연스레 섞여 있다고 했다.

마리아는 서양인이라 유교문화를 이해하지 못했다. 요즘 젊은 세대는 더 자연스레 남녀가 어울리지만, 명절때도 식구들이 모이면 남자들끼리 화투를 치고 여자들은 부엌에서 일을 하거나 담소를 즐기는 것이 보통 가정의 정경이다. 그것이 남자의 세계이고 여자의 세계일까? 그 역할 구분은 극으로는 성의 불평등으로 이어지는데, O양 비디오사건(근래엔 B양 사건도 벌어지고 있다)을 보면 아무것도 변한 것이 없다. 두 청춘이 몸으로 사랑하는 모습을 추억으로 남기고자 비디오로 찍었다 치자. 그것은 전적으로 두 사람의 자유이다.

　세상이 떠들썩했지만 남자는 인터넷 방송의 사회자로 나서서 당당히 활동하고, 여자는 미국으로 피신해 정형수술을 받고 하숙집에서도 쫓겨나 혼자 고통 속을 헤맸다. 앞날이 창창한 한 젊은 여성만 매장된 사건인데, 보수라는 미명(美名)에 대해 다시 생각해본다. 아직도 신문지상에 '정조관념'이란 단어가 오르니, 한 여자로서 한 인간으로서 한국이란 나라에서 살아간다는 것에 대해 저항감을 느낀다.

　몇달 전에 본 영화 「애나벨 청 스토리」와 그녀가 한국에 와서 인터뷰한 기사가 떠오른다. 열 시간 동안 251명의 남자와 공개적으로 섹스를 벌인 갱뱅(gang-bang) 이벤트로 화제를 일으킨 주인공. 그녀가 파악했듯이 "여성의 성에 대해 이중적인 나라"라 유독 한국에서 「애나벨 청 스토리」가 고가에 수입되었다는데, 한 여성 영화평론가와의 인터뷰에서 그녀는 이렇게 밝혔다.

　"여성 남성의 성차(gender)에 대한 편견, 특히 여성 젠더에 대한 선입견을 깨뜨리고 싶었다. 아시아에선 여성들에게 끊임없이 '지조있게 행동하고 결혼해서 아이를 낳아라'고 요구한다. 그런 요구에 대항하여 여성의 성을 탐구하고 싶었다. 또한 여성을 보는 전통적인 입장인 '처녀 대 창녀'의 시각에 의문을 제기하고 싶었다."

　보수적인 아시아 싱가포르에서 태어나 '더이상 그런 틀에 갇혀 있지 않고 열린 사고방식으로 나를 표현'하고 싶어 옥스포드 법대와 미국 USC대학 인류학과를 졸업한 지식층 여성이다. 계층에 대한 반란을 일으키고 싶어서 포르노 배우를 택했고 그녀 안에 '분노하는 여자'가 있어 '사회와 자신 모두에게 치열하고도 무모하게 싸워' 발언권을 얻은 여성운동가. 나는 청의 스토리를 보며 여자로서 의식을 가지고 산다는 것이 얼마나 힘든 일인가 생각했다.

남성에게 그렇게 싸워야 할 만한 성에 대한 편견이 있던가? 에이즈에 대한 공포가 없었는가라는 물음에 "물론 두려웠지만 이 일은 목숨을 내걸 가치가 있다고 생각한다. 사람은 언젠가 한번은 죽는 것이 아닌가"라고 애나벨은 답했다.

여자의 의식이 여기까지 갔건만, 여성의 성에 대해 몸으로 발언하기 위해 생명까지 걸고 고깃덩어리처럼 누워 이벤트를 벌이는데, 한국에선 유명작가가 몇 년 전 『선택』을 발표해 페미니스트와 설전을 주고받았다. 작가가 시대를 앞서지는 못할지언정 조선조로 후퇴하다니. 남성적인 것의 부정적인 면이 득세하는 가부장사회에선 자연스러운 생명의 흐름이 막히고 여성적인 것이 파괴된다. 겉모습과는 달리 한국여성들이 거칠다는 것은 많은 사람들이 공감하는 사실인데, 사회가 난폭하면 여자들도 난폭해진다. 강한 것과 난폭한 것은 질적으로 다르다.

초겨울 하늘 아래 드러난 부드러운 고분의 능선을 바라보며 오랜만에 샐럼을 피운다. 지난 2월 작가 하성란이 고은주와 두 후배들과 경주에 왔을 때 이곳 '테라스'에서 그가 준 샐럼을 피웠다. 화하고 부드러운 샐럼의 맛은 하성란 같았다. 처음 만나는 날 찻집 문밖에서 겨울바람을 맞으며 기다리고 서 있던 하성란. 테라스에서 담배를 피울 때 "제가 불 한번 붙여드릴까요" 하고 라이터를 켜주던 하성란. 그 옆에서 피운 담배는 구름과자처럼 맛있었다. 만남을 준비할 줄 아는 이 후배의 모습은 그뒤로도 문득 떠오르는데, 하성란이 남긴 여운은 여성적인 겸손이었다.

부드러운 것, 여성적인 것은 우리를 감동시키고 안식을 준다. 고분의 능선이 그러하고, 들판이며 자연, 자연 같은 작품, 자연 같은 사람이 그러하다. 창밖으로 보이는 고분은 메마른 잔디로 덮여 있고, 헐벗은 나목 몇그루가 서 있지만, 그 속에 천년의 꿈이 서려 있어 풍요롭기만 하다.

어미를 머무르게 하기 위해 지상에 둥글둥글 쌓인 흙의 알, 겨울바람이 불어 닥치더라도 태양은 늘 어미처럼 봉황대를 품어줄 것이고, 알 속에서 금빛 꿈은 허리를 접은 채 동면하고 있다. 사슴과 부엉이는 배고파 울면서 '겨울은 이렇게 빨리 와야 했는가' 탄식하지만, 지난봄을 생각하며 의연히 기다릴지어다. 기다림과 꿈이 없이는 고난의 겨울을 견딜 수가 없으니. 종종 시를 암송하는 아브람의 앵무새는 이런 말을 했다.

지나가버린 봄들은 따스함과 향기로 가득하다. 그러한 봄들이 때때로 내 안에서 또다시 꽃을 피운다. 그리고 우리는 겨울 내내 봄을 가지고 다니면서 행여나 다칠세라 품에 안고 있다. 그렇게 하다보면 어느 사이에 그 지나가버린 봄들은 우리의 가슴에 서리가 내리지 않도록 우리를 지켜준다. 우리는 창의 반대쪽에 가 있으며 그곳에서 겨울은 단지 그림일 뿐이다. 내 안에 그런 봄을 갖고, 나는 아홉번째 겨울을 맞는다. 그것은 여전히 나를 따스하게 해준다. 한 번 생각해보라, 이 겨울에 그러한 봄이 풀밭에서 날아오는 향기처럼 다가오는 것을…… 우리에게 필요한 것은 외투가 아니라 바로 그러한 것이다.

——밀로라드 파비치 『카자르 사전』

신라 역대왕 및 재위 연도

1대 혁거세거서간 赫居世居西干 BC 57~AD 4년

2대 남해차차웅 南解次次雄 4~24년

3대 유리이사금 儒理尼師今 24~57년

4대 탈해이사금 脫解尼師今 57~80년

5대 파사이사금 婆娑尼師今 80~112년

6대 지마이사금 祇摩尼師今 112~134년

7대 일성이사금 逸聖尼師今 134~154년

8대 아달라이사금 阿達羅尼師今 154~184년

9대 벌휴이사금 伐休尼師今 184~196년

10대 나해이사금 奈解尼師今 196~230년

11대 조분이사금 助賁尼師今 230~247년

12대 첨해이사금 沾解尼師今 247~261년

13대 미추이사금 味鄒尼師今 261~284년

14대 유례이사금 儒禮尼師今 284~298년

15대 기림이사금 基臨尼師今 298~310년

16대 흘해이사금 訖解尼師今 310~356년

17대 내물마립간 奈勿麻立干 356~402년

18대 실성마립간 實聖麻立干 402~417년

19대 눌지마립간 訥祇麻立干 417~458년

20대 자비마립간 慈悲麻立干 458~479년

21대 소지마립간 炤知麻立干 479~500년

22대 지증마립간 智證麻立干 501~514년

23대 법흥왕 法興王 514~540년

24대 진흥왕 眞興王 540~576년

25대 진지왕 眞智王 576~579년

26대 진평왕 眞平王 579~632년

27대 선덕여왕 善德女王 632~647년

28대 진덕여왕 眞德女王 647~654년

29대 무열왕 武烈王 654~661년

30대 문무왕 文武王 661~681년

31대 신문왕 神文王 681~692년

32대 효소왕 孝昭王 692~702년

33대 성덕왕聖德王 702~737년

34대 효성왕孝成王 737~742년

35대 경덕왕景德王 742~765년

36대 혜공왕惠恭王 765~780년

37대 선덕왕宣德王 780~785년

38대 원성왕元聖王 785~798년

39대 소성왕昭聖王 798~800년

40대 애장왕哀莊王 800~809년

41대 헌덕왕憲德王 809~826년

42대 흥덕왕興德王 826~836년

43대 희강왕僖康王 836~838년

44대 민애왕閔哀王 838~839년

45대 신무왕神武王 839년

46대 문성왕文聖王 839~857년

47대 헌안왕憲安王 857~861년

48대 경문왕景文王 861~875년

49대 헌강왕憲康王 875~886년

50대 정강왕定康王 886~887년

51대 진성여왕眞聖女王 887~897년

52대 효공왕孝恭王 897~912년

53대 신덕왕神德王 912~917년

54대 경명왕景明王 917~924년

55대 경애왕景哀王 924~927년

56대 경순왕敬順王 927~935년

경주 고분 지도
홍덕왕릉
안강
포항
925
7
포항
906
영천
형산강
진덕왕릉
927
암곡동
양포
소금강산
929
송화산
노동동/노서동 고분군
경주
석탈해왕릉
보문호
덕동호
함월산
선도산
헌덕왕릉
첨성대
황룡사 터
진평왕릉
무열왕릉
대능원
서악동 고분군
경주박물관
선덕여왕릉
4
오릉
신문왕릉
호암리
경주 인터체인지
탑골
31
나정
감포
헌강왕릉
토함산
삼릉
불국사
석굴암
안동리
양북
남산
성덕왕릉
992
동해
경애왕릉
경덕왕릉
금오산
4
929
용장사 터
괘릉
경부고속도로
1
영지
감은사 터
대본리
35
7
이견대
봉길리
대왕암
부산
울산
외동
울산